万方

# 空镜子

万方 / 著

北 京 出 版 集 团
北京十月文艺出版社

# 目　录



CONTENTS

# 空镜子

## 一

这天，天气很好，四月的阳光里飘浮着一些让人快活的小颗粒。早晨起来孙燕就不停地照镜子，照了说不清多少回了，一边照一边在心里对自己说，我才不是为了见那个人照镜子呢。

那个人姓潘，叫潘树林，朋友介绍他们俩今天见面，这种事在孙燕还是头一次。胡同里，槐树和杨树摇晃着嫩绿的小叶子，四下里亮晶晶的，孙燕轻快地走上大街，一团团杨花跟着她的脚滚来滚去。无轨电车忽悠悠开得飞快，孙燕的心情渐渐有些发紧。当电车从陶然亭公园北门开过去，孙燕一眼就看见周红娜高高大大的身影，她身边站着一个男的，当然就是潘树林了。

尽管周红娜事先打过招呼，孙燕还是觉得潘树林怎么那么黑呀。这时电车已经到站，她来不及细看了。隔着马路周红娜向孙燕使劲招手，孙燕板着脸，目不斜视地朝她走过去，走到她面前时再也憋不住了，连忙用手捂住嘴。

“傻了！笑什么呀？”周红娜的大嗓门儿说。

孙燕使劲忍住笑，“对不起，我觉得怎么这么逗呀！真对不起……”话没说完就又笑起来。孙燕是个性情活泼的姑娘，非常爱笑，一笑就不可收拾。这时她笑得身体摇晃，两条又粗又硬的小辫儿像拨浪鼓似的，弄得潘树林一阵阵难为情。

周红娜拍拍潘树林的肩膀，用善解人意的口气说：“嘿，别怕，别看笑起来这么傻，人可不傻。”

公园里春气蒙蒙，一簇簇垂柳斜挂在水边，他们三个人租了条船，潘树林划，周红娜坐船尾，孙燕在船头，隔着潘树林你一句我一句地聊着。潘树林不出声，一下一下用力划桨，动作干净利落，孙燕感觉到他那鲜明有力的身姿，暗暗想：这个人长得不好看，那么黑，可一点不让人讨厌，说不清为什么她觉得有点喜欢他。他划船的节奏每一下都落在孙燕心上。

那次见面以后孙燕和潘树林开始定期约会。潘树林在郊区一家工厂上班，星期六回城，他们总是星期天见面。接触的次数一多潘树林的话也多了，他给孙燕讲自己当兵的经历，要不是他脾气不好爱打架，肯定留在部队了。这是没办法的事，这就叫江山易改本性难移。

孙燕看着他有些腼腆的样子，好玩地问：“你脾气真那么不好？”

潘树林一笑，露出一排白牙，“是，不骗你。”

孙燕笑了，又问：“那，你说，你有没有和别人好过？”

潘树林一愣，不好意思地低下脑袋。孙燕歪头看他，“说呀，有就是有，没有就没有。”

潘树林想了一会儿，喃喃地承认他对小学时候的一个女生有好感，可分开再没见过。

“咳，你这叫单相思。”孙燕快活地讥讽他。

潘树林老实地点点头。

天气晴朗，他们坐在北海公园的长椅上，远处的白塔像一幅画似的，小巧清晰地映在天空里。孙燕也告诉了潘树林自己的许多经历，她怎么没有下乡，和父母姐姐一起去干校，在干校怎样喂猪，偷偷到水塘里洗澡；潘树林本来是看着孙燕的，听到这儿忽然把脸扭到一边去；孙燕忽然意识到潘树林在想什么，脸红了。她有点生气，觉得受了什么侮辱，同时心里又有点乱。

孙燕和潘树林好了快两个月了，连手都没有拉过一下，他们的身体之间也没有产生过那种电流反应。只是在公共汽车上，人多的时候，两人的身体才有过接触，这时孙燕能感觉到潘树林硬邦邦的身体，那健康体魄散发的热度使她的胸口软绵绵的。回到家里她趴在桌子上，支起小镜子，在想象中用潘树林的眼睛望着自己。这个女孩儿真是不难看，笑盈盈的小瓜子脸，眼睛亮亮的，她对自己感到满意。

再见到潘树林的时候，孙燕的眼神有点飘忽不定，害羞似的，一说话就撒娇，可她自己并不觉得。潘树林却变得更沉默了。两个人都觉得在他们之间像是要发生什么事。

天黑以后，他们沿故宫的河边走着，四下里很幽暗，路灯在头顶的树枝间眨眼，潘树林推着他的自行车，自行车隔着他俩的身体，两人都不怎么说话，在心里琢磨着怎么改变这情形。结果还是孙燕站住了，蹲下身系鞋带，重新站起来的时候，她就走在潘树林身边了。

可是这改变来得太晚，他们很快就来到灯火通明的长安街。宽阔的大街上行人稀少，到处都明晃晃的，孙燕感叹了一声："啊，真亮啊！"

潘树林立刻附和："真是亮啊。"

孙燕"扑哧"笑了。潘树林朝她扭过脸，"你笑什么？"

孙燕瞟着他，目光闪闪："你这个人真有意思。"

"有什么意思？"

孙燕憋了会儿，说："我觉得你人挺好。"

潘树林的脸有点红，他移开目光。孙燕不再说什么，等着他有所表示。潘树林终于开口了，说："真的，我觉得你也挺好的。”说话的同时他很想抓住孙燕的手，孙燕也期待着，可他太犹豫了，时间拖延得太长，超过了界线，变得不可能。他们只得继续向前走，像什么事也没有的样子。

尽管如此孙燕还是很愉快，身子轻飘飘的，像长了翅膀，一面走一面哼起歌来。她轻声地唱了好几支歌，潘树林沉静地听着，面带恍惚的微笑。这时候，亮堂堂的长安街，沙沙驶过的汽车，遥远的天空中那轮银光四射的小月亮，都在用欢快的声音说：哦，多好，真是好啊。

孙燕快活地度过了一个星期，又盼到和潘树林见面，可潘树林却和人打了一架。事情发生在公共汽车上，车到站了，有人下车，潘树林看到空了一个座位就拉拉孙燕的胳膊让她坐下，孙燕刚要坐，从车门冲上来一个人一屁股坐到座位上。

那是个小伙子，潘树林让他站起来他不站，三言两语之后，潘树林一把揪住他的衣领，两个人剧烈地推搡，车厢里发出惊叫，售票员大喊别打了别打了！孙燕糊里糊涂被撞了几下，接着就见那小伙子鼻子里流血了，额头上的血口子像翻开的小嘴。

汽车刚开就停了，潘树林护着孙燕下了车，一车人眼睁睁地看着他们，没有人说话，那个挨打的小伙子也没追下来。等他们站到路边，汽车门一关就开走了。

那天潘树林像打开了闸门，一桩接一桩地讲起他以前怎么打架，讲得眉飞色舞，孙燕惊讶地紧盯着他，被他那恶狠狠的快活的样子迷住了。和大多数女孩子一样，孙燕觉得潘树林又勇敢又可爱，心头不由柔情激荡。

想不到的是没过几天，潘树林又打了一个警察。那是在离孙燕家不远的地方，警察骑着自行车从胡同里冒出来，撞了潘树林一下，嘴里还骂骂咧咧的。潘树林说："嘿，你下来!"警察用一只脚支住地，回过头。"你再骂一句。"潘树林说。警察咳了咳喉咙，啐了一口，就又骂了他。潘树林死瞪着警察的脸，忽地就抡出一拳。

那警察被打得很惨，围观的人站了一圈直给潘树林叫好。本来潘树林打完了可以跑，可是有孙燕在场他就不能跑了。警察押着潘树林到东城分局去，孙燕和一些看热闹的人走在一起，心里又激动又害怕。没想到分局的人说这样的事不归他们管，让他们找派出所。走出东城分局的大门，潘树林扭头扫了孙燕一眼，说："你走吧，没你事儿。"

孙燕愣愣地看看潘树林，又看看警察，不知道该怎么办好。潘树林眉头一拧，嗓门儿提高了一截："让你走，听见没有!"

孙燕的心一沉。她站在路边，那么多目光落在她身上，一股委屈而气愤的感觉直冲嗓子眼儿，她咬住嘴唇，一扭身头也不回地走了。

后来潘树林打电话找她，告诉她那天他们根本没去派出所，那警察越走越觉得不对劲，自己被潘树林打得这么狼狈，实在太丢脸，这种事应该越少人知道越好，就让潘树林走了。潘树林的声音美滋滋的，孙燕还在想着他对自己的粗暴态度，没好气地说："你有什么可自豪的，打人算什么本事。"

接下来两人都闷声不响，孙燕挂了电话。

这以后潘树林再讲起打架的事，孙燕就用嘲讽的口气说：嗬，真是英雄！要不就说，行了，我知道你了不起，弄得潘树林觉得很没意思。有时候孙燕觉得已经很了解潘树林，这个人老实正直，还挺好；可再一想又觉得他离自己的希望差得很远很远，虽然她也说不清自己希望的是什么。其实她的希望和所有年轻女孩儿是一样的，喜欢被人哄、有人爱她。

孙燕的姐姐孙丽给了她两张星期四的《红色娘子军》芭蕾舞票，孙燕迫不及待地打电话给潘树林，和他约好一起去看。一连三天孙燕都沉浸在微微的兴奋中，星期四傍晚她早早来到剧场。剧场门口已经有不少人了，大家互相打着招呼，闹哄哄地嚷着，孙燕夹在人群里兴奋地东张西望。

天黑得很快，路灯亮了，可孙燕还没有等到潘树林。随着时间分分秒秒地过去，所有的快乐都消失了，四周的景物一团昏黑，越来越沉重地挤压着孙燕。一些人神色匆匆地赶来，快步跑进剧场，剧场的大门前变得冷冷清清了。

孙燕的情绪由生气转为担忧，接着更加生气，最后简直不知道该怎么办好，只有不停地看表。明亮的前厅里也没有人了，演出已经开始。就在她茫然无措，几乎要哭了的时候，潘树林推着自行车的身影在昏暗的街头出现。孙燕的眼泪一下就涌出来，她极力忍着，眼巴巴地看着潘树林朝她走近，却说不出一句话。

原来潘树林的自行车半路撒了气，修车的铺子都关门了，他推着车走了半天才在一个机关的传达室借到气筒子，可没等骑到这里车轱辘又瘪了。潘树林涨红了脸，不停地用手抹去额头上的汗。孙燕望着他气急败坏的样子，心里已经原谅他了，可还是很不高兴。后来在半明半暗的剧场里，发生了一件让她不能原谅的事。

“向前进，向前进……”那低低跃动的旋律逐渐昂扬，像是有一根大针头，把豪迈的感情慢慢推入血管，孙燕激动地扭头去看潘树林，台上的灯映出他的姿势：头向后仰着，嘴半张半合朝向空中，他睡着了。孙燕看了他一眼，再看一眼，她的心先是一惊，渐渐升起怒气，然后冷却下来，充满轻蔑。这个晚上已经让潘树林毁了，看他那张着嘴的样子，自己怎么会喜欢这个人呢！孙燕转过头去，可她时刻能感觉到潘树林半张的嘴里发出含混不清的呼吸，多么让人气愤啊！她再也忍不住了，把潘树林推醒。

后来孙燕知道了潘树林头一天值了夜班，可她对两人的关系却提不起兴致来。她的脑子里时常生出一些念头，都与潘树林无关。有一次约会，还没有到时间，两人不约而同地看手表，觉得无话可说。

“问你个问题成吗?”一次潘树林问，“你是不是觉得咱们俩不合适?”

孙燕怔了怔，犹犹豫豫地反问：“你说呢?”

潘树林没有说出什么。孙燕有些为难，她的性格不愿意让别人难受，可她又觉得应该说实话，就说：“你那么爱打架，不好。”

潘树林听了一笑，“我不是早就跟你说了嘛。我就是坏脾气。”

下一个星期天，孙燕要和姐姐一块去玩，没有和潘树林见面。然后她又接到潘树林来的电话，说他们厂子要举行篮球比赛。两个星期过去了，一个月过去了，他们没有再见面。周红娜到孙燕家来玩，问起他们什么时候办喜事，孙燕的脸色很尴尬，周红娜立刻有所觉察，追问起来。孙燕说起看芭蕾舞的情形，语气带着讥讽，周红娜打断她：“你至于嘛，别不讲理，人家不是值夜班嘛!”周红娜摆出老大姐的架势批评起孙燕来。孙燕看着她红扑扑的大脸，听着她讲话，可是没听清她说什么，暗想：他就是不可爱，我就是不喜欢他，又不是你和他谈恋爱。

于是，孙燕没有再给潘树林打电话，也没有再接到潘树林的电话。她和潘树林的关系就这么断了。

## 二

孙燕要过生日了，二十四岁的生日。以前她经常很早地想起来，到时候又忘了，可这回她绝不会忘，因为有一个人提醒了她。

那是三月的傍晚，西天还泛着桃红的光亮，孙燕从公共汽车上挤下来，一下来到冷森森的大街上，不由打了个喷嚏。她加快脚步朝自己家的胡同走，经过副食店的时候忽然听见有人叫她的名字。她站住四下张望，一副白白的脸庞从商店门口移出来，走进路灯里，是翟志刚。这个翟志刚是孙燕的小学同学，小时候常到孙燕家做功课。小学快毕业的时候，孙燕曾经在自己的课本里发现一张纸条，是翟志刚写给她的，问她准备考哪个中学，很想和她上同一个学校，好和她在一起。孙燕记得自己把那张纸条拿给姐姐看了，姐姐说去他的，别理他。孙燕就没有理他，再见面时也不和他说话了。上中学以后他们没什么来往，只因为彼此住得不远，偶尔会碰面。后来孙燕知道翟志刚到东北插队去了。

翟志刚这时走到孙燕面前，他是个皮肤白嫩、脸上布满小雀斑的人，个子不高。

孙燕笑了，“哟，是你呀！真少见。”

翟志刚告诉孙燕自己已经调回北京了，在郊区的一所小学当老师。两人提起一个个小学同学的名字，欢快地问来问去，曾经那种不自然的感觉荡然无存。孙燕让翟志刚有空到她家来玩，就在这时翟志刚忽然说，“你快过生日了，对吧。”

孙燕愣住了。她感觉到翟志刚的目光躲躲闪闪，一种奇特的感觉拨动了她的一根心弦。翟志刚很不自然，可还是说：“三月十七号，我一直记得。”

孙燕觉得窘迫极了，简直不知说什么才好，“是吗，你记性真好。那你记得李万里吗……”孙燕岔开了话题。

生日的这一天，孙燕没有和人提起，说不清为什么，她觉得翟志刚也许会出现。一直到下班回了家，她才觉得这是不可能的了。她有些闷闷不乐地躺在床上，等着吃饭。她的父母谁也没有想起今天是女儿的生日，这一点儿不奇怪，以往家里并没有过生日的习惯。可现在孙燕却有些难过，觉得自己孤孤单单，没人关心她。外屋的门“咣当”一响，是姐姐回来了，她走进屋子，手里拿着一封信，举到孙燕眼前：“给，你的。”

这个夜晚立刻敞亮起来，孙燕快活地宣布今天是她的生日。大家被提醒了，高兴地祝贺她，妈妈还临时给她下了一碗鸡蛋面。晚上孙燕躺在床上，从枕头下拿出翟志刚的信看了好几遍，信非常简单，只有两行字：在你二十四岁的这一天，希望你知道你的一个同学在祝福你，祝你生日快乐，工作顺利，生活幸福。

翟志刚后来告诉孙燕，自己经常从她家附近经过，希望能碰上她，那天晚上他在副食店转了一个多小时，售货员直看他，也许当他是小偷吧。孙燕看着说话的翟志刚，想到这个人从小就喜欢她，一直记在心里，念念不忘，就觉得像被一股温热的浪潮冲啊冲啊，心软绵绵的。他们每次见面都不是事先约好的，可翟志刚总是在她期待的时刻出现。有两天孙燕没有看到他的人影，有些心神不安，就在她犹豫着要不要到他家去找他的时候，翟志刚又出现了。他感冒了，发了几天烧，脸庞似乎有些消瘦，显得那样苍白和轮廓分明，孙燕忽然感觉到一股对他的爱的冲动。在街角的阴影里，翟志刚抬起一只手放到孙燕肩膀上，登时眼前的东西变黑了，身子一歪，孙燕就倒进了翟志刚的怀里。

到了秋天的时候，他俩已经在商量结婚的事了。他们到一个个商店去看床和衣柜，大衣柜的镜子里映出两个身材小巧、干净利落的人，看上去很相配，交换着亲密的眼神。婚期定在一九七七年一月二日。

在他们谈恋爱的日子里，翟志刚非常迷恋孙燕，经常他不出声、直勾勾看着孙燕的样子惹得她一阵大笑，笑他有病了。他多次问孙燕为什么和潘树林吹了，孙燕想不出更多的理由，只说合不来。翟志刚不满意，还问，把孙燕问烦了，说："你想听什么？我碰上你就不和他好了，成了吧！"

翟志刚的面容非常严肃，攥住孙燕的手，"我对你是一片真心，就看你怎么样了。你要是不喜欢我，你可得告诉我，我可受不了你那样。"他的眼神热辣辣的，盯着孙燕，像是要融化什么。

孙燕又想笑他，可笑不出来，因为她的心被弄乱了。一有机会翟志刚就要搂着她亲她，脸涨得红红的，像喝醉了酒，孙燕只觉得电流麻酥酥地从体内通过，不由自主地回应他。可他们克制着自己，没有进一步的举动。结婚前，孙燕被种种想象和神秘的渴望所困扰着。

结婚以后的情形让她不由有点失望。白天他们各自上班，思念着对方，下班回家见了面，好像还在思念，思念着一件事，一到可以睡觉了他们就很快地脱衣服，很快地上床，裹在一条被子里。翟志刚老是急得不得了，一下就发泄出来，可孙燕觉得他并不高兴。亲热过后翟志刚微微皱着眉头入睡，他的沉默让人有点不乐。

冬天一眨眼就过去了，春天开始冒头。暖和的微风吹在脸上，生活好像变了样子。早上起床时天已经发亮了，下班时天也没有全黑，而且一天比一天明亮。孙燕回家看见翟志刚在炉子前炒菜，眼前总是一亮，不管他做什么她都觉得好吃极了。

星期天是顶美的日子，他们可以一整天待在家里。翟志刚是个很会过日子的人，有干不完的活，他们的小屋收拾得干干净净，墙上挂着结婚照，照片上两个人头对头，拘谨地笑着。翟志刚还是那么依恋孙燕，孙燕就笑他像年糕，还笑他早熟，那么小就知道写纸条、谈恋爱。

翟志刚被提醒了，得意地说：“我告诉你，我一直觉得能和你好，咱们俩能走到一起，怎么样，我的话实现了吧。”他上前抱住孙燕，“你是我老婆了。”

“谁呀，谁是你老婆！”孙燕一边笑一边挣扎，翟志刚就胳肢她，孙燕笑得喘不上气，直要抽筋，连连呻吟：“别，别闹了，哎哟哟，要笑死我啦！”

很快夏天来了。夜晚，孙燕只穿着一件小背心躺在席子上还浑身冒汗，手里不住地摇着扇子，翟志刚把手伸过来，孙燕抓住他的手说：“不，太热了。”

经常翟志刚并不理会孙燕的拒绝，固执而急躁。孙燕觉得自己被他传染了似的，也变得烦燥不安，心里不快活。一次在黑暗里，她有些埋怨地说：“你这人，你怎么搞的？”

翟志刚没有出声，“咕咚”翻到床上。孙燕欠起身扭开电灯，翟志刚立刻闭上眼。“你怎么了？你干吗不说话？”孙燕追问。

翟志刚还是不理，也不睁眼。忽然间一股憋闷已久的火气蹿上来，孙燕极力压着：“成，以后你少烦人，听见没有？”

孙燕背过身去，过了一会儿她感觉翟志刚贴过来了，用身体摇晃着她，声音干涩：“嘿，你生什么气呀……”

孙燕不理他。翟志刚先摸她的肩膀，又把手伸到胸前揉啊揉啊，孙燕心里生出一股甜蜜而空虚的感觉，这感觉忽悠不定，让她又舒服又难受，最后还是难受占了上峰。她推开翟志刚，转回身看着他，两人四目相对。

“你说，你是不是有什么毛病？你说实话。”孙燕总算把这句话说出来了。

## 三

小时候的翟志刚确实是那种早熟的孩子，长大又很本分，直到结婚以后他才感觉自己在性方面有问题，他冲动得厉害，不能控制，每一回都满心觉得自己像只猛虎，要撕破一切，可刚刚扑上去，还没有尝到什么美味就完了。开始孙燕没有觉察，使他安心，渐渐他不能安心了。

那个可恶的晚上，事情被戳穿，世界一下脱光了衣服，让人感到有些害怕和屈辱。以后很长一段时间两个人都没有再提这件事，可讨厌的阴影老是笼罩着他们，弄得两人像闹别扭似的。

翟志刚去看了中医，开始吃药，可他不提，孙燕也不问。不是孙燕不想关心丈夫，而是不知道怎么办。她偷偷地看了书，知道早泄是种病，那些方方正正的铅字并没有让她弄明白问题究竟出在哪儿。她可怜翟志刚，为解除他的苦恼她什么都愿意做，可事到临头她又做不出来了。她从书上看到还有一些不同的姿势，一想到自己做出那种样子，就觉得恶心。

下雪了，针刺般的雪粒扎着人的脸，空气灰白。天黑以后刮起了大风，寒风剧烈地摇动树梢。钻被窝时孙燕冷得又叫又笑，她把被子掖得严严的，蜷起两条腿，听着外面的风声。小屋里又安静又暖和，炉子上开水壶噗噗地滚沸着，翟志刚慢条斯理地封好炉子，然后脱衣钻进被子，两人并排躺着，都没说话。过了一会儿孙燕扭脸看看翟志刚，翟志刚也看她一眼，眼神温和。孙燕伸出手摸摸他的面颊，微微迟疑地说："你，别不高兴了，没关系的，真的。"翟志刚没有出声。孙燕掀开被子钻进他的被窝里，两个人一点点地亲热起来，感觉很好。这种感觉使其他的感觉变得不再像以前那么重要了。

一个时期他们和谐相处，晚上孙燕负责把熬好的中药倒在碗里，端给翟志刚，看他喝下去。她为自己能做这件事而高兴，这证明了自己的一片真心。

他家的抽屉里放着一个小本子，里面记着每天过日子的花费，这件事是由翟志刚负责的。一年多来孙燕已经养成了习惯，领了工资就交出来，想到自己什么也不用管，这么省心，她觉得还是很有福气。

吃了一个冬天的汤药，翟志刚改吃丸药了，他用满满一大杯水才能把上百粒药丸吞下去，看上去很痛苦，他打的嗝也发出一股难闻的药味。

一个星期天孙燕靠在床上翻一本书，翟志刚在桌前记账，窗外隐约传来春天的喧闹。槐树杨树已经鼓出嫩芽，人的身心也膨胀着。孙燕抬起头，望着那薄冰一样的蓝天，轻轻舒了口气，目光移到翟志刚的脸上。他的皮肤那么白，雀斑一粒粒那么清晰，眉心现出淡淡的川字，她不由偷偷地看着他，他的身体缺乏一种愉快的男人气概，整个外表没有光彩，一时间她几乎忘记了自己和他的关系，像是一个外人。翟志刚忽然抬起眉头，问："那天你买的鸡蛋是多少钱一斤？"孙燕惊醒过来，想了想告诉他："八毛。"

孙燕又看了一页书，忍不住想说话，"嘿，书上说每个人都有属于自己的命运，我信。"

翟志刚放下圆珠笔，沉思着："你，是不是觉得命不好？"

孙燕微微吃了一惊，一种完全被误解的感觉使她发出冷笑。

"你笑什么？有什么话你就明说嘛。"

孙燕一句话也不想说了。

"其实我完全能理解你，真的，我要是你可能也觉得命不好……"

"你放屁，你不可能是我！"孙燕冲口而出。

"对，我放屁。"翟志刚宽容而解嘲地一笑，"我告诉你吧，我也想过，想得可能比你还多，什么叫命运，其实人就是一条小虫子，比虫子还小，你信不信。"

"那你就当虫子吧。"孙燕直通通地说。

翟志刚被噎了一下，舔了舔上嘴唇，"当然了，这只是一种比喻，可能是为了自我安慰吧。"

孙燕的心像被针一刺，软下来，翟志刚毫不反抗，坦白出真实想法，使她感到一阵难过。她打起精神说："你怎么了，你不是挺好的吗。"

"是吗，好在哪儿？"

"对我好啊，不是吗？"

翟志刚感激地望了孙燕一眼，脸上现出勉强的笑容："你知道就行，我也就知足了。"

在孙燕的内心里，她从来认为自己很正常，过着正常的生活，她不把一些苦恼和任何人说，包括父母和姐姐。有时母亲关心地问："你们怎么想的，什么时候要孩子？"孙燕任性地白母亲一眼："得了，你少操点儿心吧。"

日子过得真快，一眨眼的工夫到了储存大白菜的季节。休息日两个人忙活了一天，傍晚时分三百斤一级菜排列在窗根底下，圆滚滚的，显得十分可爱。他们俩可累坏了，随便下了点面条就上床睡觉。早上出门时满街都是落叶，风又干又冷，空中不停地响着飒飒声，白天越来越短了，人们在暮色中匆匆地赶回家去。孙燕在胡同口看见翟志刚骑着自行车的身影，她张了张嘴，却没有叫出声。

翟志刚用一件插队时穿的破大衣盖在白菜上，可白菜还是冻了，这年冬天非常冷。等公共汽车的时候孙燕不得不跑进路边的商店里，车站上站着黑压压一片人，车来了她根本挤不上去，还有一次她被夹在汽车中部，几乎动弹不得，急得大声喊：等等，有人下车！末了，她蓬头散发地从人缝里钻出来，被各种力量推搡着，绊在马路牙上摔了个跟头。

汽车开走了，眼泪不知觉地流出来，她发觉自己哭了，抽泣不止，这是委屈的苦闷的眼泪。回到家翟志刚已经做好饭了，她的心情平静下来。

又过了一年，翟志刚费了很大的周折调到区教育局工作了，离家很近，人比过去胖了些，每天早上他都要换一副干净的假领子去上班。孙燕呢，上了一个会计学习班，她的心里充满了改变现状的想法，虽然还缺乏明确的目的。下了班她急匆匆赶往学校，夹杂在陌生的男男女女之中走进灯光明亮的教室，老师心不在焉地来了，表情冷漠，课讲得干脆利落，孙燕专注地听着，一边在笔记本上唰唰地记；八点半铃声一响，大家就收拾起东西乱哄哄地四散而去。一种疏远的学生的感觉使孙燕觉得很年轻，身心愉快。同班有个小伙子下课和她同路，开始两人只是点头打个招呼，逐渐互相问候，聊起天来，他们乘一路公共汽车，孙燕比他先下车。小伙子姓罗，孙燕就叫他小罗，小罗一时不知怎么称呼她好，孙燕说叫老孙吧。小罗不以为然地瞥她一眼：“得了吧，叫小燕还差不多。”

孙燕“扑哧”笑了，“你多大？叫我小燕。”小罗回答：“二十五了，你呢？”

孙燕说你猜。小罗猜她二十一二，孙燕快活地看着他，让他再猜。小罗是个大高个儿，比孙燕高得多，孙燕必须仰着头看他，那仰起的小脸红润发光，显得很漂亮。当孙燕告诉小罗自己已经快三十了，小罗简直大吃一惊。

孙燕故意把自己的年龄说大，其实她还不到二十八呢。看到小罗难以置信的样子，孙燕满心的得意和喜悦，说："怎么样，这回得叫老燕了吧！"说完嘎嘎嘎大笑一通。

这时期小罗正打算调工作，单位不同意放他，除非他不干了，他真的准备辞职。孙燕很佩服他的勇气，同时又为他担心。在家里她和翟志刚说起这件事，"要是你呢？你敢这么干吗？"

翟志刚像是没听懂，用奇怪的眼神盯着孙燕："我疯了？你想说什么呀！"

孙燕被问住，忽然有点生气，又觉得很没意思，为了摆脱聚集在心头的烦恼，就说："你这个人哪……"她突然停住不说了。

翟志刚默默地看着孙燕，两个人恨恨地互相注视，很快又觉得不对，有些不好意思，连忙和解了。翟志刚问起孙燕上课的情形，还问了小罗的情况，孙燕说其实她也不想干，也想辞职呢。翟志刚微带鄙夷地问："那，你想上哪儿呀？"孙燕的脑子里转悠着许多想法，可嘴上说的却是："谁知道呢，瞎想呗。"

现在孙燕已经意识到自己和翟志刚的感情出了问题，她不愿意把内心的想法和他说，她甚至有点看不起他，看到他站在镜子前戴假领子时那种一本正经的神气，简直觉得讨厌。他还在吃药，他们是一家人，他为家里做的所有事情也都是为了她，她不得不心怀感激。

会计班结业了，孙燕和小罗仍然来往。两个人开始约会，约会的目的是为了给小罗介绍对象。孙燕跟小罗谈起一个姑娘，说了很多有关情况，小罗只是听着，不时地笑一笑点点头，孙燕有点急了，尖声喊起来："你怎么搞的？人家说的嘴唇都干了，你别太骄傲了好不好？"

小罗还是笑笑。孙燕侧着脑袋看着他，忽然也笑起来，一边举起小拳头捶了他的后背两下："不行，你太高了，我看你看得脖子都酸了。"

小罗大笑起来，笑得那么厉害，步子直摇晃，后来他总算止住笑，说："你知道吗，你真可爱。"

孙燕的脸高兴得绯脸，反驳道："我可爱有什么用，我又不和你谈恋爱。"

后来汽车来了，小罗护着孙燕上了汽车，在车上他们抓着铁栏杆的手碰到一起。小罗把孙燕送到她家的胡同口，孙燕挥挥手，说："快走吧，再见。"小罗呢，两只手插在裤袋里，一动不动地看着孙燕走进胡同，然后才转身走开。

这样的约会有过几次，孙燕越来越感觉到自己喜欢小罗，总想和他在一起。夜晚，她躺在黑暗里默默地想着心事，小罗已经明白地和她说过喜欢她，那么以后会怎么样呢？走在小罗身边的感觉多好啊，他那么高大、年轻，他真的像他说的那样喜欢自己吗？一定有很多姑娘喜欢他，想和他结婚……后来，窗帘渐渐现出灰色，孙燕这才发觉一夜就这么过去了。翟志刚睡得很熟，气息均匀，近在身边，天哪，这种事真折磨人，真难啊！生活为什么没有快乐只有苦恼呢？

睡不好觉，孙燕的头总隐隐作痛，面容也显得憔悴了。照镜子时她发现了一根白头发，不由惊讶得大叫："看呀，白头发！"

"干什么，吓我一跳，"翟志刚好笑地说，"我也有，早就有了，这算什么。"

可孙燕很受刺激，她已经老啦，都有白头发了，谁还会真心地喜欢她？一种悲观的情绪使她垂头丧气，同时又觉得必须采取行动。她给小罗写了一封信，说再也不想和他见面了，写完又撕掉。他们俩其实什么事也没有，干吗要这么写呢，人家会怎么想呀！

孙燕接到小罗一个电话，声音很兴奋，说有件事要告诉她，约她下班后见面。一整天孙燕都心不在焉，满脑子胡思乱想。她猜想小罗可能会说出更亲热的话，要是他说想跟她好，该怎么办呢？也许她能……离婚！离婚的想法弄得她心慌意乱。她不由可怜起翟志刚来，要是离了婚他还能找谁呢？想起那张可怜样儿的痴迷的脸，孙燕觉得翟志刚是真心爱她的人，可她已经不爱他了，是她不好，对不起他。那么不离婚吧，就这么和他过，可是多没有意思啊，一丁点儿幸福也没有……

看到孙燕，小罗大步朝她走来，看着他迈着轻松步伐的样子，孙燕什么心思都没有了，满脸带笑。小罗让她猜发生了什么事，奇怪的是孙燕一下就猜着了："你辞职了?!"

小罗双手一击："哈，你真聪明。"

为庆贺这件事他们去了一家饭馆，还要了一瓶红葡萄酒。两人越谈越兴奋，小罗让孙燕调到他们公司去，他已经上了两天班了，还是搞销售，不过压力比从前大，当然挣的钱也多得多。

他们边吃边聊，对工作，对个人前途及社会问题都说了许多的话。孙燕把筷子举在嘴边，微微斜着眼睛瞟着小罗，目光里满是风情。小罗渐渐安静下来，谈话里出现了意味深长的沉默。饭馆要关门了，他们来到大街上，孙燕心里有点不安，因为已经九点多了，可经过汽车站他们还是没上车，继续向前走。

孙燕边走边想，什么是幸福，其实这么走路就是幸福，说起来可笑，可这是真的呀。只听小罗慢悠悠地说："问个问题成吗?你和你爱人关系好吗？能不能说?"

孙燕愣了片刻，喃喃地回答："谁知道呢，就那么回事吧。"

"怎么回事?"小罗不放松。

孙燕想了想，"我们俩性格不大一样，他比较内向，比较稳重。"

小罗笑了，“那太不一样了，你是开朗的性格，比一般人活泼。”

“不好吗？”孙燕问，其实她完全知道答案。

“好，当然好，我喜欢。”

孙燕故作轻松地一笑，好像觉得这话很好玩，“那你就找一个活泼的呗，那还不容易。”

“好哇，那我就找你，行吗？”小罗的口气也有点像开玩笑。

“去你的，别没大没小的。”

“孙燕，”小罗严肃地叫了她一声，“我不喜欢听你这么说话，你比我只大三岁，别忘了。”

两个人都不出声了，孙燕心潮激荡，小罗像憋着劲在想问题，空气有点紧张，又走了几步，孙燕忽然站住，“不行，我该回家了。”

“好吧，那我送你。”

他们上了汽车，在车上也没说什么话。孙燕让小罗别下车了，可小罗不听。

从车站到胡同口的路那么短，他们走得很慢，渐渐停住。路灯的光照着他们，使他们觉得不自在，两个人心里同时生出藏到黑暗里的愿望。

“走，送你回家吧。”小罗说，孙燕顺从地跟着他，走进昏暗的胡同。一种与世隔绝的感觉立刻笼罩了他们，就剩下他们两个人了，现在该怎么办？孙燕只觉得自己那么虚弱，完全无能为力，只有顺其自然了，她想。正在这时她看见胡同深处走来一个人。

## 四

翟志刚的脸从昏暗中冒出来，闪着一层青光。有一会工夫孙燕的感觉很麻木，弄不懂是怎么回事。接着她清醒了，急促地说："你走，我爱人来了。走吧！再见。"她快步迎着翟志刚走过去，把小罗丢在身后。

孙燕走到翟志刚面前，使劲笑了笑："哟，你怎么在这儿？"

"那个人是谁？"翟志刚开口就问。

"谁？"孙燕反问道，立刻一种不好的羞耻的感觉让她改了口，"啊，那是小罗。我和你说过他。"

"他为什么跑了？"

"回家呀。"

"他家在哪儿？"

"你干吗，查户口哇。"孙燕理直气壮起来，她意识到自己根本没有什么可隐瞒的。

翟志刚仇恨地朝胡同口望着，孙燕也忍不住回身望了望，奇怪，胡同里空无一人，不见了小罗的影子。孙燕神思恍惚地怔了怔，有点泄气地说："走，回去吧。"

她走了几步才发觉翟志刚没有跟上来，就站住，“嘿，怎么了！走不走啊？”

翟志刚根本不理她。孙燕只得走回来，伸手拉起翟志刚的胳膊，拽得他身体倾斜，不得不跟着她走。

两人拉扯着走了一段，孙燕觉得真可笑，一边使劲拉他一边笑着说：“嘿，走哇你，走哇………”

翟志刚忽地甩开她，吓了孙燕一跳。

“去你的！你别以为我就这么好骗，你把我想得太傻了吧，告诉你，我心里清楚极了，你想怎么样？”翟志刚一顿，眼露凶光，“哼，想离婚吗？告诉你办不到，那不可能，你凭什么！我干了什么对不起你的事，你说呀！你说得出口吗？”

从一个门洞里传出叽叽咕咕的声音，接着走出两个人，是两个倒垃圾的女孩儿。

“走，回家再说。”这回是翟志刚领头就走。孙燕一动不动，心气得怦怦直跳。两个女孩儿走过她身边有些好奇地看看她。翟志刚头也不回，孙燕死盯着他的背影，忍了又忍，还是跟上去。

那天晚上孙燕不再和翟志刚说话，不管他说什么她只是沉默，弄得翟志刚以为她自知理亏了。他的本心并不想和她大闹，看孙燕脸色发白一声不吭的样子，他也有点害怕，后悔说出离婚那样的话，就克制着自己。

翟志刚先上了床。孙燕一直坐在桌前，气已经消下去了，脑子里晕晕沉沉，愁闷得想哭。一些曲曲扭扭的闪光在桌面上、窗玻璃上颤抖，所有的东西都扭歪了，孙燕用手捂住脸，嘤嘤地哭起来。

翟志刚一动不动地躺在床上，眼望房顶，后来实在忍不住了，“你哭什么？你还哭！”他下了床，从铁丝上拿了条毛巾，递给孙燕。

孙燕接过毛巾，支支吾吾地抽咽着：“没意思，真的，太没劲了……”一边说一边擦掉满脸的鼻涕和眼泪。

翟志刚低头看着她，一时间，满心的屈辱和仇恨使他几乎想打她，拳头都攥起来了。孙燕什么也没看见，她站起身，默默地倒水洗了脸，然后上床躺下。

第二天中午小罗打电话问候孙燕，两人都没有提头天晚上的事。以后他们时常通电话。小罗现在很忙，老出差，到各地参加展销会，他送给孙燕一些会计学方面的新书，孙燕在家里学习时就明白地告诉翟志刚这些书是小罗给她找的。

下了一场大雨，胡同里的一堵山墙倒了，幸亏没砸着人。豁开一面墙的屋子暴露在光天化日之下，显得那么寒碜。孙燕每天从屋旁经过，都觉得像是有什么人站在那儿沉闷而吃惊地瞪视着。过了好久房管所才来人把那堵墙砌起来。

孙燕和小罗几乎不来往了。她没有什么失望的感觉，觉得这样倒好，但是她越发坚定了想要改变自己生活的决心。过了半年多，孙燕调到一家医院的药房收费，干了不到一年又调到一家出版社当会计。

孙燕在医院工作期间翟志刚曾和她提过，是不是检查检查，为什么一直不怀孕，孙燕虽然不高兴，还是查了，她的身体没有任何问题，一切正常。翟志刚不甘心，总是叹气，长期以来他一直在吃药，情况有所改善，那么为什么还没有孩子呢？这件事成了他的一块心病。

孙燕的姐姐孙丽和一个研究生结了婚，生了个儿子。孙燕很喜欢自己的小外甥，翟志刚也喜欢，这个孩子让他俩时而亲近，时而心生怨恨。孙燕偶尔把一些烦恼和姐姐说，姐姐是那种能力很强有野心的女人，她太知道自己不如姐姐了，简直没法比。姐姐的话她也许能理解，但做不到。孙丽的中心意思是：一个人要想明白自己需要什么，按照自己的需要去行动。她暗示孙燕可以和小罗发展那种关系，只要她觉得需要。后来小罗从孙燕的生活里消失了，孙丽不由有疑惑，对妹妹说："真看不出来，你这方面是不是比较冷淡哪。"

孙燕也弄不清自己算不算冷淡，和翟志刚在一起得不到满足时她很苦恼，加剧了内心的渴望，有时甚至想发脾气。偶尔也有好的时候，翟志刚呼出熟稔的气味，气喘吁吁地问："怎么样？成吗？成不成？"孙燕紧闭着眼睛，极力忘却现实，脑子里充塞着一些乱糟糟的场面和小罗的模样，不一会儿就恢复了清醒。

翟志刚很关心她的感觉，极力想使她满意，孙燕心里明白他是多么想有孩子。

三十岁生日那天孙燕照了半天镜子，观察的结果还算满意，她一点不显老，俊俏的脸蛋几乎没有皱纹，她轻轻摸着眼角对自己说：就是，没孩子也有它的好处。四月里她却怀孕了。

翟志刚身上发生了鲜明的变化，活跃多了，不管人家跟他谈什么，他总要把话题引到孙燕身上，然后就说起老婆怀孕的事，谈男孩与女孩的差别，先天与后天的。他抱着孙丽的儿子都都嘴里念念有词："知道吗小子，你就要有弟弟了，说，喜欢弟弟还是妹妹，说呀小肥猪，来，咬一口。"都都被咬得太疼了，嘴咧了几咧，终于"哇"地哭出来。

都都还不到两岁，孙丽却走了，上美国去留学了，儿子放在姥姥姥爷家里。孙燕的怀孕让父母喜出望外，本来他们几乎不敢抱什么希望了。单独和孙燕在家时翟志刚显得小心翼翼，甚至露出讨好的意思，让孙燕觉得不舒服，好像和一个陌生人生活在一起似的。她不由陷入思索，然后问翟志刚："我要是一直不怀孕呢，咱们俩会怎么样?"

"别胡说八道。"翟志刚不愿意谈。

"真的，我真的想知道，要是没怀孕呢?"

"你不是怀孕了嘛。"

"那，要是流产了呢?"

翟志刚生气了，嘴抿得紧紧的，极力压住火。他的态度惹得孙燕老想说刺激他的话。她一次次宣称自己不想生孩子，生孩子有多难，多痛苦，多么危险，翟志刚听着听着，脸色涨红，渐渐又变白，可是绝不发作。后来他完全练出来了，把孙燕的话当成玩笑，随着她一起说：对，要孩子干吗，生下来也得掐死。流产，坚决流，血流成河……孙燕憋不住地笑起来，笑得翻倒在床上。翟志刚从来不是一个幽默的人，这一段成了他们共同生活里笑声最多的日子，可惜太短暂了。

一天夜里，孙燕起来上厕所，发现下身出血了。早上翟志刚陪她去医院，走在路上她感觉血流不止，医生检查后说，胚胎已经部分排出，必须刮宫。

半年以后孙燕和翟志刚离婚了。

## 五

孙燕又和父母住在了一起，刚开始她有些不习惯，情绪低沉，然而一种疏远的孩子感情的残余使她逐渐恢复了。星期天，她躺在床上不起来，听着妈妈一遍遍叫她，厌烦地用被子蒙住头，仿佛又回到了小姑娘的年代。不同的是现在有了小都都，他经常跑来掀开被子，用小手重重地拍打孙燕的脸。

孙燕一把揪住那条小胖胳膊，都都惊恐地大笑着往后躲，孙燕不放手，两人闹得像疯子似的。有时候她正满心欢喜，亲着滚来滚去的小外甥，一种说不清的悲哀在她心里一动，她松开手，都都欢笑着逃跑了，孙燕把脸埋在枕头里，伤心得想哭。

妈妈的同事要给她介绍对象，孙燕生气地拒绝了。她说她不想再结婚，因为没有意思。没人能说服她，一谈到这个问题家里的气氛就紧张。

星期天妈妈推门走进来，一面拉开窗帘一面说："你怎么还不起床啊，像什么样子!?"

孙燕蓬头散发，从被子里探出头，"快，关上窗帘，求求你了。"

妈妈把窗帘又拉上一半，走到床边坐下。

"小燕，不是我们不能理解你，你不能自暴自弃呀！嘿，你听见没有。"

"什么自暴自弃，我困。"

"你呀，"妈妈叹口气，为女儿掖掖被子，"你听着，昨天李阿姨来了，她也这么说，你不能这样，这样不对，你才多大岁数呀，生活的路还长着哪。"她等了一会儿，见孙燕没反应，接着说，"人应该坚强，这种事有什么了不起的，比这大得多的困难我们都过来了。李阿姨说女同志老得快，岁月如梭，真是这样，你没看见李阿姨的头发，说白就全白了……"

这样前后矛盾的话搅得孙燕心烦，她猛地睁开眼，"谁是李阿姨呀，我不认识。”

“你这孩子，怎么这么说话。”妈妈气冲冲站起身，噔噔噔走到窗前把窗帘一拉，“起来，别赖在床上了，我看不惯这么懒惰的人。”

屋子里灌满阳光，亮得耀眼。孙燕的心被刺得一哆嗦，慢慢欠起身，眯着眼睛问：“你直说吧，你是不是嫌我住在家里？”

她的话伤了妈妈的心，只见她的眼睛难过得眨巴眨巴，不知说什么好。孙燕也又气又难过。有人敲了敲门，是爸爸。他探头进来：“嘿，牛奶热没热？都都醒了。”

妈妈一声不吭地走出门去，顺手把门使劲一关。孙燕心酸地想，没有人关心她，更没人理解她，她没有亲人，谁也不为她着想。过了一会儿，隔着屋门传来啪嗒啪嗒的脚步，都都一面跑一面笑，用脚跺着地板，满心的顽皮。孙燕马上忘掉了忧伤，大声喊起来：“都都！都都来啊，到这儿来！”

有时候姐夫一早就来了，准备带都都去动物园。都都拽着孙燕撒娇，“小姨也去小姨也去，”张波一板脸他就不闹了。都都长得很像张波，方脸，短而直的鼻子，大嘴叉，只是都都胖，哪儿都肉乎乎的，张波的脸上尽是骨头，很硬，他咧嘴大笑的时候让人觉得特别开心。

张波对孙燕的事从不发表意见，孙燕不知道姐姐和他说过什么，看上去他好像什么也不知道。他待孙燕家的人很客气，但是不大亲密。在都都上幼儿园的问题上张波和孙燕的父母有分歧，弄得不大愉快。

张波在社会科学院工作，都都四岁时他让儿子进了单位的幼儿园，每星期六接回家。要上幼儿园了，都都哭得撕心裂肺，像是要送屠宰场的小猪，满身是汗，接着就病了。病好以后小脸瘦了一圈，眼睛里不时露出微弱而鲜明的紧张神气，姥姥答应每天接他回家，他才松了一口气。张波不同意姥姥的做法，又不想直接发生冲突，就找孙燕谈。

一个下午，孙燕去幼儿园接都都，现在这件事经常落在她身上，看见张波站在幼儿园门口等着她。

“哟，你怎么来了?”

张波说想和她谈谈，他宽阔的嘴角向上弯起，带着讥诮的神情，“首先我得声明，你姐姐和我立场一致。”

孙燕笑着问：“我姐又来信了?”

张波说他们通过电话，接着他收敛笑意，严肃起来，又一次讲明他的理由：第一他没有时间天天接，第二他不愿意给都都造成这种错觉：靠乞求靠软弱的姿态就可以躲避他不想做的事。都都应该明白，大人、家长的正确决定，不是能够随他的意愿改变的，对与错，生病和上幼儿园，两方面不能混为一谈……

“他是个小孩子。”孙燕好笑地打断他。

“不错，他是孩子，”张波认真地盯住孙燕，“也许我误解你的意思了，你别见怪，我不认为孩子和大人有什么不同，你以为他不懂，那是你小看他了，他什么都懂，或者说都能懂，只要你相信他，把道理给他讲清楚，你要是根本不相信他那当然就没办法了。问题在大人，不在孩子，你同意不同意？”

孙燕被姐夫盯着，点了点头。

“好，好极了，那我就有个同盟军了。”

孙燕“扑哧”笑了，“你说话真有意思，以前我怎么没发现。”

“那当然，那是因为你姐说话更有意思。”

孙燕怔了一下，哏哏直笑。他们一起去接都都，都都看见爸爸来了，有些意外，问：“你是来接我的吗？”

张波把他抱起来，直望着孩子的眼睛：“你先说，你想爸爸了吗？”

都都胡乱地点点头，搂住张波的脖子，亲亲他的脸。张波高兴得大笑，笑声高两个调门，显得很激动。孙燕忽然觉得姐夫很可爱，他的心并不像表面那样，他很爱儿子，而且他是对的。

过了一个月，又过了两个月，一切都进入正常的轨道了。每星期一早上，都都的情绪有些低沉，但不再哭了，因为他知道那没有用，另一方面他也习惯了幼儿园的生活，正如张波所说：时间是解决一切问题的法宝。

十月里，云色清朗，气候渐凉，一夜之间街头冒出堆得小山似的大白菜。白天人们热热闹闹地排队买菜，孙燕夹在其中，心里有些空虚。晚上她躺在床上，举着书却看不进去，翟志刚已经又结婚了，听说是和一个开无轨电车的司机，那女的能给他生孩子吗？但愿吧，但愿他能过得好。

“那我呢？就这么过一辈子吗？”

孙燕想压住这念头，不由说出声来，“别想了，睡觉。”她关上灯闭上眼睛，果然迷迷糊糊睡着了。天还没亮的时候她突然醒了，屋子里还黑着，可已经看得清周围的物件了。翟志刚又闯进她的脑子里，仿佛由他带来了什么意义不明的麻烦似的。她想到张波的话也不全对，时间并不能解决她的问题。可怎么才能解决问题呢？再结婚吗？和谁结？

这念头活生生地一闪，那么清晰那么强烈，使孙燕忽然起意想结婚了。那个人应当比世上任何人对她都亲，比妈妈爸爸还要亲，想到那种痴痴迷迷的，没法用语言表达的亲密，孙燕激动而怅惘。

孙燕同意去见一个人。那人是个会计师，和她同行，没结过婚，各方面条件都不错，只是年龄大了点，四十三岁。他们是在一个同事家里见面的，孙燕第一眼就懂了这人为什么没结婚。没有女的会喜欢他那样的人，从长相到言谈举止，怎么说呢，他基本上就是个女的，那窄小的溜肩膀，轻巧地翘着的小手指头，斜着眼睛看人，笑的时候两手那么一拍；一开始孙燕感觉又恶心又生气，渐渐她觉得太逗了，最后简直可怜起这个人来。他这辈子可怎么办呢？天底下居然有这样的男人。

孙燕没有和父母说，却忍不住告诉了张波。张波理解地微笑着，“这个人一定是同性恋，他没有什么过错，一切都是荷尔蒙的作用。”

“同性恋”三个字使孙燕的脸涨红了，“那他干吗还要结婚?”她气愤地质问。

“这更不能怪他了，你知道别人都怎么看他吗？你想想，你怎么看他。”

“怪物。”孙燕冷笑道。

“问题就在这儿。他不愿意被当作怪物，就这么简单。”

张波总是让孙燕无话可说，又心悦诚服。孙燕觉得许多说不清的事情在他心里都很明白，所以他总那么沉着，看人的时候总是直盯着人的眼睛，叫你不得不低下头，要不就看别的地方。孙燕想试试也看着他，可做不到，张波的目光坚定，自信，要求很高，只有孙丽才能和他结婚。孙燕感觉到内心深处有一丝丝羡慕，她想不出孙丽为什么还待在美国，要是她自己可能早就想家想得受不了跑回来了。

星期天孙燕去逛王府井，感觉有人在看她，她假装不经意地转过脸，原来是小罗！小罗穿着好看的灯芯绒西装，头发向后梳着，像一道亮光站在那儿。

小罗要请孙燕吃饭，孙燕笑道：“都两点了，不，才两点多，吃什么饭呀!”小罗就请孙燕到开张不久的麦当劳坐坐。午后的太阳把大玻璃窗照得一片白光，孙燕指着靠窗的座位，“咱们坐到太阳里吧，多好。”小罗刚坐下就站起来，解释说他早就想上厕所了，这就是麦当劳的好处。随后孙燕也去了，果然厕所里有镜子，她照着镜子理理头发，凑近看看自己的脸，她对自己并不满意，但是也没办法了。

他们随便说笑了一会儿，小罗当上了部门经理，当然，目前还是副的，孙燕在单位也算是“大拿”了，接着孙燕很突然地说：“我离婚了。”她下意识抬起目光看小罗的反应，恰巧抓住了那一瞬间，那是一个人在听到突如其来的好消息，惊讶而自得的本能流露，孙燕不大相信自己的眼睛，“你，怎么了?”

“我怎么了？我在听你说话呀。”小罗的脸色已经十分严肃。

孙燕简单地说了说离婚以后的情况，她不愿意多谈离婚这件事，小罗感觉出来了，也没有多问她。他们远远地离开了他们内心里关切的事情，一个劲地扯别的，喝着可乐，轻松的有说有笑，可乐喝完了，薯条吃得差不多了，到了分手的时候，小罗给孙燕留了一个地址，说这是他的房子，准备结婚用的。

孙燕怔了一下，使劲笑起来：“好啊，你怎么还保密呀，都要结婚啦!”

小罗说还早着呢，不过有个女朋友。孙燕问是干什么的，小罗难以觉察地迟疑一下，说：在外地，深圳。

孙燕笑他们是牛郎织女，让小罗要经受住考验，然后两人就告别了。

自从又见到小罗，孙燕的心一直不平静，对自己不满意，好像自己干了什么后悔的事，可她知道并没有。小罗和她是什么关系呢？朋友？他比过去更精神了，还有点得意，他为什么给她那个地址？孙燕想到了一种可能性，一股热烘烘的感觉在小腹流动，她为自己荒唐的念头羞耻，同时又觉得小罗很丑恶。一个礼拜后小罗给她来了个电话，刚说了几句，有人叫他开会，就挂断了。

河面结冰了，风变得冷飕飕的，早晨天还黑着孙燕已经出门了，公共汽车挤得要命，每天在路上花费的时间比别的季节多得多，弄得人身心疲惫。星期六孙燕早早地去幼儿园接都都，回家的路上两个人手拉着手，边走边聊，孙燕问都都想不想妈妈，他无所谓地说想啊，孙燕犹豫了一下，又问："爸爸想妈妈吗？"都都不理她，哼哼唧唧地唱起歌来。

一个星期六，孙燕按照说好的把都都送到张波家，张波到家后留孙燕吃晚饭，说晚一点汽车就不挤了，孙燕就留下来。他们三个人坐在一张桌前，有一种家庭的气息，孙燕觉得挺愉快。屋子里很暖和，张波只穿了一件毛衣，孙燕发觉这件毛衣是她织的，张波听了马上站起来，双手垂在身体两侧，让孙燕好好欣赏一下自己的作品。孙燕说："我可不敢当，你怎么成了我的作品了。"

张波揪起毛衣："这是你的，"又用手指指自己的鼻子，"我嘛，对不起，是我父母的作品。”

孙燕笑着连连点头：“对对，没错。”

都都的眼睛机灵地转了两转，猛然伸出手指着张波喊道：“我是你的作品！”张波高兴得大笑，都都又霍地指向孙燕：“小姨是，是我的作品！”

孙燕一愣，嘎嘎笑了。都都开始胡乱地指来指去，说孙燕是张波的作品，自己是妈妈的作品，张波是姥姥的作品……孙燕抱着都都笑成一团，张波微笑着等待着他们，轻轻拍拍桌子：“镇静，镇静了。”

夜里孙燕做梦了，梦境混乱离奇，有张波还有小罗，一个人拉起她的手，好像要搂抱她，她一脚踩空了，摔倒在马路边，司机连声喊着：借光借光，凑到跟前对她说：别哭，上车吧，司机的脸模模糊糊，很熟悉………

有一阵大家都巴望着能看内部观摩的外国电影，孙燕的兴趣尤其强烈，几乎成了一种饥渴，在出版社里见人就打听，还到处托人，只要有机会她总能搞到票。一些电影使她很激动，她忍不住地把自己的感想和张波说，为此还要把整个故事给他重讲一遍。每当她讲故事的时候心里都不由得沮丧，这些动人的电影从她嘴里说出来就失去了光彩，成了干巴巴的话，没有了欢笑和眼泪，不能感动人了。

有时候张波也给她电影票。一天张波和她一块去看一个美国电影《魂断蓝桥》。电影是下午场的，看完电影出来正值暮色降临，满街流动着下班的潮水，可孙燕一无所知，她的心完完全全还留在电影的时空里。刚刚在电影院里她哭了，眼睛还看得出来，她顾不得难为情，甚至觉得没有什么可难为情的。玛拉的命运，她和罗依的爱情，她为爱情而做出的牺牲，牺牲了多么美丽的生命呵！罗依将悔恨终生，永远活在对玛拉的思念里。孙燕没头没脑地朝前走，几次要撞到人和汽车，都是张波把她拉住了。

暮色清朗，西天一片桃红，走到路口孙燕有些茫然地站住了，看着眼前匆忙穿梭的人们，她忽然说："我不想回家。"

他们选择了顺路的景山公园，一走进公园大门，那个喧闹的不合时宜的城市就被坚决地阻挡在外面。四下里，光秃秃的树木一片朦胧萧瑟，余晖留在一棵棵树干上，汽车的声音，模糊的人声，隐约的喇叭声，并没有破坏公园的安静，反倒增添了一种与世隔绝的静谧的意味。

孙燕呼吸着冰凉的空气，她感到很舒坦，身边有一个人和她并肩走着，这个人是她的姐夫，这也没有让她别扭。此刻她的心充满感情，非常充实，她有很多的话想说。

他们开始了一场谈话。孙燕说了很多，热烈地讲个不停，像涓涓流淌的小溪，有没有爱情呢，当然有的，一定有……她知道很难很难，也许她永远在可悲之列了，可她还是很高兴，因为毕竟有人获得了爱情，像玛拉。她羡慕玛拉，她虽然死了，可她是为罗依而死，为爱而死的，生活中能有值得爱的人多好，可又是多难哪！

夜色渐浓，山后的红云完全消失了，钴蓝色的天空里冒出越来越多的星星。张波一直沉默地听着，只是偶尔简短地说：是，我明白……当然……那低沉的声音给孙燕很大的安慰和鼓励；她和翟志刚的生活怎样一点点暗淡下来的，小罗的出现，不愿回首的离婚；眼泪在孙燕的眼睛里发亮，回忆使她激动也让她满心委屈，忽然她觉得自己说不出话来了。张波侧过脸看看她，小心地伸出手拍了拍她的肩膀。孙燕的身子一颤，喃喃地说："对不起，没事儿，没什么。"

张波沉默地向前走，两个人的脚步声清晰可闻。眼泪退下去了，难过的心情也很快消失，代之以一种轻柔的舒畅感，刚刚被张波拍过的肩膀上有些异样的感觉，好像那只手没有拿开，还放在那儿，有点温度有点重。

公园里的灯亮了，照出一块块冷清的空间，把更大的黑影投向远处。张波默默地向孙燕讲起了他的初恋。那是在云南建设兵团，在一个水库的大坝上，那个女孩儿向他迎面走来，那时候他多大呢？应该是十六岁。他从来没有见过那么漂亮的女孩儿，到今天为止也没见到，他的脑子一下空了，把什么都忘了，只有那女孩儿像一道亮极了的亮光笼罩着他。他们走近了，他忍不住问她是哪个团的，干什么去？两个人说了五分钟的话，他记得水库里有鱼，“泼啦”跃出水面，女孩儿笑着指给他看：在那儿，那儿！整个水库、四周的天地都充满歌声，亮堂堂的。然后他们分手，女孩儿去镇上发信，他就到别的连队看同学了。前后只有五分钟，但是永生难忘。那五分钟的感情至诚至美，无与伦比，再也没有了，他相信那就是爱情，谁也夺不走，什么时候想到都那样美好。

张波想了想，又补充了一句：“爱情不在于是不是靠得住，而在于是不是使人幸福。”

孙燕呆住了，这是另外一个电影，这个故事超出了她的思想，但是她已经完完全全地接受了它，以至于一想到有这种可能，就有一股巨大的感动的热流通过她的心间。她目不斜视，心潮激荡起伏。静默中，张波的脸有些暗淡，眼神诚实而深思，过了一会儿，他的喉头咕哝了一声。

“你知道吗，我没有告诉过你姐姐，结婚以后我去找过那个女孩儿。”

孙燕没有反应，心尖轻轻地哆嗦了一下。

“我差点认不出她，不不，当然我一眼就认出来了，可是，我想我可能是犯了一个错误。”

“怎么了，她也在北京吗？”

“在上海，是我出差的时候。”

张波细细地讲述了他找那个女孩儿的复杂过程，经历了怎样的周折，心灵的斗争，在临走的头一天，深夜十一点多钟，终于站到她家楼下的窗口。女孩儿出现了，当然不再是女孩儿，她根本不认识他，后来想起他来，两个人你送我我送你，在她家楼下的巷子里来来回回一直走到天亮。

“她还那么漂亮吗?”

“怎么可能呢？老多了。我不愿意多看她，因为我一直在想着她，在梦想她，我有点受不了。当然，后来慢慢习惯了。”

“她结婚了?”

“结了。”

“她丈夫呢?”

“她没说，我也没问。她谢谢我去看她，还说第二天可以陪我玩，我说我要走了，早上七点四十分的火车。”

不知为什么孙燕松了口气，心落地了。对了，她想，这就对了，一切都不可能，都成为过去，多么让人难过，让人想哭啊！可是，这是为什么，一股凉幽幽的轻松的快感，这感觉蠢蠢欲动，在向她招手，孙燕模模糊糊地想到自己的青春，想到自己白白地浪费了这么多年的时光，觉得她多么想恋爱啊！公园里的寂静，一直在耳边萦绕的可爱的声音，无风的湿润的冬夜都在迎合她的心意，在她心里激起极端的热望，天哪，她非恋爱不可。

很可能就是在那个时候孙燕爱上了自己的姐夫，然而她只是想：多好，这个夜晚真是可爱极了。

## 六

过了半个多月小罗又给孙燕来电话了，约她去玩，去舞厅跳舞。第一次孙燕说有事，下回吧，第二次她去了。俱乐部里的气氛不像孙燕期待的那么欢乐，灯光发暗，宽阔的大厅里好像蒙了一层东西似的，陌生的人们互相打量着。小罗带孙燕走到舞厅顶里面，坐了一会儿。每一个舞曲开始都是那两对男女首先走进舞池，孙燕很感兴趣地看着他们，他们提着气，一脸的不高兴，脚不着地地滑来滑去，另外的一对倒是喜气洋洋，可孙燕觉得有点可笑。轮到小罗站起来请孙燕跳舞了，孙燕很紧张，她的头才到小罗的下巴颏，两人跳了一会儿孙燕就笑着倒退两步，抽出手说："不成，你太高我太矮，不成。"

小罗想说服孙燕，攥着她的另一只手不放，孙燕的脸红了，她顺从了小罗。她的脸颊微微贴着小罗胸前的衣服，无声地跳完一支曲子，又跳了下一支舞曲，渐渐地孙燕的心平稳下来，不再不好意思了，怀着满意的心情跳了一个晚上，等到小罗问她，咱们还跳吗？她才惊醒过来。

走出俱乐部，来到街上，孙燕不由打了个冷战，小罗很自然地伸出手搂住她的肩膀，孙燕没有反应，两个人无声地走了一小段路，然后小罗站住，俯下身亲了孙燕。他的嘴唇有点潮乎乎的，冰凉，像亲在石头上，可这块石头会动，他一个劲地亲着，把孙燕抱得紧紧的。孙燕的感觉像做梦一样，不知道自己在干什么，但是她也亲了小罗的嘴和面颊。几分钟之后他们松开了，小罗搂着孙燕又走起来，孙燕一边走一边不由诧异自己的反应，她亲了小罗，可她又这么镇静，她到底怎么看待小罗呢？

“嘿，上我家去吧，好不好？”小罗扭着脸，凑近她的耳朵柔声说。

孙燕没有回答，继续走着。小罗拉住她：“走吧，去坐车吧。”

这时孙燕抬起头看着小罗，她认出了那种表情，是充满性爱的男人脸上贴着的那层特别的表情，孙燕是过来人，一眼就认出来了，她的身体不由自主地感到激动，可内心却不肯服从，觉得屈辱。

“不了，我得回家了。”孙燕不自然地说，小罗好像不相信她的话，脸上带着宽容的疑惑的笑，孙燕一阵慌张，又说，“真的，以后再说吧，还有机会。今天太晚了。”

后来孙燕在公共汽车上想着小罗的表现，越想越气，他明明有女朋友了，也告诉了她，可他还要拉她去他家，他把她当成什么人了！而她呢，说的是什么话呀！有什么机会？再说什么？一股气恼和懊丧的心情使孙燕直冒汗。

这时她看出了小罗身上的许多缺点，他那种得意的样子，在俱乐部里他的眼睛老是瞟着好看的姑娘，他变了，一点不像在会计学习班时有股年轻的单纯劲，意识到一个人这样地改变了，孙燕觉出一股说不清的滋味。

孙燕想到了张波，他多好啊！没有比他再正派的人，他才是值得爱的。孙燕心里猛地一震：天哪，她这是怎么了？可立刻又缓过神来，想：为什么不能呢？我爱都都，他们是我的亲人，我愿意爱他们。过了一会儿另一个声音又说：对，你可以爱，但是能爱张波吗？

那一夜孙燕老是想着和小罗的拥抱亲吻，一会儿又变成了张波，她浑身发烧，翻来翻去，天哪，她觉得自己真的在渴望男人！她伏在床上，满脑子的梦想，一点也不害羞，瞧着柜子微笑；她希望一直想到天亮，可渐渐地想到生活还要这样过下去，忽然间气馁极了，不由为自己刚刚的思想害臊。她又难过又气闷，暗自叹息：什么时候才能开始一种新的生活啊？

都都感冒了，咳嗽得厉害，一个礼拜没去幼儿园，在姥姥家。张波每天下班来看都都，有一天他没有来，第二天孙燕打电话到他的单位，听到张波的声音孙燕忽然一阵紧张，好像被揭穿了内心的秘密。她终于承认自己是有秘密的，但是她不会让这个秘密有什么可耻之处，这是个美好的秘密，玛拉式的，虽然不涉及死亡，可包含着某种自我牺牲的精神。当这样的想法在孙燕脑子里转悠时，她不由扭头看看身边的人，仿佛他们能偷听到她的思想似的。

日子在忙碌中过得很快，好像一只巨大的看不见的手拿着个模子，“啷”地一刻，就是一天，啷啷啷啷，每天都是一样的。然而变化毕竟来了，空气一天天变暖，人们脱掉厚厚的冬装感到那么轻快，不管走路还是骑车都利利索索，像是有很多的快活事在前面等着。

孙燕活泼能干，据说要提她当财务科副科长，大伙儿都说她越活越年轻，可是她的个人问题仍然没有着落。很多人为她操心，她的态度大大方方的，但是不积极。没有人知道她是有男朋友的。

小罗在春节期间结了婚，去南方度完蜜月又回来了，新娘子不愿意放弃她那份工作，坚决留在深圳。小罗向孙燕倾吐了心中的苦恼，孙燕安慰他说，老在一起不一定好，这样见了面多亲热呀！看着小罗低垂着头，显出一副恓恓惶惶的样子，孙燕就笑他，然而她也觉得他怪可怜的。当小罗攥住她的手，把她拉到怀里，孙燕没有反抗。事后她感到羞愧难当，同时又满心激动，简直不知道该怎么想才好。回到家她躲进屋里使劲照镜子，怕自己脸上有什么不对头的地方，为眼角细小的皱纹难过了好半天。

和小罗有了这种关系以后，孙燕觉得自己变了，觉得自己以前就像没有活过，像瞎子似的，这下才睁开眼睛。她看清了翟志刚确实太对不起她了，小罗对她的态度既不可原谅，却已经得到了原谅，她心里一次次涌起强烈的情欲，事后又不愿意承认。在她的幻想中时常出现张波。姐姐已经出国几年了，这么一想就有一个魔鬼冒出来，脱得一身精光狂飞乱舞。再要见张波时孙燕简直有点害怕，直到她看出什么也没有变，一切照常，她的感觉才放松下来。

张波带她参加过两次关于中国如何走向现代化的研讨会，孙燕抱着很大的热情去的，结果却觉得太枯燥，要不是不好意思她真想中途偷偷溜走。她问张波：你觉得咱们中国有戏吗？张波很坚定：当然有戏，肯定精彩，喜剧悲剧同台上演，只要你活着就会看到。孙燕又以同样的热情去书店找书，买回来几本放在床头，不能说她没有收获，她怀着温柔浪漫的心境在床头的小灯下一本本读了，也弄懂了一些意思，可记不住什么。然而她做了很多，事事处处为张波和都都着想，受了很多累，毫无怨言。然而一段时间以来孙燕觉得张波好像有什么心事，她问他怎么了，张波总是平平淡淡地说没什么。

孙燕不明白自己怎么会这么麻木，那样显而易见的事竟然被她丢在脑后，这件事是妈妈告诉她的，孙丽想要和张波离婚。妈妈的脸色难看极了，声音惊慌发颤："我想不通，她搞的什么鬼呀！我不能同意，绝对不成，两个女儿都走这条路，你爸要气死。你怎么不说话？"

"张波知道吗？"话刚出口孙燕就明白自己太傻了，立刻又问，"我是说，他同意吗？"

"他怎么能告诉我。他不同意。"

“他说他不同意？”

“没说，他能同意吗？他一个男同志，老婆不要他了，他不气死才怪呢！”

“你自己气死吧！”孙燕的话那么冲，把妈妈吓了一跳，立刻孙燕就觉得很对不起妈妈，拉起妈妈的手攥着。眼泪在妈妈眼里打转，她忍着忍着，怎么也忍不回去，“吧嗒”掉下一滴，孙燕难过地抬起手替她轻轻抹去，这一来妈妈反而呜呜地哭了，孙燕只得搂住妈妈的肩膀，像哄小孩儿似的哄着：“别哭了，哭什么呀，好了……行啦……”

妈妈的声音含混不清：“这是怎么回事啊，我太难受了，你们为什么这么气我，你姐她一个人在外国，她可怎么活啊！”

阴影笼罩了孙燕，她神魂不定，不知道能干点什么。天气闷热得让人睡不着觉，蚊子嗡嗡在耳边打转，孙燕打开灯找蚊子，发现两只吃饱了飞不动的，狠狠把它们拍死。关了灯，地上满是月光，孙燕想起小时候她和姐姐在门口的台阶上乘凉，她用一把大芭蕉扇给姐姐扇风，姐姐是小姐她是丫鬟，姐姐是老师她是小学生，姐姐是公主，她好像是士兵……孙燕不知觉地笑了，她那远在万里之外的亲爱的姐姐啊！她又想到张波，心立刻凉了，像堵了块石头，搬不动。怎么办呢？他早就知道了，可毫不流露，默默地忍受，多让人揪心，多么坚强啊！孙燕的心真的一阵刺痛，想要安慰张波的愿望那么强烈，恨不得立刻就能做点什么，她要去找他，和他说……说什么呢？

她的一片真情，她的爱，她这个人，有什么用？谁需要她？原来并没有人需要她啊。这剜心的想法让她喘不上气来。屋外忽然传来几声咳嗽，是爸爸，孙燕的思想跳到父母身上，他们过了一辈子了，他们俩之间有爱情吗？现在是看不出来了，也许曾经有过。妈妈真可怜，她的一生就这么过完了。很长时间以来第一次，孙燕觉得自己有些愚蠢可笑，她和小罗的关系，对张波的感情，心里的热劲儿，做出的种种牺牲，其实都没有意义，简直是傻。为了叫自己相信事情不是这样的，为了压下这种可怕的念头，孙燕又思考起姐姐离婚的事来，可想不出什么结果，迷迷糊糊睡着了。

早上起来，看见都都在屋子里欢欢喜喜跑来跑去，刚洗过的小脸直放光，她的心松了一会儿，好像什么也没有发生，然而这不是事实。晚上她给姐姐写了一封信，问了一连串的问题：为什么要离婚，对张波真的没有感情了吗，都都怎么办，该不该离婚等等等等。

姐姐的回信来了，是寄到她单位的，因为不想被父母看到，更不想让张波看到。信里只向她一个人透露了真实情况：她和一个美国人好了。那人是和她一起搞研究的教授，对她帮助很大，而且非常爱她，她也爱他。她对张波当然还有感情，可已经不是爱。信厚极了，很长很长，孙燕看了好长时间，然后再翻过来重看。字里行间她听见了姐姐的声音，看见她的模样和表情，她说的都是最最真心的话，只能对亲妹妹说的，那美国人自己没有孩子，但他和前妻领养了两个中国孩子，所以都都来了绝不会孤单，他有一个妹妹，还有一个姐姐。这一段孙燕翻来覆去看了很多遍，还是不很明白，可她明白了一点，姐姐要把都都接走，离开中国。信的末尾有一行，下面重重地画了黑圈：都都的事先不要告诉张波，千千万万。

孙燕满心都是姐姐信里的内容，又担忧又害怕，越来越害怕，怕见到张波。等见到了，看到他像平时一样，沉着自然的样子，又觉得他太可怜了，而姐姐简直太坏太无情。她没有和张波提姐姐的信，回想起来也没有什么思想斗争，好像就该这样，不可能有别的选择。约会时，小罗觉出她心事重重，问是不是出什么事儿了，她故意冷淡地说没什么呀。孙燕这才明白说“没什么”其实是很正常很容易的。

离婚的事已经不可能再保密了，妈妈整天愁眉苦脸，爸爸的沉默更让人憋得慌，张波来的时候目光躲闪着孙燕，痛苦暴露出来，世界一点点脱光衣服，让人不由想闭起眼睛。要下雨了，窗子现出电光活生生的一闪，闷雷震动大地。孙燕站在窗前看着白茫茫的雨帘，脑子里一无所思，急骤的大雨带动起气流打湿了她的脸，最后她关上了窗户。

无法消除的郁闷心情使孙燕开始怀疑自己，她做得对吗？她为什么就这么站到了姐姐一边，欺骗张波。她的心里起了混乱的风暴，懊悔咬噬着她，让她难受极了，要么马上有所行动，要么倒在床上大哭一场也好，可她哭不出来。她想起那个冬天的黄昏在景山公园，她和张波离得那么近，像一对深交的互相理解的老朋友，现在这么大的事他们却连一句都没有谈过。这是不对的，错出在她身上。

孙燕鼓起勇气给张波打了电话，说想和他谈谈。

“谈什么？”

“你真的不知道吗？”

电话那头静默了一会儿，“好吧。”

## 七

张波让孙燕坐在沙发上，他自己搬来书桌前的椅子，在屋子中间坐下，孤零零的，看着很奇怪。

孙燕笑了：“你这是干吗呀，又不是审判你。”

“不是吗？那太好了。”张波搓搓两手，玩笑地说，可他的态度明显的有点生硬，带着隔阂。

孙燕一直在思索着要谈的话，似乎已经清清楚楚，可一转念间又变得稀里糊涂，再一想又明白过来，她的思想在两个极端之间奔波，弄得她又紧张又疲倦，看到张波坐在面前，她倒冷静下来了。

“你知道我要说什么是吧。是关于我姐姐，和你。”

张波不出声，平静地望着她。

“说心里话我是有看法的，我觉得你是好人，真的，我姐这么伤害你我很难受。你信我的话吗？”

张波思忖了一下，点点头。

“我知道离婚的滋味，我知道你很痛苦，要是我能做什么能对你有帮助，我非常愿意做，我一直是这想的，没有别的意思……”

“我知道，谢谢，我非常感激你。”张波的语气很诚恳，眼神里还带着微微的痛楚。孙燕难过极了，感情的潮水汹涌而来像要淹没一切。她吓坏了，急急地说：“我想告诉你，我知道我姐姐是什么样的人，她和你不一样，她，”孙燕不得不顿了一下，“她是女的，她聪明，脑子好使，可她有时候，”孙燕又一顿，“知道吗，你比她强得多，你有思想有学问，又有才，你一定能有发展……”

这时她看到张波的嘴角咧了咧，像是在苦笑，就像满腹心事，还得听人家说废话的人似的。孙燕的心一沉，她不想再兜圈子了，“我姐她厉害，有心眼，你不能全信她的话，她说对你没感情了，也许不是真的，也许她有别的想法，关键是你们俩有儿子，有都都，她怎么能这么做呢！让都都没爸爸。”

张波的目光严峻起来，看着孙燕，孙燕有点紧张了，张波要是知道了姐姐要把都都弄到美国去会怎么样呢，她感到一阵心里没底的恐慌。

果然张波冷笑一声，笑得非常冷酷，“孙燕，我告诉你吧，你姐姐是个什么样的人。她是个自私的人，为了达到目的她从来不惜任何手段，欺骗在她根本是小菜儿，”张波讥诮地笑着，“你知道吗，她不是聪明，她是自作聪明，她总以为别人都是傻子，都会跟着她的指挥棒转，她达到目的了就以为是她自己的胜利，其实呢，她和所有人一样在一个大圈里转，一个利益的大圈。”

张波用冷静分析的眼光谈到孙丽要和他离婚的原因，他说有各种可能性，也有它们的合理性，孙燕闷声不响地听着，脑子里想着他说她姐姐的那些恶毒话语。张波侃侃而谈，可她却觉得不入耳，他越是冷静，越是有理有利有节，她就越不舒服越生气。张波说了很多深奥的话，什么“游戏之后也就是进行游戏之前”，孙燕简直不能接受，难道这样的事和游戏有一点点关系吗？可她又找不出一句反驳的话来。终于，他结束了分析：“对于孙丽，我明白她，不管做什么，人得按一心想做的去做。我能理解。”

他默默地看着自己交握的双手，然后坐直身子，对孙燕温和地一笑：“你刚才说我是好人，其实我也不是，你才是好人，这是我的真心话。你姐姐和你根本不能比，要是有一个男人爱上你，那他可就太福气了。你知道吗，我特别爱听你笑，只要别人稍稍一逗，你就发出清脆的笑声，真好。”

孙燕没想到张波会说出这些话，脸立刻羞红了，一种自私的感觉使她的心里充满喜悦。离开张波家，一路上孙燕的心都很轻快，她回想着他们的谈话，尤其是他说爱听她笑的话，张波这个人，心像一潭清水一样，聪明，有教养，又这么宽厚，为什么她就不能找个这样的人哪！为什么她不敢承认自己很爱张波，如果他不再是她的姐夫的话……孙燕的心情渐渐沉重起来，思想和情感陷入了一团混乱。

一天两天，三天四天，孙燕还是一团混乱，她责备自己：我怎么能这么想呢？她又反驳自己：我为什么不能这么想呢！有的时候她觉得脑子都快转不动了，人都变傻了。经历了好些天的心神不安、恓恓惶惶之后孙燕终于清醒过来，看明了真相：世上的事不可能以她的意志为转移，她能力有限，什么也决定不了，只有听天由命。思路变得有条理了，她想自己总不是那么糊涂的女人，是有脑子的，也有一定的能力，那就要克制自己，不再胡思乱想，把精力放到工作上。这似乎是没有办法的办法，可能也是最好的办法，她一次次告诫自己，要说到做到，甚至照着镜子说了好几遍。

孙燕真的说到做到，她是个聪明人，到秋天就被提成副科长了。深秋时节姐姐从美国回来探亲，屋子里十分阴冷，孙丽和孙燕挤在一张床上，她们谈了很多。孙丽说话时打着激烈的手势，脸上不时显出奇怪的外国人的表情，孙燕就笑她，孙丽意识到了，自嘲地耸耸肩，“真糟，我自己都不觉得。”姐姐说的事很多孙燕都不能理解，不过有一点她感觉得很清楚，那就是现代人的思维方法，很多极为复杂麻烦的事用那种方法一想会得出简单的一目了然的结论。事情也就解决了。

都都知道自己要跟妈妈去美国，特别兴奋，见了人就快乐地传播这件新闻，他小小的年纪就知道美国好，也许孙丽讲的汉堡包和好吃极了的冰激凌是他所向往的。姥爷对他发了脾气，打了他一回，孙丽把儿子拉到一边说：“听着，男子汉，眼泪是属于女人的东西，快把眼泪擦了。”都都的小嘴哆嗦着，憋呀憋呀，把眼泪憋回去了，没过五分钟，就在院子里和别的孩子追跑起来。张波和孙丽离婚的事情也在进行，就像是水到渠成，他们像朋友那样一起出门办事，商量该说些什么话，孙丽开一句玩笑，张波也笑。事情很麻烦，两个人都阴沉着脸，然后有了进展，接着一切就迎刃而解。孙燕始终在一旁观察着他们，心里微微地惊奇，她终于把他们离婚的事和小罗讲了，小罗由衷地表示赞赏。

在小罗家的床上，他压在孙燕身上笑眯眯地俯视着她，然后轻轻吹了口气，把挡着孙燕眼睛的头发吹开，孙燕不由眨了眨眼。

“你知道我想起什么了？”

孙燕没有回答。

“我想起你姐姐，还有你姐夫。”

孙燕动了动身子，她不想这么谈这个问题。

“人应该像他们那样。”

“哪样儿?”

小罗也不回答，亲亲孙燕，像是被她的嘴唇黏住了、分不开似的使劲亲了一会儿，“说不定他们俩也还有这种事呢。”

“去你的吧，你滚。”孙燕用力一推，小罗依然笑着：“你这人，这真是没准儿的事，完全可能。”

“绝不可能。”

“你怎么知道?”

“我怎么不知道，我当然知道。”

“你问了?”

“我看得出来。”

“那你姐姐看得出你吗?你和我……”

孙燕的脸憋得通红，小罗看她真生气了，连忙哄她，“你一生气特别可爱，就像小野兽要咬人，咬吧，使劲咬。”

小罗被咬了一口，疼得怪叫一声。孙燕觉得还不解气。

孙丽和都都快要走了。晚上孙燕把都都抱到自己床上，她感到孩子香甜微弱的呼吸吹到脸上，她的脸碰到都都的头发，心里有一种柔软无力的感觉，柔弱得好像不光她的脸，就连她整个的心都贴在都都的绒布衣服上了。她贴近地瞧着都都熟睡的面容，眼泪流了下来。

临走前一天姐姐请全家人到外面吃饭，还请了张波，想到女儿就要走了，爸爸妈妈才忍耐住，打消了拒绝出席的念头。孙燕也觉得不舒服，她怀疑张波会不会来，果然张波没有来。妈妈看着都都大吃大喝，眼圈红了，爸爸好像一直在生气，沉默地吃着，孙燕给他夹菜他连理也不理。孙燕凑到都都耳边小声问："你想不想小姨？"都都的嘴里塞满了肉说不出话来，使劲点点头。"想不想姥姥姥爷？"他也点头，"想不想爸爸？"都都把嘴里的东西咽下去，清清亮亮地回答："当然想，他是我爸爸呀！"孙丽冲儿子鼓励地伸出大拇指，会意地微笑。

在一种新奇力量的驱动下，孙燕忍不住把自己和小罗的关系向姐姐透露了，姐妹俩坐在床上聊到很晚。姐姐又一次向孙燕讲起了她的美国爱人，就要见到他的激动使她简直收不住嘴。孙燕带着微微的欣喜，带着恍惚，瞧着姐姐的脸，脑子里暗想：对，人人都跟着她的指挥棒转……

夜深了，孙丽打了个大哈欠，连忙用手捂住嘴，"对不起，"谈话又回到小罗身上，"不错，他是个不错的情人，年轻，长得帅，能满足你，你还想要求什么。"

孙燕在心里重复着姐姐说的这几条，还是觉得有些意义不明似的，"可是……"她还没想好可是什么就被姐姐打断了，"别可是了，我知道你想什么，全世界所有的傻女人都想要的，爱情。"

孙燕的想法被说中，"扑哧"笑了，"就你不傻，你这么精，我都怕你了。"

孙丽含笑看着妹妹，好像想起什么心事，慢悠悠地说："我告诉你吧，爱情，不是没有，"孙丽说到一半忽然不说了，孙燕期待地望着她。

"你知道吗，张波也有一个情人。"

"什么？"

"张波，他让我不要和别人说，我只跟你说了。"孙丽轻声一笑，摇摇头，"真有意思，这不是很好的事吗？书生气十足。"

孙丽瞟了一眼钟，不由惊叫一声："哇，都十二点了，睡觉吧。"她双腿一伸，站到地上，身子向后挺直伸了个懒腰，"啊，明天，不，后天就到家了。嘿，你想什么呢？"

孙燕的脸色很不好，像是忽然不舒服似的，被姐姐问了一声，身子一抖。

"你怎么知道的？"

"知道什么？"

孙燕微蹙眉头，"是他告诉你的吗？"

"哦，张波啊，他告诉我的。"

"什么时候？"

"前两天吧。"

"刚找的？"

"哈，你说什么呀！早就有了，可能都快结婚了吧。"孙丽狡猾地一笑，"这可是我猜的，算是我的预言，走着瞧。"

孙丽睡着以后，一切都沉寂下来。孙燕把自己从头到脚裹在被子里，仰面朝天一动不动，那直挺挺瞪着眼睛的样子很吓人。她的心里在沸腾，她想到自己怎么思前想后受尽折磨，怎么下决心，压住自己的感情，而那些思想原来是痴心妄想啊！她的胸口憋闷极了，感情和自尊心受到的伤害使她心怀痛恨，她恨自己，恨张波，恨姐姐，恨那个她没有见过的美国人，恨得她手脚冰凉直哆嗦，她感到很冷，就摸黑下床，从柜子里翻出一件大衣盖在被子上，她想知道是几点了，又一想，有什么关系呢。这世上的男人原来都这么可恨，没心肝，混蛋，她在心里恶毒咒骂，小罗不也是一样的吗！他寂寞的时候就给她打电话，她呢，就颠颠地跑去。她忽然想起他和他妻子的照片就在他家的墙上挂着，一股气恼和屈辱让她两眼发黑，喉头哽咽。孙燕觉出自己哭了，可也觉得无所谓，使劲拉起被子把脑袋蒙上。黑暗里她的呼吸潮乎乎热乎乎的，她无声地哭着，人晕晕沉沉，一种温和的思绪渐渐代替了激动的思绪，总会有好人的，应该有，应该有幸福，爱情，起码是真诚的感情吧。没有欺骗。

夜静得要命，静得可以听见一种低微的嗡嗡声。孙燕从被子里探出头来，倾听着。她的眼睛有点睁不开了，可是闭上一会儿还是又睁开。后来，窗外的天空渐渐变成灰色，又过了一阵子，闹钟响了。那是个阴云密布的早晨。

## 八

从都都走后又过了两年多，八月末的一天，孙燕和妈妈站在阳台上，看着地面上变得很小的人和移来移去的车子，那些五六层的楼像趴在地上的玩具似的。

“这楼真叫高，哟，看见没有，那不是西山吗?”

孙燕扭过头去，在远远的天边上有一条发青的长影子，那当然就是西山。说不上什么原因她的心里一喜，脑子里似乎浮现出一种宽广辽阔的景象，好啊，她想，这阳台，这新房子真好，她自己的房间也很好，四四方方，墙壁雪白，从窗子里能看得那么远，阳光充足，空气轻轻流动，城市在下面发出声音，新的生活开始了。

这两年里发生了一些事情，张波结了婚，爱人是和他同一单位的研究生，现在他和孙燕家几乎没有来往了。小罗半年前终于调到深圳，孙燕接到过他的两个电话，都是在上班时间，一会儿就有人进他的办公室一下，电话里听得清清楚楚。然而孙燕心里还是觉得安慰，毕竟他还没有把她忘到脑后，不是人一走茶就凉。小罗感觉到孙燕对他心存怨气并没有在意，也不勉强她，孙燕隐隐有些失落，但两个人从来也没有伤和气。

曾经孙燕想过要找张波谈谈，当时那愿望非常强烈，好像性命攸关似的，今天看来她简直有点不理解自己。现在她成熟了，以前的事情变得不再重要，甚至不那么真实了。一切都在变，最最可怕的变化是变老，遥远的不可思议的四十岁一步步走近，好像一个越来越熟、关系越密切的人走到她的生活里来。孙燕并没有觉得恐慌，可还是有紧迫感。现在她习惯了在介绍人的安排下去赴约会，见不同的男人，他们有不同的职业，模样长得千奇百怪，令人失望。当然也有不错的，甚至有让孙燕动心的，可同样也会让她伤心，让她知道自己的条件不够好，缺乏吸引力。不过孙燕的性格没有变，仍旧爱笑，显得比同年龄的女人活泼得多，她的心并没有老。

几天前周红娜到孙燕新搬的家来玩，她和孙燕一直是朋友，孙燕的妈妈拉着她的手说个没完，感叹日子过得真快，老头都退休了，分了这套房子，周红娜说房子真好，真大，阿姨您该好好享享服了。孙燕妈不以为然地摇摇头，压低声音："小周哇，你和孙燕是多少年的朋友了，你得帮帮她，她今年都……哟，瞧瞧你这手，真是双大手。"

这时，孙燕端着沏好的茶在门口站住，两眼从眼皮底下使劲盯住母亲。母亲有点尴尬，做出无辜的样子："你看我干吗？好，我走我走。"

妈妈走出去，孙燕关上了门，周红娜笑了。

孙燕也觉得挺逗，笑着说："你看她还转得挺快，还什么这双大手。”想到妈妈这么胡说一气，她哏哏笑出了声。

两个人聊了一会儿，周红娜问：“有个人，不知道你记不记得？”

“谁呀？”

周红娜没有立刻回答，看着孙燕的眼光有点奇怪，想笑又不好意思笑似的。孙燕“啪”地打了她一下：“说呀，谁？”

“潘树林，还记得吗？”

孙燕当然记得潘树林，而且记得很清楚。有一阵子，在她伤心沮丧的时候不止一次地想起最初的那场恋爱，觉得那时候多么天真，糊里糊涂的，又是多么无忧无虑。时光一去不返，那个潘树林不知道怎么样了。

现在孙燕从周红娜口中知道了潘树林的情况。他结婚了，有一个女儿，七月里他的爱人因为癌症去世了。

孙燕的第一个反应是为潘树林感到难过，死去亲人是可怕的，她连想都不敢想，周红娜还告诉她潘树林和他爱人感情挺好，他爱人是那种老实本分的女人，家里的一切事情从来都不用潘树林操心，这下他一个人简直抓瞎了，又难过又上火。

孙燕听着，内心的感觉发生了微妙的变化，既可怜潘树林又有点乐滋滋的，真是怪极了。

果然周红娜的大脸上铺开了笑容，她说出了来的目的，想再当一次介绍人，让孙燕和潘树林见面。孙燕竟爽快地同意了。

过了一天，孙燕自己去了潘树林家。乍一看潘树林还那个样子，几乎没有变化，孙燕想也没想就说："哟，你怎么还那么黑呀！"说完连忙捂起嘴，咯咯直笑。

潘树林的家是两室一厅的单元房子，他现在在轻工局的一个下属单位当副主任，孙燕觉得他过得马马虎虎，屋子里一点看不出舒适和美观，而且他这个人还有点土气似的。

"你女儿呢？"孙燕问。

"上学去了，上初中二年级。"

九月的天气十分凉爽，潘树林还穿着条短裤，他在一把椅子上坐下，叉开两条筋肉迸起的腿。他还那么结实，孙燕想，身体真好。

他们随便地聊起来，孙燕避免谈起他的爱人，怕他难过。孙燕讲到自己的离婚，潘树林只是听着，什么也不问。谈起他的女儿他的话才多了些，说的都是细小的事情，说女儿的名字是他给起的，叫潘乐，想让她快快乐乐的。他从抽屉里找出一张潘乐的照片，那是个长相普通的女孩儿，胖胖的圆脸小眼睛，潘树林说随她妈。

到了中午潘树林起身要做饭，孙燕犹豫了一下，说："我能帮你吗？"

厨房里又脏又乱，到处是油腻的感觉，可潘树林自自然然的态度让孙燕反而有点心酸了。在见潘树林之前孙燕设想过会是什么情景，绝没有想到他们会一起待在厨房里，现在她觉得也没什么不合适的。

孙燕一边洗菜一边问："你脾气还不好吗？"

潘树林笑了笑："对了，不好。"

"你打孩子吗？"

"绝对不。"

潘树林盯着锅里煮的面条，忽然说："你不知道吧，去年我还因为打架被关过呢。"

孙燕一愣，扭过脸看着他，不由笑了。

"真的，不骗你，要不我就当上主任啦。"

潘树林绘声绘色地讲起人家怎么想整他，故意用激将法，骂他，让他动手，他就上了他们的圈套。被打的那个干部鼻子让他打歪了，其实一点事儿也没有，过后鼻子也正过来了，可当时流了好多血，怪吓人的。他自己上派出所去投的案，说自己打人了，关了他五天。

"从那回以后我变多了，不再干蠢事。人嘛，还是应该能克制住自己。我相信。"潘树林郑重其事地说。

孙燕看着潘树林，忍不住又笑起来，她的笑发自内心，一点也不是笑话他，事实上她觉得这个人真有意思，打人的事显得怪好玩怪可爱的。"你可真是，"她哧哧笑着，"一点也没变，简直和过去一模一样！"

经过这么多年之后，过去的一切朦朦胧胧一股脑儿化成了对青春的印象，在人的记忆里留下的不是别的，总是轻松和愉快。

孙燕和潘树林来往起来，没有人说这是一种什么性质的关系，好像是朋友，可又不完全是，或者说根本就不是。九月过去了，十月也过去了，孙燕还是没有决定跟不跟潘树林结婚。

潘树林的女儿潘乐是孙燕犹豫不定的一个原因。那女孩儿的态度有点冷淡，或者说有点骄傲，不知为什么她老是想着潘乐那胖嘟嘟的脸蛋，觉得不喜欢不痛快。

有一次潘乐很突然地说："阿姨，亏了你没有小孩儿……"

孙燕笑着问她："哟，这话什么意思呢？"

潘乐想了想，却不肯说了。

孙燕觉得自己是个好人，心地善良，可这回她的善良却不起作用。一整套自私的想法一条条穿过她的脑子，一个人为什么要结婚？当然是为了比一个人的日子过得好。那么她呢？照顾潘乐，让那孩子快快乐乐地长大成人，这没错，可她自己会不会快乐呢？渐渐，孙燕不去潘树林家了，没多久，她听说潘树林找到一个护士，结了婚。

城市在发展，到处盖起了大楼，好多地方一两年不去就不认识了，走在街上孙燕常常觉得可回忆的东西越来越少。秋天她在报纸上看到第十五家麦当劳店开张的消息，就在她过去家附近，一种新奇的感觉蠢蠢欲动。她脑子里冒出自己还是个小姑娘，兴冲冲跑出胡同口，走进明亮的麦当劳，天哪，真难以想象。她忽然怀念起童年，那么想念熟悉亲切的胡同，这感觉怎么也丢不开，促使她要回去看看。

下班后孙燕坐上公共汽车，经过好久未见的街道，一些新修的店铺夹杂在老房子中间，街景显得有些奇怪。车子拐过一个熟悉的弯然后到站了，孙燕下了车，四下张望，没有发现麦当劳。在初冬的暮色里，街道好像比过去窄了，路灯也显得不够亮，孙燕问一个妇女麦当劳在哪儿，她不知道；又问了一个学生，也不知道；她想还是问问商店里的人吧，就朝她家胡同口的副食店走过去。副食店里人影晃动，孙燕看见一副白白的脸庞从商店里移出来，走进路灯里，是翟志刚。

孙燕呆住了，这是怎么回事呀？她觉得自己走进了一个遥远的怪吓人的梦境里。翟志刚也看见了她，居然朝着她走过来，灯光照出他白净的脸和细密的雀斑。

孙燕浑身一哆嗦，打了个喷嚏，赶紧找手绢。翟志刚已经走到她面前，“你好。”

“你，你好。”孙燕稀里糊涂地答道。

“没想到能碰上你。”

“是吗？我更没想到。”

孙燕告诉翟志刚她已经不住在这儿了，她爸爸退休以后搬了套三居室。翟志刚告诉她他妈前年已经去世了，他爸一个人还住在老地方，他经常回来看他。两个人说了几句话之后就木木地望着对方，有些发窘又有点惊奇。

翟志刚忽然想起什么，说不久前见到小学同学李万里了，孙燕感兴趣地听着，却没听明白，过了一会儿她的思绪转回到翟志刚的话上，问：什么聚会？

原来小学的同学想搞一次聚会。

聚会是在李万里家里，来了十三个人，李万里还是又高又瘦，干巴的脸上一笑布满皱纹，让孙燕心惊。他和每个人热情地握手，让进他那装修过的客厅里。度过了最初的震惊以后，大伙越来越觉得谁都没有变，不断地爆发出欢畅而振奋的大笑。饭菜十分丰盛，男生带来了各种的酒，李万里的爱人一直注意着每个人的杯子和盘子，看他们是不是都在吃菜，凉拌菜是不是充足，为什么有人不吃她做的鱼。看着这个装修得很高级漂亮的家，孙燕把自己放在其间，要是她是什么样呢？还没有想出结果，这念头就溜走了。没有人提起孙燕和翟志刚的关系，好像他们俩从来就没结过婚，比起其他的男生翟志刚并不显得老，可她还是觉得他不如别人，畏畏缩缩的，这让她的心里不舒服。过了一会儿，她又觉得自己想错了，翟志刚说起他负责的中学招生工作，引得大家那么关心，而他脸上显出那么一股得意的神气，使孙燕觉得很讨厌。

录音机响了，一个男人用广东话唱着歌，各种酒开始起作用，大家都脱了外衣，七嘴八舌一齐讲话，还互相打岔，李万里涨红脸，用筷子使劲地敲桌子，“诸位，嘿，诸位，咱们唱一个《我们是共产主义接班人吧》！”大伙真的唱起来，唱了好多革命歌曲，孙燕笑得扑到桌上，又倒在身边的女同学怀里，她笑啊笑啊，要是有人走过窗外，听到那银铃般的笑声，一定会不知不觉面带微笑。

离开李万里家已经是下午四点，大家好像得到了什么暗示似的，一眨眼就消失在纷乱的街头不见了，只剩下翟志刚和孙燕。

孙燕的头发晕，胃里有点难受，可她一直没说，现在这感觉变得厉害了，翟志刚立刻看出她不舒服，伸出手扶她，她本想说谢谢，不用，可她一弯腰吐了。

孙燕感觉很难受，可是比难受还要糟糕的是一种懊恼的情绪，她的样子一定很难看，好像她过得很倒霉似的。她连连催促翟志刚：“你走吧，我没事儿，你该回家了。”

翟志刚却不肯走，坚持找到街头的一片空场，让孙燕在石头凳子上坐下。他站在孙燕面前，眼睛盯着来来往往的人看，孙燕抬头看看他，觉得这真可笑。这时她的心情好了一点，就说：“要不你也坐下，站着干吗。”

翟志刚坐下了。他弯着身子，两个胳膊肘支在膝盖上，眼望前方，像在发呆。过了一会儿他扭过脸问孙燕，“怎么样？好点没有？”

孙燕说好了，咱们走吧，就站起来，可翟志刚不站。

“再坐会儿行吗？我想和你说会儿话。”

翟志刚的生活完全不像他表现出的样子，出乎孙燕意料，他老婆很厉害，对他不好，生了个儿子，是蒙古症，老婆天天怪他，他又怪谁呢？现在他才知道女人有多么可怕，多么恶毒刁钻，他简直恨透了他的老婆，可拿她毫无办法，他怕见她，下了班宁可在大街上闲逛，也不愿意早回家，想到他那傻儿子，他才能忍耐下去。

翟志刚打开了闸门，满肚子的苦水、满腔的愤恨倾泻而出。他脸色发青，目视前方，连嘴唇都变白了。孙燕呆呆地看着他的侧面，屏住呼吸听着，动也不敢动。

一些小孩儿在远处追跑，深秋的冷风把他们的叫声吹得很远，翟志刚终于说完了，停下来，一声不响地看着自己紧握着的两只手。

“那，那你怎么办呢？”孙燕迟疑地问他。

“有什么怎么办，过呗。”过了好一会儿他松开手，不好意思地拧过脸来，瞟了瞟孙燕，“真的，还是你心好，那时候我是身在福中不知福啊。”

一连几天孙燕的心情都有些沉重，她很可怜翟志刚，又觉得他太窝囊了，心里生气，当初他和她一起时一点不在乎她，她多能忍耐呀。人哪，就是软的欺负硬的怕。她又想起他在李万里家得意的样子，多少人为孩子上学的事情求他，一个人怎么可能什么都如意呢。但是，孙燕的心抽紧了一下，翟志刚坐在暮色中的街头，身体向前弯着，眼望前方的样子包含着那么深的苦恼，一时间孙燕简直想帮帮他，只要是她能做到的她都愿意做。

可是她差不多立刻就觉出这想法太荒唐了，她能帮他什么，什么也帮不了，她今后的生活是什么样子都不知道呢。傍晚时分，孙燕站在窗前举目四望，所有朝西的窗子都在夕阳的光辉里射出金光。天空中飞过一片黑点，是鸽子。鸽子飞进刺眼的夕阳里又转回来，孙燕喃喃自语："是啊，是啊……"突然间她想到一件事，一种可能：要是当初她没有流产，生下一个弱智的孩子，她的心忽然一沉，接着变得无比畅亮，好像推开了一块大石头，无比地轻松。

一天，孙燕在家里接到一个电话，是小罗的声音。她吃惊地问："你怎么知道这个电话？你在哪儿？"

"在北京。"

小罗的一个朋友想出本经济方面的书，他对出版界的事一窍不通，想向孙燕咨询咨询，他仍然是请她吃饭，这回孙燕点了一个很高级的地方，"我可宰你一刀了。"

小罗爽快地笑了："希望你把刀磨得快点儿。"

那天孙燕把自己打扮了一番，虽然是冬天她却穿了裙子，一双长筒高跟皮靴，她站在穿衣镜前左转右转，走了几步，觉得还可以。镜子里的女人小巧玲珑，腹部微鼓，一副小脸蛋儿，聪明伶俐，还有点轻佻似的。她定睛看了自己一会儿，轻轻披上一条大围巾，关上房间的灯。

孙燕打的来到“金帆船”，夜幕中，彩灯勾出一条帆船的形状。她下了出租车，有点发愣，天哪，这地方居然在他们当年上会计学习班的街口上，几步之外不就是公共汽车站吗？天色渐晚，路灯亮了，几个骑自行车的青年互相打着招呼，匆匆向学校骑去，许多情景在孙燕的脑海中升起来，生动得出奇。接着一个念头，一个神奇的、吓人的、绝妙的念头像飞机俯冲似的轰然掠过——一切都和过去一模一样，潘树林，翟志刚，现在又是小罗！孙燕惊呆了，受了刺激，傻子似的一动不动站了半天。

小罗长胖了许多，脸变宽了，孙燕告诉他自己的发现，小罗笑着说：“这么说你刚知道，我还以为是你故意安排呢。”

“故什么意？”

小罗的眼里闪过一丝暧昧，立刻改用玩笑的口吻：“女人哪，最爱明知故问了。”

孙燕一再解释自己从来没来过“金帆船”，只是听说，这酒店名声在外谁都知道。小罗挥挥手：“好好，这有什么关系，这不是历史嘛！说真的，你是不是吃了什么好药，怎么还这么年轻……”小罗真诚地随意地看着孙燕，透露出他在赞美女人方面的熟练。

小罗很会点菜，他点的菜又特别又好吃，孙燕吃得很满意。

他们用高脚杯喝“长城干红”，孙燕喝得很少，她不想弄得自己不舒服。落地的玻璃窗外，街道像个舞台，上演着冬日夜晚的城市生活，戏渐渐接近尾声，到了夜阑人静的时候。

小罗叫了辆出租车送孙燕回家，在汽车里小罗的身体轻轻摇晃，孙燕觉得他抬起了胳膊搂住自己肩膀，然而这样的事并没有发生。

以后的几天，小罗和孙燕时常见面，孙燕带着他找了总编室主任，找了发行科，找了老刘，小罗的这本书就由老刘当责任编辑。过了一个礼拜小罗要去福州开什么产品的发布会，孙燕答应帮他盯着这边的事情。

在“金帆船”门口冒出的那个离奇念头老来搅扰她，虽然从小的唯物主义教育使她不可能真相信老天爷，可她又不能完全否定冥冥之中有一股无法解释的力量，偶然和巧合都不能满足她。老天爷，孙燕想，我是不是还要碰上张波啊！

冬去春来，春天里孙燕两回看到燕子从眼前飞过，她的目光追随着那黑色的轻捷的小影子，不由期待着有什么喜事。这年的夏天特别闷热，等到夏天终于过去了，所有人都长长地透了口气。有人给孙燕介绍了一个六十岁的工程师，有房子有存款，年岁大了些可身体没什么毛病，很健康。孙燕考虑再三，同意先见见面。到这年纪，她已不再想入非非，更不抱任何奢望了，自己的经历和身边人的生活给了她很多教育，过日子是无幸福可言的，有的只是琐碎和平淡。有时候孙燕想：就这样吧，一个人也挺好，有时又想：就这样吧，只要找一个心眼儿好身体不坏的。张波始终也没有出现过，孙燕对此矛盾重重，她看了不少有关的书，易经大全啦，轮回啦，生命的奥秘啦，看得入迷的时候时常有一个小人儿从脑子里跳出来，嘲笑自己两声。

陈工程师长得很清瘦，不大像六十岁的人，一副利索的样子。孙燕叫他陈老师，他们接触了一段，一起去逛公园，看戏，陈老师已经退休了，有的是时间。孙燕没有把正在进行的事告诉父母，不知道他们会怎么想。车到山前必有路吧。

在陈老师家里，一天晚上两个人一起坐在沙发上看电视，陈工程师伸出胳膊搂住孙燕的肩膀，使她不得不靠在他怀里，孙燕的鼻子呼吸到一股气味，老人的油味儿，过了一会儿，她坐直身子说："我要上厕所。"站起来了。

孙燕说不出自己的感觉，有点受刺激。在她犹豫不决的时候陈工程师倒很干脆，说他们俩的年龄相差过多，还是算了吧。孙燕当然赞成。

不久，单位的同事又给她介绍一个人，老婆病逝，有一个女儿，在外地上大学，是个干部。当介绍人说出潘树林的名字，孙燕简直吓了一跳，愣了，这怎么可能，这不是开玩笑吧！

# 九

下班后的办公室里只有孙燕和曹姐两个人，落日使屋子里异常明亮。

“你说他叫什么?”孙燕问。

曹姐的眼镜片反射出两块橙黄的光，她微微侧着脸，看着孙燕：“姓潘，叫潘树林啊。”

孙燕想了想，“这个人是不是长得特别黑。”

“是呀，没错。你认识?”

“这个潘树林，他不是结婚了吗?”

“结了，死了。”

“谁死了?”

“他老婆，是个护士，上班的时候在医院里犯的病，都没来得及抢救。”

孙燕望着曹姐，“这，这可太逗了。”她轻轻笑了一声，觉得不合适，连忙用手捂住嘴，这一捂不要紧，就像有一股热浪从心眼儿里往外涌，喷发而出，孙燕不可抑制地哏哏哏笑开了。曹姐脸上显出疑惧的神情，不知不觉从椅子上站起身，以为孙燕的神经出了毛病了。孙燕越发笑得不可收拾，笑得前仰后合，笑得岔了气，流出眼泪。

曹姐知道是怎么回事以后，感叹了：“早知如此，我就不瞒着你了，这回死的是他第二个老婆，我怕你觉得忌讳。”她顿了顿，“是，是有人说他妨人。”

孙燕的心震动了一下，她还是觉得这件事太有意思了，又忍不住笑了一通，最后总算严肃了。太阳已经落下去，窗外横着一长条红云，很好看。孙燕扭过头，愣愣地盯着那条金亮金亮的云，不由眯起眼睛。

曹姐看着她不出声的样子，等了会儿，说：“这事你不用立刻就决定，见不见都没关系，你还是考虑考虑吧。”

孙燕微微点点头，答应曹姐考虑，还叮嘱曹姐不要告诉潘树林是她。

走出出版社的大楼，走在街上，孙燕觉得自己心潮起伏，她没有回家，路过街边花园拐进去，在一条长椅上坐下。透过杨树的枝杈，可以看见晚霞的一片片红斑，红斑正在暗淡下去。

已经又是早春了，四下里阴冷潮湿，时光像大海的波涛一浪浪打来，有一会儿，孙燕的脑子里空荡荡的，一无所思。渐渐地心里响起一个旋律，那旋律非常熟悉，盘旋不止，她想起来了，第一次和潘树林谈恋爱，在夜晚的长安街上散步，她唱过这支歌。忽然她觉得心里的什么东西碎了，她想到自己的一生就这么过去了，觉得真是不幸，她打了个冷战，一动不动地坐着，然后猛地从椅子上站起来，心情为之一振。

对了，她要和潘树林结婚，为什么不成呢！她已经过了四十五岁，也许这就是她的命，要是她拒绝见面，也许以后再也找不到更合适的人了。潘树林身体健康，又互相了解，不是吗？

晚上，孙燕激动不安的情绪有增无减，她需要有人听听她的想法，告诉她她想的对不对，就把潘树林的事情和妈妈说了。妈妈坐在她的小房间里，脸红扑扑的，那么兴奋，她一点也不相信什么妨人的说法。

“你们文化单位的人还那么迷信，人的生老病死都是科学，关键看人好不好，是不是老实正派，他是国家干部，这就更重要了，他正不正派？”

“你说的是什么呀！”

“这问题你真的要搞清楚，除此之外我觉得没什么，年岁相当，这个年纪没有人没孩子，你是个别的例外。”

“行了行了，我知道。”

妈妈止不住自己的话，“你别老觉得自己没有孩子，心里不平衡，你应该这么想：你对人家的孩子好，人家就会对你好。我的话没有错，不会错。孩子大了总要离开，没有人和父母过一辈子，你这种情况……”

孙燕没好气地从床上翻身而起，看电视去了。等她脱衣上床的时候，有点担心自己会左思右想睡不着觉，她平躺进被窝里，眼望着台灯的圆影子，发觉自己很平静，心情舒畅。她关上灯，不一会儿就沉沉睡去。

第二天早上孙燕告诉妈妈，她已经决定和潘树林见面，如果他也没什么意见那就可以结婚。

五月间，孙燕和潘树林登记了，婚事办得非常简单，只是请少数亲友吃了顿饭。在天津上大学的潘乐也回来了，她这时候已经长成一个大姑娘，高了也瘦了，简直找不到以前胖脸蛋的影子。

孙燕搬进了潘树林的家，家里有了女主人就变得干净整洁，而且美观起来。潘树林对孙燕和他的结合抱着一种随意的态度，他的话仍然不多，有一天他说了一句话，让孙燕很不痛快。

那时候他们俩在吃晚饭，潘树林嚼着嚼着忽然笑了，孙燕看看他："哟，你笑什么呀?"

潘树林笑着，斜起眼睛瞟瞟孙燕，"今天我们聊天，老杨真逗，他说我亏了，找了个老太婆!"

潘树林继续吃饭，孙燕瞪着他，憋了一会儿才说："真无聊。"

吃过晚饭，就该看电视了。潘树林爱看新闻和各种体育节目。这天晚上孙燕坐在沙发上，潘树林的话让她耿耿于怀，她一眼眼地打量潘树林，看他翘着腿，剔着牙，觉得很不怎么样。然而事实就是事实，潘树林的身体还像年轻人似的，腹部平坦，浑身上下没有多余的肉，孙燕低头看看自己的肚子，捏了捏，心里那不平的想法渐渐消散了。睡觉前她在厕所里刷牙，像一个水泡

“噗”地冒出水面，老太婆，她想，用鼻子笑了笑。

“十一”学校放假，潘乐回家来。孙燕和她一块去商店买衣服。远远地，她们就看到国贸商城的门口黑压压的全是人，彩旗飘扬，从十几层的楼顶上拉下鲜红的长带子，高空的风吹得那些带子上下起落，像要挣脱束缚飞上天去。

她们过了马路，走近买彩票的人群，人越来越密，简直水泄不通了，隔着好远的距离，在攒动的人头上方，一排山地车在阳光下鲜艳发亮，两辆银色轿车更是光芒四射，一些手臂举着一辆山地车向人群的外圈移动，伴随着一阵阵欢呼和惊叫。

潘乐被吸引着，踮起脚尖：“嘿，看哪，真有人中奖！”她忽然转过脸，“咱们也试试吧，试试运气。”

孙燕不大愿意，可她还是给了潘乐一张五十元的票子，潘乐拿了钱，挤进人群。

旗子呼啦啦地鼓动着，一阵大风把一条长带子刮开了，飞舞着飘向空中，像一条长蛇，蹿到楼顶，贴在蓝色的大玻璃上。孙燕回过神来，发现自己夹在好几个人之间，几乎转不了身了。人是这么多，都在使劲往里挤，从最里面的圈里又爆发出闷闷的欢声。

山地车和轿车离她越来越近，在那些东西的前面还竖着一块红底黑字的大牌子，那是更高的奖金。有人踩了孙燕一脚，踩得很疼，可没有人道歉，没人理她，她觉得很生气。这时候四周又变成了一些买完彩票往外挤的人，把孙燕挤得离开了那个高台。她不得已地倒退着，看着远去的那些奖品，她的心忽然一动。孙燕没有再想什么，伸开胳膊气乎乎地推开挡在面前的人，不理会人们不满的叫喊，一股劲挤到台前，买了三张彩票。

她中奖了，是头奖，二十万元。

## 十

中奖以后，孙燕得意地问潘树林："咱们俩是谁该知足呀！"

潘树林呵呵笑了两声："我，当然是我。"

潘树林花了三万多块钱把房子装修了。一切的设计、备料、监工都是他一个人，很辛苦，幸亏他身体好，不然真顶不住。包工队的安徽人没完没了地找麻烦，要钱，潘树林一天到晚阴黑着脸，那副样子让人不由得发怵。最后一切都结束了，他才痛快地笑了，请包工队的哥几个喝了顿酒。

又折腾了一段时间，元旦之前，潘树林和孙燕终于在新买的宽大的皮沙发上坐下来看电视了。孙燕不时地四下张望，内心洋溢着满意的微笑，她看看身边的潘树林，也很满意。潘树林感觉到孙燕的目光，扭过脸朝她笑笑，露出一口白牙。

"我说，不错吧。"

"当然不错了，那还用说。"

“下一步，我想了，咱们买辆车吧，2020 吉普，怎么样?”

“你说什么?”孙燕瞪起眼睛，她真没想到潘树林的心有这么大。她坚决不能同意，钱应该留着过日子用。

“你想想，这钱不是从天上掉下来的吗? 有车多方便呀，咱们可以开车出去玩，想上哪儿上哪儿，多好。”潘树林笑嘻嘻地说服她，可孙燕根本不听。潘树林也并不当真，不时在她耳边吹风，今天说：就 2020 了，咱也别买什么高级车，这就可以了；明天说：你想要“小面包”我也不反对，我开你坐，挺好。

孙燕把他的话当成玩笑，两个人经常你逗一句我逗一句，有一次孙燕心烦，就说：“你别做梦了，我这辈子也不会同意。除非我也死了!”话刚一出口孙燕就觉得不对，只见潘树林的脸有点变颜色，“你这话什么意思?”

“对不起，我、我没那意思。”孙燕连忙道歉。

“你以为我真想着你那点钱哪！告诉你，我潘树林从来就没把钱放在眼里，钱是什么东西，呸!”潘树林脸绷得紧紧的，斜着白蜡一样的眼仁儿，瞪着孙燕。委屈的泪水涌上来，孙燕感觉视力模糊了，一转身走进卧室，把门关上。从那以后汽车的事再也不提了。

春节期间，芭蕾舞剧院重新上演《红色娘子军》，潘树林买了两张票，和孙燕一起去看。他们坐在第八排正中，最好的位子上。剧场里浮动着嘈杂兴奋的小颗粒，舞台上的大幕闭得紧紧的，头顶上的灯分布成美丽的图案显出高雅的气派，孙燕不停地四下张望，发现了那么多穿着讲究的人，一切和过去大不一样了。

乐队开始调音，然后铃声响了，美丽的图案被黑暗吞没，一束灯光打在乐池里，指挥开始奏乐。“向前进，向前进……”一瞬间，那低低跃动的旋律把一切都带回到昨天，孙燕又惊喜又难过，视而不见地盯着舞台。过了一会儿她惊醒过来，扭过头看看潘树林，只见他身体挺直，面容严肃，全身心地看着台上的演出，孙燕轻轻一笑。

散场后孙燕问潘树林：“你还记得吗？多少年前，也是看这出戏，你睡着了。”潘树林想不起来，“我和你，看过《红色娘子军》？我怎么不记得。”

孙燕再也没想到他把从前的事忘得这么干干净净，以为他是开玩笑呢，不由哏哏笑起来，“你，你别装了。”她一边笑一边用手指着潘树林的鼻子，潘树林挡开她的手，有点生气地说：“我装什么了！”

孙燕这才明白他是真的忘了。一时间她觉得无话可说，神色黯然。

三月间，乍暖还寒，孙燕的爸爸得了肺炎住院，她去陪床。一天夜里，小偷从没有关严的窗子爬进二楼他们的家，潘树林惊醒了，和小偷搏斗，被扎了十几刀，其中有一刀扎到了心脏。孙燕和潘树林不到一年的婚姻生活就此结束。

两个多月过去了。

和往年的春季一样，刮了几场黄风，下了几滴小雨，气温很快地热起来，树上的叶子一天比一天形状变大颜色变深。孙燕在这个世界上过了四十六个春天，她的感觉对季节的变换已经有些麻木，不再注意天有多蓝，阳光又是多么明媚，多么亮晃晃的。晴朗的一天，她背着小皮包走出家门。现在她又和父母住在一起了。她的脸显得清瘦，远远看去，身上依然混杂着妇人和姑娘的影子。

孙燕脚步匆匆地走到大街上，温和的风吹散了一缕头发，她用惯常的动作把头发从眼前撩开，伸手拦了一辆出租车。

汽车穿过城市，飞行在宽阔的马路上，随着滚滚车流向立交桥游动，车速缓慢下来，几乎停住，慢慢爬行着，最后完全停住不走了。前面已经看到那座高耸的奶白的银行大楼了，孙燕干脆提前下了车。

她沿着人行道走下桥，抬头望望前方的楼群，一片耀眼的光芒射来，那是玻璃的反光，在闪亮的尖顶之上悠悠地飘过几朵白云。孙燕这才注意到这地方很美观，四周都是绿地，环绕着精致的小栏杆，不远处还有一座雪白的塑像。她轻轻吸了口气，太阳当空，这景致，这宽阔的视野像一股微风从她的心头拂过。

这时她看见草地上坐着一个人，她的心一惊，连呼吸都停了，天哪，那不是张波吗?

孙燕停住脚步，心跳的怦怦声让她发慌，她抬起手放在胸口上，不理解地眼睁睁地望着张波的身影。这是……为什么？她的心像悬在空中，像个口袋，被掏空了翻过来。只见张波笑着用手一撑地，站起身，孙燕却不知为什么躲到一棵树后。

一个女人牵着一个小男孩儿向张波走近，孙燕奇怪地看着他们，男孩儿使劲挣开妈妈的手，扑到张波身上。

那女人很年轻，风吹得她长发飞扬，她用两只手捂住头发，像欣赏美景一样欣赏着儿子和父亲欢笑的情景。

马路上汽车使劲按着喇叭，孙燕这才发觉自己完全不必要地躲在树后，她很生自己的气，轻轻咕哝了一句："神经病。"孙燕扭身走开，脑子里有点乱，她居然真的碰上了张波，还有他的老婆和儿子，这是什么意思呢？生活想偷偷告诉她一个什么秘密？她忍不住回头又看了一眼，可不是，那三个人还站在那儿笑呢。她朝前走去。

过去的生活纷涌进脑子里，记忆一直伸向年轻的时光……这时候，孙燕感觉喉咙有点发热，视力也模糊起来，她使劲想忍住泪水，就仰起脸。

五月的艳阳非常明媚，天空晶莹闪亮，像一面大圆镜子，映照着地上发生的一切，那是一面神奇的镜子，什么也看不到，除了无限的宽广辽阔。

孙燕抬起手抹掉眼角的一滴眼泪，心平静下来。在银行大楼前面她站住了，从皮包里摸出小化妆盒，她需要照一照。

## 华沙的盛宴

夏天，一场大雨过后，天空终于蓝了，钢铁厂在雨后的晴空里显出了雄伟的轮廓，发出一片迷蒙神奇的闪光。工厂里传出的各种声音都响亮极了，像是有人在四处摇荡着金属的大钟。一根根烟囱缓缓地冒出灰黄的烟氲，使阳光变得暗淡。

在所有的声音里马华沙立刻就能听出火车。火车来啦！沉重的车厢压着铁轨发出轧轧的声响，吃力地从那些黑漆漆的高大厂房穿过，开出厂区。火车继续向前，车轮滚过铁轨，震得大地发出隆隆之声；转过第一个弯道，宿舍区这片红色的砖房就在前面，这时岔道上的栏杆摇摇摆摆地放下来，而马华沙和院子里小伙伴已经紧贴道边排成一排。

巨大的车头气势汹汹地扑来，车厢一节节你拉着我我扯着你，咣当当咣当当的响声淹没了一切，孩子们被震得晕乎乎的，兴奋之中感觉自己的小生命被火车裹挟而去，化作了风、声响和烟尘；等到最后一节车厢一开过去大伙立刻就清醒了，争先恐后冲上铁道，跟在火车后面奔跑；他们要比赛在汽笛响起的时候谁跑得最快；他们都知道汽笛一定会响的，马上就要响了。

啊，司机拉响了汽笛！汽笛声中一股股白烟像飞扬的旗帜。冲在最前面的马华沙尖声大叫：胜利啦！毛主席万岁！万万岁！这时候火车头正经过毛主席那挥着巨手的雕像，每一个司机在经过时都要鸣笛致敬，温热的蒸汽喷到毛主席雪白的脸上，一天天地把他老人家的微笑染成灰色。

马华沙是个皮肤微黑、眉眼端正的小姑娘，她的名字是爸爸起的，因为在她出生时司机马永山开上了一辆华沙20轿车。马华沙长到六岁时爸爸开着那辆华沙让一辆大解放挤到沟里了，万幸的是厂领导当时没坐在车上。伤好以后马永山就拄着拐杖走路了。领导安排他只在夜里上班，看守仓库。

马华沙的家就在宿舍区的红砖排房里，每天傍晚是排房最热闹的时候，水龙头哗哗响，家家生火的浓烟呛得人直咳嗽，孩子们冲来冲去四下里喊叫，纤尘中散发出诱人的饭菜的香味。爸爸一吃完晚饭就上班去了，马华沙把碗筷嘁里哐啷放进一个绿瓷盆，端到院里的水池去洗；她喜欢把龙头拧到最大，白花花的水流从管子里冲出来，水珠四下飞溅，多么痛快！那天傍晚马华沙像往常一样在洗碗，一个白白的人影儿悄悄移近，她一扭头看见了一个和她年岁差不多的女孩儿。

女孩儿穿着白衬衫，脚上是双白球鞋，干净极了，在四合的夜幕中有点不像真人。她们俩互相看着。

“嘿，你能不能把水关小点儿?”女孩儿忽然说。

“干吗?”

“我要过去。”她说话的同时低头看看自己脚上的鞋。

“谁不让你过了?!”马华沙觉得不服气。

“你把水关了。”

“你过呀！倒是过呀!”

“你关了。”

“你过!”

两个小女孩儿僵持了一会儿，结果还是马华沙一伸手关上龙头，女孩儿猛地从她身边冲了过去。

这个新搬来的女孩儿叫齐乔，住在第五排。爸爸齐宗义是个转业军人，妈妈叫乔小召，是售货员，她还有一对双胞胎的哥哥，齐忠齐勇。很快马华沙就和齐乔成为朋友，她带着齐乔跑遍了巨大的厂区，在盘条堆起的小山上爬来爬去，钻进幽长的钢管中你吓我我吓你。在齐乔的倡议下两个小姑娘有了一个自己的家，那是一节废弃在荒草中的水泥管道，她们从各处找来许多东西安置了家，马华沙是爸爸，齐乔是妈妈，齐乔的布娃娃是她们的女儿。齐乔把一沓烟盒里的锡纸裁得整整齐齐当工资，马华沙下班一回到家就把工资交给妻子由她掌管，妻子则细心地过日子，采野菜、买粮买煤，还买香皂雪花膏，甚至还给马华沙买酒喝。马华沙喝了酒就醉了，东倒西歪地冲来冲去，逗得齐乔哏哏哏笑得要命。

平日里齐乔经常偷偷抹妈妈的雪花膏，马华沙觉得抹了雪花膏的齐乔像春天的花一样香。一天上学的路上齐乔从口袋里摸出个火柴盒，递给华沙，里面是她给她装的雪花膏。齐乔还把自己的白球鞋让马华沙穿，穿上雪白的球鞋使马华沙觉得像长出了一对翅膀，不再是用脚走路，而是飞来飞去。她快活地飞回家让妈妈看她的脚底下，妈妈郝兰荣当下就说：脱了，还给人家去。

事实上马华沙家的境况不如齐乔家，齐乔的爸爸是干部，是个科长，家里有一对红色人造革沙发，上面还蒙着漂亮的大老虎图案的毛巾，还有一个台灯，罩着浅蓝色的塑料灯罩，这些东西马华沙家都没有。最让华沙羡慕的是她家的大衣柜，整个柜门就是一面大镜子，能把人完完整整地照出来，而她家墙上的小圆镜子只能照出大半张脸。

家里没人的时候两个小姑娘爱挤在大衣柜前照来照去，镜子里齐乔的脸那么白，漆黑的眉毛像一对燕子翅膀，嘴唇上长了一层毛茸茸的汗毛，马华沙老笑话她长了胡子。齐乔一面挤眉弄眼一面把头上的辫子散开，让浓密的头发披在肩上，做出一些美滋滋的姿势，哼着曲调开始旋转，转哪转哪，直转得四壁七扭八歪要倒下来，齐乔东倒西歪打着滚儿扑到大床上，笑得像个小疯子。

马华沙愣愣地看着齐乔那副活泼的样子简直被迷住了。

洗澡的日子到了，乔小召和郝兰荣相约带着女儿来到工厂的澡堂，交了四张澡票，走进去。澡票是父亲给家里的女人省下来的。齐乔利索地脱下罩衣、绒衣、汗衫，一把从脑瓜顶上揪下小背心，一低头看到胸前的小奶头儿。

“你有吗?”她问同伴。

“有哇!”马华沙说着掀起衣服，露出自己胸脯上的两个小红疙瘩。

齐乔伸出手要去摸她的小红疙瘩，马华沙躲来躲去不让她摸，两个人打闹起来，你追我跑蹿来蹿去，跑着跑着齐乔一弯腰褪下小裤衩扔到华沙脸上，华沙又气又笑，而齐乔“嗷嗷”地欢叫着冲进了浴室。

浴室里热气腾腾，高处的天窗投下白蒙蒙的光亮，水流从头顶冲下来，哗啦啦飞溅。两个小姑娘被水冲得有些发晕，嘴里扑哧扑哧喷着水珠，心里那么痛快。她们给自己浑身上下涂满肥皂，洗哇搓哇，还彼此搓背，那股认真的劲头就像举行一场仪式，小身体洗得要多干净有多干净。洗完澡齐乔一定要求妈妈给她们俩都抹点雪花膏，两人你闻我我闻你地臭美一通。一次洗澡的时候发生了一件大事，齐乔的妈妈乔小召一抬头发现天窗上有一个黑影，天哪，有人偷看！光着身子的女人们炸了窝，东躲西藏惊声尖叫：抓流氓抓流氓！偷窥者企图逃跑，慌乱中从房顶上滚下来，扭伤了脚脖子，当场被抓住了，是工厂的一个技术员。这件事在两个女孩儿心里留下激动万分的印象，再去洗澡时她俩疑神疑鬼，时刻警惕，要知道整个澡堂里弥漫着雾蒙蒙的水汽，诡异的人影可以从各个角落里冒出来，女人们又是多么容易上当啊！放纵自己跟着女孩儿一惊一炸。洗澡不再是洗澡，简直成为激动人心的冒险，只听一声惊叫，湿淋淋白光光的身体四下蹿动，互相冲撞，有人滑倒了，疼得大骂；齐乔和华沙惊慌地抱在一起，被自己的把戏吓着了。郝兰荣很快发觉是两个孩子在捣鬼，劈头盖脸把她们臭骂一通，一段时间都不带她们去澡堂了。

春天来临，马华沙终于有了一双自己的白球鞋，是爸爸马永山给女儿买的。用雪白的双脚走路的感觉多么好哇！每一脚踩下去地面都把人轻轻弹回来，像皮球一样。两个小姑娘穿着白球鞋走在春光里，像花朵般新鲜艳丽。马华沙的弟弟马力看在眼里受了刺激，很不甘心，没有比毁坏花朵再让男孩儿心痒的了。一天马力和姐姐吵嘴，抄起床前的白球鞋冲出家门，马华沙一股风似的追出去，姐弟二人翻墙过沟，东突西奔，马力人小，渐渐跑不动了，眼看就要被姐姐一把揪住，束手就擒之前他用尽全身的力气把手上的球鞋甩了出去，只见白光划出一道弧线，落到路边的泥水沟里。

马华沙像头母狮子把马力扑倒在地，骑到他胸口上，掐住脖子怒吼：“还我！还我的鞋！”马力从牙缝间嘶叫，又踢又踹，不肯服输；这样的场面在这对姐弟间时有发生，并不稀奇，可这回马华沙真的发了狠，眼看马力的脸越憋越紫、直翻白眼她也不撒手。突然一只大手把她猛然提起，扔到一旁，紧接着脑瓜上落下噼里啪啦的巴掌，母亲郝兰荣没头没脸左右开弓打得女儿耳朵嗡嗡直响，还咬着牙骂她：死丫头，看打不死你！

马华沙缩着头不出一声，心哆嗦着，她恨不得立刻死去，让她妈称心。

晚上马华沙没回家，住到齐乔家了。两人挤在一个被窝里，齐乔的嘴凑到华沙耳边悄声透露了一个秘密，这秘密她从来没有告诉过任何人，让华沙向毛主席保证不说出去，齐乔是个孤儿，是齐宗义从大街上把她捡回来的。

这样惊人的消息却并没有引起马华沙应有的反应，她有点糊涂，像是在做梦。齐乔毛茸茸的脑袋蹭着她的脸，有点痒痒，被窝被她说话的气息弄得热乎乎的，而她们俩隐藏在遥远的黑暗中，没人知道她们是谁，连她们自己也不知道。过了一会儿两个女孩儿就搂抱着睡着了。

第二天郝兰荣把水沟里捡回来的球鞋洗刷干净，抹上了大白，晾干以后完全和新的一样。

每天清晨孩子们从排房里一个个冒出来，像土豆从麻袋里咕噜噜滚出来，蹦蹦跳跳上学去。齐乔总是站在马华沙家这排房子的头上喊一声：华沙！走啦！华沙立刻背着书包跑出来。一夜不见，两人见了面那么高兴，刚刚洗过的锃亮发光的脸蛋上不由自主漾起微笑。

太阳总是先在铁轨上露面，两道耀眼的金光通向远方，马华沙和齐乔各踩一道金光前进，看谁先从金光上掉下来。她们俩都走得稳极了，又稳又快；巨大的红通通的太阳从工厂后面冒出来，颤巍巍地往上升，轻轻一跳，脱离了地面；这时候世界惊讶地停顿了一下，接着继续活动起来。不知为什么，在这以后的活动和之前的活动是不一样的，那种有趣的期待的感觉没有了。

过了两天马华沙实在憋不住了，小心地问："齐乔，你真的是孤儿吗?"齐乔的回答让人大出意料，她根本不是孤儿，那天晚上的话是她编出来的。她解释说自己那样说不过是想安慰同伴，不想看她那么难过。马华沙十分惊讶，想不到齐乔能编出这样的瞎话，心里很佩服她。

两个女孩儿几乎形影不离，干什么都要在一起，就连上厕所也要一块，哪怕在门外边等着也是好的。马华沙非常喜欢做的一件事就是给齐乔梳头。她让她坐在小凳上，自己坐在高凳上，拿一把梳子梳哇梳哇，那浓密的滑溜溜的头发在指缝间流淌，齐乔感到很舒服，微微闭上了眼睛。

华沙把她的长发编成两条辫子，有时编成六条、八条、十二条，最后觉得一条辫子最美丽。梳着一条大辫子的齐乔简直像个仙女，连马华沙都不由有些骄傲，飘飘然，好像和仙女在一起自己也变成仙女了。

这样亲密无间的友谊引起了别人的嫉妒，一阵子在学校里两个女孩儿被其他的女同学孤立起来，大伙儿都不和她们玩，还议论她们，说一些坏话。有一段时间马华沙感觉齐乔和自己有些疏远，加入到其他女孩儿跳房子跳皮筋的游戏，而她却只能站在一边看着；不过到了冬天放寒假的时候她们又和好如初了，不，应该说比原来更好。

这时，晴朗的天空像一块透明的蔚蓝的大冰，空气钻进鼻子立刻就黏在鼻孔里面，毛扎扎的，不知为什么孩子们都特别爱叫喊，心里感觉很痛快。

齐乔的哥哥齐忠和齐勇都会滑冰，可他们哥俩只有一双冰鞋，得轮流穿。看着大男孩们吵吵嚷嚷地去滑冰，马华沙和齐乔说："咱们自己浇个冰场吧。"

冰场选在排房后面的一块空地，她们找来一截皮管儿，不够长又接了一截，用铁丝捆紧，接到水龙头上。水一放就是五天，白天放的水夜里结成硬邦邦的冰；眼看着空地在缩小冰面在扩大，五天之后空地终于变成了一面平展展亮光光的大镜子。镜子的表面上布满一轮轮微微凸起的纹路。两个女孩儿在鞋底上绑上木棍，互相拉着手溜呀溜呀，一会儿你摔个屁蹲儿一会儿我摔个仰巴脚，笑成一团。齐乔白嫩的脸蛋儿冻得通红，颧骨上像抹了两个红疙瘩，眼睛黑亮黑亮，马华沙觉得她真是好看，忍不住地想多看她两眼。

到了晚上她们也不想分开，轮流在对方家过夜。冬天的夜晚漆黑寒冷，而被窝里暖融融的，忽高忽低的窃窃私语和哏哏的尖笑从被子下面传出来，好像被窝里藏着数不尽的好玩的秘密。有时齐乔忽地掀开被子，披头散发，笑得气都喘不上来，有时被子像波涛在床上无声地翻滚，拱来拱去，最后咕咚滚到床下。

夜深了，四下里越来越静，眼皮渐渐粘在一起，再也睁不开了，冬夜像棉絮般轻轻覆盖，女孩们含笑入睡了。

那年的冬天下了好几场大雪，两个小姑娘一次又一次拿起扫帚和漫天雪花进行战斗，扫哇扫哇，直干得头顶冒热气，睫毛结了厚厚一层多芒的霜，鼻子里发出稀里呼噜的响动，但白雪最终覆盖了她们镜子般的冰场，覆盖了一切。她们累得话都不想说，身体软绵绵的，笑容凝固在脸上，迷迷糊糊走回家去。

冬去春来，院墙后面发了大水，一直淹到路边。那片坑凹的空地成了一个不大不小的水塘，风吹来水面上滚过一褶褶涟漪，白天水塘映照出沉静的蓝天，早晚时分金灿灿的。一天天，水塘悄悄地缩小，最后被土地吸得一点不剩。

第二年冬天排房里传出了让人惊喜的消息：齐忠齐勇要去当兵了。要知道这对兄弟才十六岁，要不是从部队转业的齐宗义走了后门他们哥俩无论如何也不可能参军。夜晚马华沙听到弟弟闷声闷气的抽咽："我、我也要、要当、当兵……"黑暗中"啪"的一声响，郝兰荣打了儿子一巴掌："当你的小学生吧！"

出发的那天马华沙和齐乔一家人去火车站送行。站台上黑压压的，崭新的绿军装像盔甲般发亮，四下里正在变声的嗓音轰轰作响。一声高昂的口令响彻站台，所有声音戛然而止，新兵们站成队列鱼贯登上火车，一张张稚嫩的脸显得严肃、紧张而又骄傲。

火车"哐当"一响开动了，站台上猛地爆发出一片哭声，齐乔也哇地大哭起来，华沙的眼泪也哗哗直流，高高低低的哭声伴随着火车前进的铿锵节奏合成雄浑的大合唱。

火车远去了，合唱结束了，两个女孩儿的心却无法平静。她们一点也不想回家，在大街上漫无目的地逛悠。痛哭之后的眼睛依然红肿，内心疲乏无力，同时又感到一种微微的舒适。她们不知不觉来到毛主席雕像前，那一带是城里最漂亮的地方，有水泥的花坛和一圈圈整齐的冬青。阳光很好，照在身上暖融融的，她们在花坛边坐下，抬起头仰望着毛主席的脸，想到齐忠齐勇就是去保卫他老人家的，心里很热乎。这时候有几只麻雀从晶莹的蓝天上飞来，扑扇着翅膀落在毛主席的帽檐上，蹦蹦跳跳叽叽喳喳，一只麻雀"吧嗒"拉了一泡屎，掉在毛主席的鼻梁上了。

"看，它敢拉屎！"齐乔叫起来。马华沙也看到了那让人气愤的情形，她起身捡了一块石子儿朝麻雀扔去，齐乔立刻也学她的样子用石头打鸟。雕像那么高大，她们的力气太小了，扔出去的石子根本够不到那么高，小麻雀照样悠然自得地东啄啄西啄啄，居然在毛主席的耳朵眼儿里找食吃。这可把她们气坏了。两个姑娘急切地捡来更多的石头，竭尽全力向上扔，由于使劲仰着脑袋，头都有点发晕了。不知什么地方传来几声喊叫："抓坏蛋！抓住他们！"

姑娘被喊声惊动，兴奋地四下张望，寻找坏蛋，可她们很快明白了，原来坏蛋不是别人，正是她俩。谁叫她们用石块打毛主席呀！马华沙和齐乔吓傻了，眼睁睁看着一些人指指画画地包围上来，忽然马华沙低声说："跑！"

她们撒腿就跑，终其一生她们大概都不会再跑得这么快了，那简直不是跑，而是街道上扫过两排机关枪，嗒嗒嗒嗒嗒……任什么人都没看清是怎么回事、发生了什么，只感到一股嗖嗖嗖的气流，又好像在眨眼之间闪过一团似有似无的幻影，一切就已经消失不见。

两个女孩儿跑哇跑哇冲哇冲哇，大脑完全没有知觉，两条腿也没有知觉，身体也没有知觉；可很快知觉就苏醒过来，回到她们的体内，那是一种极度痛苦的知觉，眼前涌起团团黑浪，胸膛像烧红的火炉就要爆炸，脚步踉踉跄跄身体歪歪倒倒，她们要死了！这绝不是说着玩，是真的要死，必死无疑！然而奇迹却发生了，她们站了下来，为了不摔倒只能弯下腰用手撑住膝盖，身体像一只大风箱凶猛地鼓动，慢慢地，痛苦在消散，她们能够抬头了，你看我我看你，然后直起腰四面张望，那些追赶她们的人不见了，她们胜利啦！

一个月后齐忠齐勇寄来了佩戴帽徽领章的照片。

照片摆在桌子上的一个镜框里，一天到晚那低低的帽檐下两双闪亮的眼睛瞪视着这个家，瞪视着两个做作业的女孩儿。马华沙不时抬头看他们一眼，感觉很陌生，有人这么盯着她们让她有点奇怪。齐乔抬起眼梢问："看什么呀?"马华沙就低下头去。过了一会儿齐乔忽然冒出一句话："嘿，干脆，你嫁给我哥吧！你喜欢哪个?"

马华沙愣住了，脸腾地涨得通红，跳起来要抓齐乔，两人围着桌子打转，齐乔一个劲大喊救命。两个姑娘闹了一通，坐回到桌边，却忘记了功课。齐乔拿来一本《大众电影》，熟悉地翻到一幅演员的照片，问马华沙喜不喜欢他，马华沙随意点点头，齐乔用手捂住照片下面的字，追问："那你说，他演过什么电影?"马华沙只能说出一个电影，可齐乔却说了一连串的电影，都是这个演员演的，她的语气有些激动，心里悄悄地发射出一束束电波。

马华沙有所感觉，不由撇了撇嘴。

"怎么，你不觉得他长得好看?"

华沙故意摇头，"没，没觉得。"

"那你喜欢谁，你说，谁最好看?"

这回马华沙毫不迟疑，冲口而出：“你！我觉得你最好看。”

这个回答实在出乎齐乔的意料，甚至让她不好意思了，“瞎说，瞎说八道！”

“谁瞎说了，是真的，你就是好看，比别人都好看。”马华沙认真地说，看她一副傻愣愣的倔相齐乔忍不住笑了：“你呀，真傻，傻瓜。”

齐乔的话充满怜爱，一时间两个姑娘都被发自内心的真挚感情打动，心里热乎乎的。

时间对女孩儿来说是最好的朋友，悄悄从她们身上流过，留下最美丽的影子。转眼间齐乔和马华沙已经上高中，出落成两个大姑娘了。她们没能考上同一所学校，马华沙考上了本城最好的中学，齐乔留在原来的学校里，但这丝毫没有减弱她们之间的感情，相反增添了挂念的成分。

排房院子的门前有棵榆树，树干粗大，树根从地底拱起，用坚固的大手抓紧泥土，夏天巨伞般的树荫遮蔽了阳光，树下一片浓荫。齐乔放了学就蹲在树底下等着马华沙回来，因为赶路马华沙的额头上渗出细密的汗珠，齐乔就会掏出手绢为她擦汗，幽暗的树荫下两个姑娘亲密的身影像风景一样。有时候齐乔等不急地给朋友买好冰棍，眼巴巴地盼啊盼啊，结果她不得不自己把五六根冰棍都吃下去，弄得拉肚子。

十月的一天，马华沙因为学校里有活动天黑以后才回家，没想到齐乔还在榆树下等着她，她立刻发觉齐乔的脸色不对，有点发白。

“怎么了你?”

齐乔的眼里闪烁着微感紧张的光彩，“我想给你看件东西。”她嘴上说着却迟迟没有动作，马华沙着急了，“什么呀? 快点儿!”

原来有人把一张纸夹在齐乔的课本里。纸上的字又大又工整，微微向一个方向歪斜：

你漆黑的眉毛像燕子的翅膀，
眼睛像亮晶晶的月牙，
那又黑又长的瀑布啊，
是你美丽的头发。

这四句话让马华沙一阵心跳，接着身上起了一层鸡皮疙瘩，“谁? 是谁写的?”她问。

齐乔的脸涨得像块红布，“不知道，我怎么知道……”

可不知为什么华沙觉得她在撒谎，她心里一定清楚那个人是谁。马华沙的心阴沉下来，很快酝酿出一腔怒气，她说不清生气的原因，那几句话就像是她的心里话，那家伙偷了她的东西!

她想也没想就把纸一撕两半。

“你干吗?”齐乔惊叫。

华沙的目光尖锐得像刀片一样，瞥了她一眼，齐乔再也不出声了。那张纸三下两下被撕成碎片，白白的纸屑被看不见的气流吹得翻卷起来，四散开去。

过了两天马华沙放学后在大树下不见了齐乔的影子，她径直到她家里去找，乔小召奇怪地问:“怎么，乔儿没和你一起吗?”

齐乔和谁在一起?很快马华沙就发现了答案，她是和那个叫陈天安的男同学在一起。她发现了他们，悄悄尾随，陈天安长得很高，像电线杆似的，而齐乔只到他肩膀，不得不仰起脸和他说话，可她一点也不嫌累，始终仰着脸庞说哇说哇，走了整整一条街也没有感觉到马华沙的存在。眼看他们就要拐弯了，马华沙再也忍耐不住，大叫一声:“齐乔!”

虽然隔着很远的距离，她却能感到齐乔的身子一哆嗦，倏地回过头来；马华沙眨了一下眼，再看，齐乔却不见了，只剩下陈天安孤零零地站在街角，随即他也幻影似的消失了。马华沙简直不能相信自己的眼睛，难道齐乔会不理她?!可事情就是这样，没有别的话可说。

马华沙怔了怔，拔腿追上去，可等她转过街角却根本不见那两个人的影子，他们藏起来了。她的心空空荡荡，不知道在想些什么，也不知道是怎么走回家的。

晚上她躺在床上越想越委屈，喉咙里像塞了棉花，噎得难受。她把脸埋到枕头里，抽咽道：“坏，讨厌，太坏了，真恶心……”

可这些话丝毫不起作用，并没能让她感觉好受一点，一点儿也没有。一切都没有意思，世界脱光了衣服那么丑陋。

很快排房的孩子们都知道了一件可羞的事：齐乔和一个男生好了。只要见到她大家就一齐起哄，平时齐乔可不怕他们，现在却那么胆怯，躲来躲去，越这样那些家伙就越兴奋，追在她身后大喊大叫。消息四处传播，很快也飞进了齐宗义的耳朵。

吃饭的时候齐宗义板着脸一声不吭，乔小召有些奇怪地问：“怎么啦你？生谁的气？”齐宗义不回答。

女儿齐乔耷拉着眼皮，一心想快点吃完饭离开桌子。不一会儿她就放下碗起身要走，齐宗义开口了：“等等，别动。”

齐乔有点畏缩地望着父亲。

“坐下。”

她顺从地坐下了。

“你听着，吃饭的时候我不想说，现在我只问你一句话，齐乔，你有什么事瞒着我们？”

“没，没有哇。”齐乔本能地矢口否认。蒙在鼓里的乔小召紧张了，“出什么事了？老齐，你说话呀，别吓唬人……”

“少咋呼！”齐宗义喝道。屋子里再没人出声，气氛压抑。

“齐乔，你给我听清了，你一个女孩儿，要是敢闹出乱七八糟的事，我没有别的话可说，你就别回这个家了。”齐宗义说话的时候浑身发出阴森森的气息，他一向是多么疼爱这个宝贝女儿啊，此刻他的话让齐乔满心惊惧。

晚饭后马华沙还是端着绿瓷盆儿去水池洗碗，以往齐乔总是跑出来蹲在水池边看她洗碗，如今她再不会出现了。马华沙的情绪那么低沉，本来这一切全怪齐乔，是她无情无义地背叛了她，可现在她自己也有份，因为她四处散播朋友的坏话。但是不管如何这样总比一个人生闷气要好过一点儿。

第二天放学马华沙远远就看见大树底下蹲着一个人，谁？是齐乔吗？马华沙几乎不敢相信自己的眼睛。她的心怦怦怦疾跳起来，咬牙一步步往前走，天哪，这是怎么回事，齐乔的长辫子上哪儿去了，怎么不见了?！马华沙的心感受到巨大的震惊，手脚发凉。

快走到齐乔面前时她再也走不了了，只得停下。两个女孩儿好像都害怕看到对方的目光，躲躲闪闪，可这样坚持不了多久，马华沙终于开口了，她冲口而出地质问：“你干吗？辫子呢？干吗把头发剪了，我都不认识你啦!”

听她的话音既是嗔怪又那么遗憾，忽然她向齐乔冲了过去，举起拳头咚咚咚捶打她，一边嚷起来：“讨厌，难看死了，真讨厌……”而这一连串的讨厌完全可以理解为：好，真好，我很高兴，太高兴了!

阴霾一扫而光，她们的心又紧贴在一起了。齐乔有些压抑地解释了自己为什么剪掉心爱的辫子，其实她也说不清到底是什么心理，就是想下一个决心，决心和陈天安断绝来往，就像辫子一样，咔嚓一刀两断。她已经把这个决定告诉他了。马华沙听了很高兴，丝毫没有隐瞒快乐的心情，因为在她看来这是一件天经地义的事，一点没想到这不过是成长中的女孩儿对来自各方压力的妥协。

然而问题并没有就此完结，男孩儿不甘心，时常跟踪齐乔。这样一来马华沙就成了齐乔的保护人，每天一放学她就大步流星赶往齐乔的学校和她一块回家，她可不愿意给陈天安任何的机会。两个女孩儿之间的关系发生了微妙的变化，以前齐乔是带领者，马华沙总是乐于听她的话，接受她种种情绪的感染；可现在齐乔变得很软弱，完全放弃了自己的权利，而马华沙对她的关切超过了对她自己的关切，她干脆处处依赖她，甚至不时地撒娇耍小脾气，看华沙处处管着自己同时又对自己逆来顺受，齐乔心里觉得挺受用。

一次齐乔上体育课时崴了脚，马华沙来找她时她坐在教室里不能动，要华沙把她背回家去。马华沙虽然比齐乔长得高一点，可没有她丰满，她二话不说背起齐乔就走。一路上两个女孩儿歇了一次又一次，每次停歇都演变成一场嘻嘻哈哈的打闹，到后来华沙笑得一点力气也没有了，就和齐乔你拉我拽地往前走。乔小召看到女儿被背回家来以为出了什么事，脸都吓白了，等她看到两个姑娘一起滚到床上，笑作一团，才知道没什么大事。华沙的衣服被汗水湿透，贴在背上，乔小召心里一阵感动，赶紧给她煮了两个荷包蛋吃。

而郝兰荣看着女儿一天到晚围着邻居家的女孩儿打转心里有些不满，她觉得齐乔那丫头太娇气，有点欺负自己实心眼儿的闺女。可她只要露出一点儿这样的意思女儿就扯开嗓门和她嚷，“互相帮助怎么啦！人和人不应该互相帮助吗？这是好事，你凭什么反对？”弄得郝兰荣也无话可说。

有一阵子陈天安不再出现，就像什么也没有发生过似的。可是突然有一天他在路上拦住了两个姑娘。天空阴云密布，但比不上男孩儿的脸色那样阴沉，她俩有点害怕了。

“你要干什么？”马华沙哑着嗓子问。

陈天安冷冷地看她一眼，并不回答，让人明确地感到他内心的轻蔑和厌恶。华沙心里腾地冒火了：“躲开，别挡道！”她粗鲁地说。

陈天安打定主意不理睬这个讨人厌的姑娘，现在他已经不怕得罪她了，他转向齐乔，只和她说话。

“我想和你说两句话，行吗？”

不等齐乔有所反应华沙就拽起她的袖子，“没什么可说的，走，咱们走。”

然而陈天安不顾一切地站到齐乔面前，让她无法迈步。两个人离得那么近，眼睛直对着眼睛。

“齐乔，我要走了！我爸要回老家工作，后天就走。”陈天安的声音很沉重，好像要乞求什么，“也许，可能我就再也见不到你了，我想和你说，我不会忘记你，我会给你写信。你会给我回信吗？会吗？”

齐乔怔怔地看着面前的男孩儿，那张脸是那么熟悉，让人心痛，并且很快模糊起来，看不清了。因为视线被泪水模糊，喉咙也被一股悲伤的波涛堵住，什么话也说不出。齐乔不明白自己是怎么了，只是强烈地感觉到有什么东西一去不返，不管那是什么都永远地没有了。女孩儿一生中第一次体会到这样的感觉怎能不伤心欲绝呢？除了抹眼泪齐乔什么也不知道不能做，陈天安的眼圈也红了，马华沙的心则非常沉重，好像死了一样。

陈天安走了，有几天齐乔好像变了一个人，无精打采，像生了病一样，马华沙无法安慰她，一种死气沉沉的气氛压在她们头上。两个姑娘都以为生活就此变为一场噩梦，再也不可能恢复原来的样子。在这种沉重的心境之中齐乔收到了一封信，不是别人，是马华沙写给她的。

齐乔，不要难过了，看你难受的样子你不知道我心里多不好受。我只想对你说，不管出了什么事我都会在你身边，

不管你需要我做什么我都会毫不犹豫。我永远不会让你伤心，

朋友，请相信我吧。

齐乔立即给马华沙回了一封信，信的大意是：我珍惜你的友情，愿意做你最好的朋友，可你觉得我们的友情能维持到永远吗？

面对齐乔的疑问马华沙费尽思索，写道："齐乔，你听过这首歌吗，《愿友情地久天长》，现在这歌声就在我耳边回响。可是我，我要为你唱自己心中的歌，歌词是这样的：愿我们的友情像日月星辰，像屹立在波涛中的岩石，像永恒的大海，天长地久，地久天长！"

马华沙在学校是语文课代表，作文在班上名列前茅，现在她更像中了魔一样趴在桌子上写呀写呀，连吃饭都顾不得，郝兰荣看到女儿这么用功心里别提多么高兴了。

在此期间两个女孩儿其实每天都见面，可见面时候的感觉却有点怪，像隔着一层膜，恍恍惚惚，不像真的。只是到了晚上她们才通过写信的方式把自己和对方的感觉弄个一清二楚。白天发生的点滴小事都会在信里重提，"你没有看见我过来吗，为什么偏在那个时候走开了？""我知道你喜欢黄颜色，所以我才买了那条围巾，难道我做得不对吗？"世上的一切都不是无缘无故的，只要肯分析就一定能找出它的前因和后果。而她们的思想之细腻、感情之丰富、想象力之强大是无人可比的。一次次的误会，一次次

表明心迹，激动的泪水滴落在纸上，字迹被模糊了。那些矫情的话外人看了要笑掉大牙，可对她们来说是世界上最最美好的语言，令人无比沉醉。

一封封信像宝贝似的被收进抽屉，上了锁。其间陈天安也来过两封信，齐乔却没有回。她不是不想回信，可她还没有动笔就先反省自己：如果我给陈天安写信华沙会怎么想？会不会伤心？答案是肯定的。我该做让她伤心的事吗？答案是否定的。事情就这么解决了。

不知不觉间齐乔和马华沙十七岁了，然后十八岁了，不记得从哪天起她们不再写信，她们的感情、思想、知觉被一种东西渐渐抓紧，那就是未来，未来一步步朝她们逼近。马华沙一门心思要考大学，齐乔也这样想，但她的学习成绩不像华沙那么好，因此不想把话说得那么死。

高三前的那个暑假她们过得很正常，按部就班。每天做完功课两人就坐在门口的榆树下聊天，一面东张西望，议论过往的路人。住在附近的一个青年每天要从这条路经过，那是个老实巴交的小伙子，一看到两个女孩儿的身影就浑身不自在、紧张起来。他的感觉很快引起了女孩儿的注意。

于是天天两个姑娘都怀着恶作剧的心情等待青年的出现，看他从远处走来精神就为之一振，她俩深深吸气，把脸上的表情锁得严严的，四只眼睛死死盯住目标；小伙子感到从榆树下吹来一股股阴森的妖气，感到那阴冷固定的目光像探照灯一样打在自己身上，他不由手脚僵硬，神经错乱，到最后连路都不会走了。他真是受够了她们的罪。而女孩儿则为自己折磨人的本事得意万状，只等青年一走过去就憋不住地纵声大笑，笑的声波把树叶从树枝上震得掉下来。

没有什么比这再有趣的娱乐了，榆树下的时光变得其乐无穷。受她们折磨的人何止一个，看到那两个蹲在树下的女孩儿人人紧张、畏缩，臭小子马力也不能幸免。马力走过时总想和姐姐打哈哈，可她们根本不理睬，盯着他的眼神就像他是个痴呆儿；马力深受刺激，破口大骂她们神经病、二百五，大疯子，她俩呢，始终用玻璃球般的眼珠瞪视着他，这一招太厉害了，马力无法招架，落荒而逃。

愉快的时光转瞬即逝，暑假一过就是最后的恐怖的高三学期。

对齐乔来说高三的日子简直就是地狱。像大多数女孩儿一样她对学习从来不感兴趣，也不大擅长，她的心是为浪漫而生的，现在却不得不痛苦地强打精神；而马华沙则是个成绩优良的学生，胸中怀着朦朦胧胧的大目标和奋勇向前的意志，这种意志对齐乔不无影响。日复一日，两个女孩儿从学校回来就在齐乔家复习功课，乔小召为她们换上了六十瓦的灯泡，桌子被照得亮堂堂的，两个姑娘黑油油的脑袋紧紧凑在灯下，除了写字的沙沙声、轻微的喘气声、小动作的奇怪声响，再也没有别的声音。冬天，风打着呼哨从街头刮过，屋子里的火炉噼啪作响，四下里更加安静了。齐乔被风声搅扰，走神了，她拉开手边的抽屉，看着抽屉里那条油亮亮的大辫子，那是她珍爱地保存起来的辫子，她用手轻轻抚摸，脑海中浮想联翩，过了好一会才抬起头来。忽然她觉得脖子那么酸疼，不由转转脑袋咧咧嘴，呻吟出声，马华沙惊醒过来，抬眼看看她。

“天哪，累死了，看！看我的手。”女孩儿举起右手，纤细的手指写字写得变了形，连拳头都握不起来了。

马华沙攥住她的手揉了揉，齐乔立刻夸张地“哎哟哎哟”直叫；华沙笑了，干脆起身走到她身后，把两只手放到她的脖颈上捏呀揉呀，齐乔撒娇地呻吟不止，弄得华沙没办法，只能一个劲揉下去；渐渐地齐乔不出声了，脸上浮起惬意的微笑。

冬去春来，和暖的气流在大地上吹拂，女孩儿的心被春风鼓动，轻飘飘地想飞起来。可是不行哇，她们必须埋头功课，时间越来越紧迫了。四月间报纸上忽然发出一则消息，动物园里跑了一只大猩猩，如何引起全市的恐慌。课堂上老师提醒同学们注意安全，如果碰到猩猩千万不要靠近，因为猩猩手指的力量特别大，发起怒来能杀人。这件事简直就像一根救命稻草被齐乔一把抓住。终于，她的注意力不用再放在学习上，可以全心关注猩猩的下落，让浑身的每一个细胞都为之紧张、激动、恐惧，而这是多么令人愉悦的恐惧啊！

大猩猩在一个公共厕所里被发现，警察慌忙开来一辆面包车，用车门堵住厕所的门，猩猩待在里面不肯出来，双方僵持了三个多小时，最终猩猩被押回了动物园的铁笼里。一切重新步入正轨，齐乔只得又回到单调枯燥的功课上。日子变得更加难熬了，女孩儿的心无论如何也放不下那只猩猩，没过两天她就提议去看看那个惹祸的大家伙。

傍晚前华沙和齐乔来到动物园，游人差不多都走光了，偶尔的几声鸟叫使动物园里显得那么空旷。她们来到大猩猩的住处，铁笼里却不见它的踪影，仔细再看才发现角落里有块黑乎乎的石头似的东西，原来正是它。她们趴到栏杆上向它喊叫，它理也不理，为了引起它的注意，齐乔揪着书包带一下下地抡呀抡呀，这时黑猩猩阴沉的脑袋瓜里发生了一丝变化，可女孩儿毫不知情，继续抡着书包逗引它，越抡越起劲；突然间，那巨大的身躯猛地一动，像一道黑色的闪电，齐乔的书包和手臂已被那只毛茸茸的铁手抓住！

姑娘的惊叫声响彻动物园上空，暮色中，动物们受了惊吓上上下下地胡窜，比尖叫更让它们惊慌的是另一个凶猛的吼声，那声音不是出自动物之口，而是马华沙为了吓退大猩猩发出的怒吼。她一边吼叫一边在铁笼外冲来冲去，那副疯狂的架势把大猩猩弄愣了，它的注意力不由被这只恶狠狠的活蹦乱跳的小母兽吸引，放松了原来的目标，齐乔一使劲挣脱了它的爪子。

两个女孩儿扭身奔逃，跑出一段距离后停住，只见大猩猩手抓铁栏望着她们，阴森的小眼睛放射电光。接着它开始拿书包发泄，发怒地撕扯，把书包和里面的所有东西都撕成碎片，情景十分可怖。

丢掉书包又受了惊吓，齐乔对复习功课和考大学失去了信心，再也不想努力了。她浑浑噩噩地度过考试前的最后一个夏天，然后就是考试。

啊，终于考完了！一切都结束了。不，应该说疯狂的快活的日子开始了。说疯狂并不是女孩儿们真的做出怎样疯狂的举动，而是她们的心像一个无边无际的大空场，呼吸是自由的，手脚是自由的，浑身上下的每一个毛孔都自由地张开，于是有一天她们一高兴，就和那个老实巴交的青年打了个招呼，认识了。年轻人姓米，叫米献森，她们立刻把他叫作米饭。米饭在一家工厂上班，他也想考大学，非常羡慕齐乔和马华沙眼前的状况。她们闲得没事就到米饭的工厂找他玩，在车间门口溜达，两个姑娘的到来使得米饭变成了引人注目的人物，小伙子暗自兴奋。他领了工资，提出请她们到饭馆吃饭，两个女孩儿有点不好意思，可还是高兴地答应了。

米饭请她们吃的馅饼，还要了凉菜和汤，三个人吃得美美的，回家的时间却比平日晚了许多。乔小召一趟趟跑到路边张望，好不容易把女儿盼回来。两个姑娘事先就商量好对策，说碰上了同学看了场电影。那天马华沙不得不陪着齐乔吃了第二顿晚饭，她们极力装出很饿的样子，大口地扒饭，还互相夹菜，嗓子眼里一阵阵地涌起大笑的欲望，只觉得这一切都有趣之极。

一种等待的心情渐渐来到她们心里，并扎下根。一天中的大部分时间马华沙和齐乔都在宿舍区的路口消磨，看上去是在聊天，其实是在等待邮递员的到来。邮递员来了又走了，但录取通知书迟迟还不来。

两个姑娘等待的心情是不大一样的，马华沙很热切，充满期望，齐乔却显得冷淡，有点无所谓似的。马华沙不由为她鼓劲，向她描述将来的样子。那是一种有所作为、充满浪漫色彩的生活，有美丽的校园、热闹的宿舍、安静的图书馆，还有有意义的工作，会出现许多新奇的事，很多出色的风趣的人，齐乔默默地听着，仿佛有点心不在焉，气得马华沙真想骂她。但随她怎么说齐乔的脸上总是带着若有所思的微笑。

黄昏时分，夕阳把一切景物染成美丽的金红色，空气柔和而明亮，齐乔遇到下班的米饭，两个人不由停住脚步站在路边说起话来。马华沙远远地发现他们，高兴地走过去，一边走一边想，他们的脸红彤彤的多好看啊！瞧那副乐呵呵的样子，真有点傻。这么想着马华沙感觉有点不对头了，瞧哇，他们俩彼此望着对方，一会儿都不想移开目光，她的心不由一沉。

从那以后马华沙对待米饭的态度变了，看到齐乔和他说笑，显出快活的心情她就不舒服。有时候她也说服自己别这么小心眼，可她管不住自己的情绪。米饭是个性情温和的小伙子，感觉有点迟钝，到后来也觉出从马华沙身上发出的逼人的寒气，经常被她风云突变的脾气弄得不知所措，露出一副可怜相。但他仍然坚持着和这两个女孩儿来往，理由只有他自己心里知道。也许他自己也懵懵懂懂，只是听凭感情的驱使罢了。

马华沙一反常态的表现让齐乔也感到难受，可是她什么话也没有说。不知为什么这姑娘怀着微微负疚的心情，好像自己真的做错了什么事似的。

星期天米饭邀请两个姑娘看电影，买好了票在电影院门口等她们，当他把票交到她们各自手中时，马华沙发现自己和齐乔不是挨在一起，中间隔了一个号，是米饭。说实话米饭绝不是有意这么做的，这样做也太傻了，马华沙的脸色登时阴沉下来，质问米饭是什么意思，可她根本不想听他的解释，被一股莫名的怒气搞得火冒三丈，冲动下一把撕了自己的电影票。这场电影自然是看不成了，齐乔跟着马华沙离开，米饭跟在她们身后。对眼前的处境马华沙既生米饭的气更气自己，一时间她对米饭简直厌恶到极点，“讨厌，没见过这么赖的，躲远点儿好不好……”

米饭听到她的嘟嘟囔囔尴尬得不知怎么办才好。这时齐乔实在忍不住了，“你干吗这样，人家又不是有意的。”

“你怎么知道？你是他肚子里的蛔虫?”马华沙站住，眯起眼睛盯着齐乔，目光尖锐刺人。

齐乔脸涨得通红，被逼无奈，“你、你这不是欺负老实人吗?”

马华沙极力压制着自己，用讥笑口吻说：“啊，我明白了，你特别想挨着他坐，对不起，我不知道。”

听华沙说出这样的话齐乔气得头发晕，脸由红变白，眼里泪光闪闪。米饭则显出他迟钝的本性，干脆一声不吭，完全失去了反应能力。

那天三个人不欢而散，分道扬镳。米饭站在原地，看着两个女孩儿一前一后地离自己而去，心里慢慢地漾起一股甜蜜蜜的感觉，不为别的，就为了齐乔为他争辩的那两句话，甚至连马华沙的嘲讽也不能影响他的情绪。米饭是那天唯一心满意足的人，而齐乔的心情却很沮丧，这天她本来怀着一种喜悦的期待，模模糊糊地憧憬着有什么事发生，可谁想到一天还没有开始就这么莫名其妙地结束了，真让人不能接受。可她并没有怪罪谁，只是心里憋得慌，想干点什么，结果她没回家，而是走进一家理发馆，看着理发师在自己的头上忙来忙去，下了半天工夫，她很快忘却了烦恼。

只有马华沙一个人走在回家的路上。她眉头微蹙，机械地向前迈着步子，内心被莫名的愤懑之情胀得鼓鼓的。是的，整个世界都不对头，不合她的心意，可她却无法改变什么。

事实上，这个世界绝不可能为了一个女孩儿的心而改变一丝一毫，这个道理以后马华沙会清楚的，可现在还不行。她想，要是自己从来没有和齐乔好过就好了，那就根本不用管她的事，现在她却被一种又恨又爱的感情折磨着。

第二天她在家里等待齐乔，等了一上午齐乔也没有来。其实齐乔也在家里等她，两个人都在耍小脾气，希望对方主动和解。下午齐乔出门了，她隐约觉得会碰到米饭，果然就碰上了。米饭脸上高兴的表情弄得齐乔有点不好意思，相比之下华沙显得那么不近人情。她忍不住把自己一些看法向米饭一吐为快，她觉得华沙太要强，老想把自己的意见强加于她，让人很难接受，而且她脾气不好，有时候太厉害了；米饭非常赞同她的话，不仅赞同，齐乔能和他这么知心简直让他喜出望外。

齐乔还透露出内心的隐秘想法，她对考大学并不寄予什么希望，考不上更好，说实话她从来不喜欢学习，学习太苦了，大学那漫长的学习生涯让她想起来就害怕。齐乔说话的时候眼波随着语调时而暗淡时而明亮，漆黑浓密的睫毛忽闪忽闪，像小树丛似的，雪白粉嫩的脸蛋微微发光，米饭带着温柔带着痴迷对她望着，几乎没有听见她说的什么。

“我和华沙不一样，我俩好像不是一种类型的，她有野心，真的，我觉得干什么都行，像你这样不也挺好吗？”

“可我觉得……”米饭说，齐乔定睛看着他，“你觉得什么？

说呀!”

可他却什么也没说。小伙子一心想让姑娘高兴，想听她那可爱的听不够的声音，任何和那个可爱声音不相符的意思他都说不出口。

那天他们俩聊得很尽兴，也很投机，在对马华沙的看法上取得了充分的一致。可是到了第二天一切就完全变了，就在米饭满怀热望，期待着和齐乔约会，齐乔却再没有出现。因为就在这时候她得知了马华沙没有考上大学。

消息是从其他接到通知书的同学那里得到的，他们在这一两天里都相继收到了通知书，可华沙却什么也没收到。她跑来问齐乔，齐乔立刻陪她一起去找自己学校的同学，结果人家也收到了。事实上几乎所有的人都收到了入学通知。灾难就这样降临到马华沙的头上，同时也降临到齐乔头上。但齐乔连想都没想自己的灾难，浑身上下的每一个细胞都只为朋友而难过焦急。

齐乔安慰华沙说通知书一定在路上，拉着她去邮局打听，找到了负责为排房送信的邮递员，问他可能发生什么样的情况。邮递员是个年轻小伙子，很善解人意，说什么情况都可能发生，通知书有一百种一千种可能被耽搁在路上，也不排除丢了的可能。但他请姑娘相信邮局的职工是认真负责的，一般不会丢失信件，安心再等一等吧，通知书会来的。这个身穿制服的年轻人的话给了姑娘很大的安慰，他的态度那么真切，没有一丝一毫怀疑是马华沙没有考上。

晚上齐乔也陪着马华沙，一分钟也不离开。她俩并排躺在华沙的床上，默默地挤着，谁也不说一句话，事情悬在半空，说什么都是多余的。后来齐乔渐渐感到困意，不由睡着了，半夜醒来她发现屋子里仍然亮着灯，马华沙不在身边。她欠起身一看，只见朋友坐在桌边，灯光从头顶照着她，在她脸上投下浓重的阴影。

“怎么起来了?”

马华沙一动不动，一点反应也没有。齐乔揉揉眼睛下了床，站到马华沙面前，华沙立刻垂下头；齐乔蹲下身子想从下面看她，她却用手把脸捂住了。

齐乔去掰她的手，非要看看她不可，可华沙怎么也不肯让她看，齐乔不肯罢休，两个人就这么手抓着手僵持着，那架势真有点可笑。齐乔“哧”地笑了，马华沙下意识抬头看她一眼，这下齐乔大吃一惊，因为她看到华沙的脸亮晶晶的，满是眼泪，而以前她几乎没见过她哭。齐乔的心被狠狠刺了一下，一把搂住华沙，搂得紧紧的。

马华沙顺从地趴在她怀里，肩膀微微颤抖。齐乔是多么可怜她心疼她呀！这一刻她愿意为华沙做任何事，哪怕牺牲自己的一切都在所不惜。

通知书一直没有来，那年轻的邮递员路过时只是冲她俩点点头，笑一笑，什么话也不说。又过了两天马华沙不再等待了，连门也不出，像一朵蔫了的花儿，完全失去了生命的活力。从早到晚齐乔始终陪伴在她身边，给她端茶倒水，好像她是个孩子，要不就是病人，马华沙也一天天地让自己靠在齐乔身上，脑子里浑浑噩噩，随齐乔吩咐她做什么就做什么。两个女孩儿心里产生了一种相依为命的感觉，米饭自然而然被丢到脑后，那可怜的老实人就此被排除在齐乔的生活之外了。

一天夜里齐乔莫名其妙地醒来，睁眼看到华沙坐在床边，正低头看着她，嘴角上露出奇怪的笑意；再一看才发觉她把一堆臭袜子堆在自己的鼻子前面。齐乔咕哝了一声，抬手把袜子胡噜到地上，马华沙扑哧笑了。

这以后华沙的情绪一点点正常起来。她和齐乔一起出门，看到大街上人来人往很热闹，不由深深吐出一口气，身上一轻；是啊，天并没有塌，地球也没有毁灭，一切都还好好的；再扭头看看身边的齐乔，那白嫩的脸庞泛着瓷光，嘴唇上的一层小绒毛多么可爱，有这个朋友自己是多么幸运啊！

马华沙伸手想摸齐乔的脸，齐乔下意识躲闪了一下，笑道："干吗你！"

"不干吗。"

"还笑呢，没羞。"齐乔说着用手指羞华沙的脸，华沙一把抓住她的手，咬了一口。齐乔又气又笑，骂她是小狗，路上的行人不由对这对亲热打闹的女孩儿投过好笑的一瞥。

一切本已风平浪静，可这时却发生了一件出人意料的事。

一天上午，那位年轻邮递员黄小茂出现在排房的院子里，他头上的帽子歪到一边，仰着脸一心一意搜寻着门上的号码，齐乔从窗子里看到那身绿色制服心倏地提到嗓子眼儿。黄小茂透过玻璃窗也看到了齐乔，先是一愣，立刻脸上绽开笑容。原来他要找的就是5排3号齐乔的家。

邮递员送来的不是别的，是齐乔的入学通知书，她考上了南方的一所机械学院。齐乔遇到了迄今为止的一生中最奇特最难以理解的事，整整一天她都没能从震惊中恢复过来。怪的是她居然没有把这件事告诉人，咬牙憋着。起先她当然是想和别人说的，第一个想到的就是华沙。可一想到华沙她心里忽然感到害怕，不，她实在不敢想华沙要是知道她接到了录取通知书会怎么样。她的眼前出现了一幅幅令人伤心的情景，火车站的送别，她走了，离开这个城市，留下华沙一个人，那孤零零的身影在熟悉的街道上行走，还有风中的大槐树，树叶飘零，一片凄凉；齐乔的胸口被一团鼓胀胀的感情堵住，有点喘不过气，不，她不能走，她要是走了华沙可怎么活呀！

到了晚上齐乔的头痛得厉害，晚饭也不想吃，闭眼躺在床上，妈妈来看她她背过身去不理睬。爸爸在外屋问：“怎么啦，要不要吃头痛片？”她还是不吭声。

外屋传来细碎的碗筷的声响，父母在低声交谈，齐乔扭过身，灯光在床前的地上画出一个方形，还有一部分投在墙上，黄黄的，很柔和，一股浓重的压得人透不过气来的忧伤从那灯光里弥漫开来。难道她真的要离开，离开她的家，离开爸爸妈妈，再也看不到这灯光这墙这花布的窗帘这亲爱的屋顶，不，这不可能！她怎么能受得了！

可不要小看了齐乔这姑娘，她其实是很有主意的。就在这奇异的一天还没有结束的时候她的心已经做出了决定，哪儿也不去，不去上什么机械学院，光凭“机械”两个字就够让人觉得冷冰冰、枯燥乏味了，那绝不是她想过的生活。最重要的是在做出决定之前齐乔浑身哪儿都不舒服，胸口像堵着大石头，一口东西也吃不下，可现在她的头不痛了，人也饿了，把妈妈为她煮的一锅挂面吃得精光，吃出了一身大汗。睡觉前她把通知书揣到怀里去上厕所，在黑暗中把通知书撕得粉碎，扔到茅坑里。

齐乔当然没有忘了一个人，她必须把自己的决定告诉他，否则事情可能会露馅。第二天她躲开别人自己出门去，走出很远一段路去等那个邮递员，果然把他等来了。

那家伙一下下蹬着自行车，两条腿松松垮垮向外撇着，显得悠然自得。看到齐乔他加劲儿猛蹬了几下，冲到她面前捏住闸。

“你好！大学生。”他笑嘻嘻地问候。

邮递员黄小茂是个乐观开朗的小伙子，他一直没有和那两个姑娘交谈是因为他带不来她们等待的东西，而现在他再没这个负担了，立刻露出本性，想和姑娘开两句玩笑，可姑娘说出的话却吓得他一激灵。

“什么！你把通知书撕啦?!”黄小茂的嗓门很大，齐乔连忙往两边看：“嚷什么！小声点。”

黄小茂不再说话了，有点发呆。一件事超出人思想的范围人就会丧失反应的能力，黄小茂就是这样。齐乔向他提出请求，让他保密，决不让任何人知道，就当没有这件事，就当通知书没有来，就当她什么也没有收到过，“就当我把它弄丢了。”黄小茂忽然接了一句。

齐乔一愣，扑哧笑了，“对，就算你给弄丢了。”

这句玩笑话使两颗绷紧的心松弛下来，他们互相打量，微笑着，一时不知道还应该说什么，就很快分手了。

黄小茂继续去送信，齐乔慢悠悠地往家走，有一会工夫她的脑子有点乱，陷入微微的迷茫。她想：刚才为什么不问问人家，自己做得对吗？可转念一想，问他干吗，他算老几，管得着吗。走着走着她忽然觉得身后有人，猛一回头，没有，鬼都没有。街上倒是有些行人，可他们什么也不知道，不知道她考上了大学，更不知道她决定不上大学了。这个世界好像做了一个梦，什么痕迹也没有留下。

但毕竟生活中还是多了一样东西，一个秘密。这秘密像一间小黑屋，只有两个人进去过，而这两个人的关系就有点不一般了，甚至很亲近，不是吗？

尽管没有考上大学，可马华沙仍然怀着年轻人的雄心，跃跃欲试。她身体健康精力充沛，对生活有很多打算，而她的种种考虑总是和齐乔连在一起。

两个姑娘天天一起商量，一起去找工作，马华沙开始在一个中学里代课，教初一的语文，齐乔被一家宏远公司雇用了。可她干了不到一个月就辞了职，原因是老板老和她搭讪，让人觉得不正经。过了些天齐乔忽然问华沙："嘿，你觉得在邮局工作怎么样？愿意去吗？"

齐乔提出这个问题自然是事出有因。这时黄小茂已经不再四处投递信件，转到邮局的柜台工作了。因为他的爸爸是邮电局的干部，他对齐乔说可以帮她在邮局找到工作，齐乔说不光我一个人，还有我的好朋友呢。黄小茂说没问题。

可马华沙一听邮局就不喜欢，甚至怀着隐隐的恨意。她问齐乔怎么认识黄小茂的，齐乔的回答倒也干脆，"你不是也认识他吗？"

马华沙没话可说了。

黄小茂和齐乔见面时一次都没有提起他们的那个秘密，这让齐乔对他的为人挺放心，可她自己有时候却忍不住想提一提。她问黄小茂："你说，我要是没做那件事，现在是什么样？"

"哪件事？"黄小茂反问。

"那件，你知道。"

可黄小茂想逗她，"哪件？"

齐乔明白了，白他一眼，"讨厌，不爱理你。"

他们俩就这样拿这件事逗乐。现在黄小茂提出要帮齐乔到邮局工作，想到自己穿上一身绿色制服，齐乔很心动，为此她去找过黄小茂好几次。

有一次正赶上邮局发行熊猫纪念币，黄小茂乐呵呵地拿出一枚，"看，刚发行的。"

齐乔眼睛一亮，伸手要拿，可黄小茂的手已经缩回去了；齐乔愣了一下，在她发愣的工夫黄小茂又把硬币举到她眼前，她一伸手拿他又缩回去；齐乔又气又笑，一边骂他讨厌一边非要把硬币拿到手不可，而黄小茂就是不让她拿到，两个人你争我夺，眼看小伙子抵不过姑娘了，忽然他一揪衣领，把硬币塞进领子里去，脸上笑嘻嘻的，"拿呀，你来拿呀！"

齐乔有点不知所措，死死盯着黄小茂的衣襟，心里憋着一股劲；黄小茂自以为得计，乐呵呵地摇头晃脑；突然间，齐乔不顾一切扯住黄小茂的衣服猛地一揪，衣服从裤子里拉出来，露出一块黝黑的肚皮，硬币当啷啷掉到地上。

两个人都闹了个大红脸，齐乔连硬币也没有看一眼就走了，好多天都没有去找黄小茂。然而黄小茂的那块黑肚皮却一直跟着她，在眼前晃动，让她一阵阵心跳。

为什么会心跳呢？原因很简单，就因为一个姑娘看见了一个小伙子的身体，虽然那不过是一块肚皮，可那样的地方是不该被人看到的，她却看到了。这件事的意义非同寻常。齐乔很想把自己的感觉和最好的朋友诉说，听听她的看法，弄清是怎么回事，然而聪明的预感却阻止她这样做。心事只能埋藏着，像一块面肥在心底里发酵。

不久，齐宗义给女儿在物资局找了一份工作，邮局的事就作罢了。又到了冬天，齐乔和华沙喜欢上了滑冰，现在她们俩都有了冰鞋，而且滑得很不错，甚至在冰场上小有名气。不少人都知道这两个身材高高的姑娘，也有小伙子和她们搭讪，可她们却摆出一副爱搭不理的姿态，表现出十足的轻蔑，让人不由退避三舍。

晴朗的星期天，冰面反射着阳光，璀璨耀眼，像一块巨大坚硬平展的大磨盘。马华沙和齐乔手拉手地滑呀滑呀，风从耳畔刮过，发出悦耳的哨音，姑娘的脸容光焕发，在寒冷的空气里比红苹果还漂亮。有一会儿马华沙心里涌起一股冲劲，放开齐乔的手向前滑去，等她转回头来，齐乔却不见了。

这下马华沙无法再安心滑冰，只顾在人群里钻来钻去，好几次似乎看见了齐乔的身影，可一闪又不见了。云层渐渐遮住了太阳，天色暗下来，马华沙急得满冰场里大喊：“齐乔！齐——乔——”

一个人影猛然滑到她面前，冰刀跺在冰上发出粗粝的声响，是黄小茂。他的眼里闪射着快活的光，“嘿！”

“你？你来干什么？”

黄小茂哈哈大笑：“滑冰啊！”

马华沙却觉出可疑，觉得黄小茂的出现别有用意，也许齐乔刚才就是和他在一起。果然齐乔从人缝里笑嘻嘻地滑过来，从后面冲向黄小茂，猛推了他一把；黄小茂猝不及防撞上了马华沙，把华沙撞倒了，他自己也收不住地扑到她身上，齐乔又压到黄小茂身上，三个人滚成一团。

黄小茂嘴里呼出的热气喷到马华沙脸上，手胡乱地碰到了她的胸脯，马华沙的心咚咚乱跳，极力挣扎着站起来，脸一块红一块白。但她强迫自己表现得大方自然，做出什么事也没有的样子，还和黄小茂打趣了几句。可是到了回家的路上她却沉默不语，不和齐乔说话，心里充满对她的蔑视。她怎么能和黄小茂那么随便呢？随便推他，压到他身上，还嘻嘻哈哈，假装站不起来，非等黄小茂把她拉起来。她和他是什么关系？

齐乔也一声不吭，一种熟稔的憋闷的感觉又来到心里，她弄不懂自己被什么东西缠住了，怎么就不能痛痛快快地做自己想做的事呢？好像自己又犯了什么大错，心里却一点也不服气。

第二天黄小茂居然又在冰场上出现了，齐乔的态度并没有改正，还是笑着和他打招呼，还挥了挥手。马华沙白了她一眼，问：

“你知道他来?”

“我怎么知道，冰场又不是我家开的。”齐乔忍不住顶了她一句。

那天两个姑娘玩得一点不开心，一种故意疏远的别扭劲控制着她们。黄小茂不时从她们眼前滑过，眼里闪着快活而诡谲的光，好像看到什么有趣的事情，又好像知道什么秘密而故意不透露。马华沙相信齐乔有什么事瞒着她，她不说她就不想问，这感觉真让人气闷。滑了没一会儿工夫，马华沙就说不滑了，回家吧。冰面的反光那么刺眼，齐乔微微耷拉着眼皮，嗓音干巴巴的，“那……那你先走吧。”

马华沙不敢相信自己的耳朵，“你说什么?”她问了一句，但立刻就觉得自己很傻，实在太傻了，事情明摆着，她背叛了她，又一次背叛她。这是不可原谅的。

马华沙扭头就走，用力滑出去，动作过于激烈差点摔倒。她滑到场边，忍不住又转了回来，她要找到黄小茂问个清楚，他要干什么，和齐乔到底是怎么回事?可是她没有找到黄小茂，也没有看到齐乔，那两个人神秘地从冰场上消失了。

马华沙只得回家，在院子的过道碰上了齐宗义。齐叔叔推着自行车正要出门，看到华沙微感诧异:“咦，你不是和齐乔滑冰去了吗?”

马华沙吸了口气，“对，我有点事儿，先回来了。”

齐叔叔走了，华沙不由扭过头思忖地望着他的背影，一个念头从脑子里冒出来。

到了晚上那念头非但没有减弱，反而越发清晰壮大。她很清楚地知道自己该怎么办了，这样心情才稍微好了一点。在华沙的内心深处也不是没有一点羞愧的感觉，但羞愧并不能阻止她，因为在一切之上有一种感觉是最真实的，她会为了齐乔而受苦受折磨，这件事不知道什么时候才能有个完。可要是让她选择离开齐乔，那会更加痛苦，那将是不可忍受的，而痛苦却可以忍受。

白天，马华沙瞅准了齐乔不在家的时候来到她家。齐叔叔正在屋里看报纸。

“哟，来啦，乔儿和她妈上街买东西去了。”

可华沙却倚在门口没有要离开的意思。起先齐宗义没什么感觉，过了一会儿他觉得有什么地方不对头，就抬起头问：“咦，丫头，你是不是有什么事呀?”

当齐宗义了解到女儿和一个邮局的小伙子偷偷约会，他沉默着，脸上的表情锁得严严的，马华沙极力想从齐叔叔的态度里琢磨出什么，却连生气的影子也没发现。她隐隐感觉失望。

那一天什么也没有发生，第二天也平静地过去了，第三天、第四天还是没什么事。马华沙疑疑惑惑，每天和齐乔见面心里都在打鼓，可齐乔的情绪却很快活，甚至快活得有点过火了。可不是嘛，原来她爸她妈让女儿把在邮局工作的小伙子带到家里来坐坐，他们想见见他。

黄小茂这个小伙子性情好，坦率乐观，而且有一种用他的好情绪感染别人的特点。齐宗义受了他的感染谈笑风生，乔小召和齐乔在一旁听得乐滋滋的。从那以后黄小茂和齐乔似乎就确定了对象的关系。

事情这样急转直下使马华沙受到极大的震动，生活欺骗了她，在毫无觉察的时候猛然翻了个个儿，把她压在下面，让她眼睁睁面对自己不想面对的事，承受着巨大的压力。她是多么难过悲伤，多么软弱渺小可怜，然而却没有一个人可怜她。这是为什么？

看到邻家的姑娘有了对象，母亲郝兰荣有点着急了。她和女儿提起一个在部队当兵的青年，想让他们俩认识认识。华沙眉头紧锁，脸色很难看，一声不吭走出门，把妈妈一个人撇在屋里。郝兰荣对女儿的态度并不感到奇怪，也不生气，觉得很正常，一个女孩儿怎么能一听这种事就美滋滋、兴致勃勃呢，那可是要不得。可渐渐当妈的就不这么想了，因为华沙那丫头实在顽固，始终采取拒绝的态度，只要一提起这事就变脸，到后来只要母女二人单独在一起女孩儿就气呼呼的，弄得郝兰荣一句话也说不出来。

她又急又恼，索性豁出去了，“华沙，你甩脸子也没用，我也得说，你给我好好听着！”

华沙拧着脖子斜视着母亲，眼珠里全是眼白。

“你、你看看你那样儿，你想干吗，想吃了我呀？”

华沙的眼珠转了一下。

“告诉你，我是你妈……”

“知道。”

“你是我生的。”

“知道。”

“我就得管你。”

华沙不吭声。

“你不小了，该考虑了。咱不说别人，就看看人家齐乔……”

“少提她。”

“怎么，你俩不是最好吗？齐乔可是数一数二的姑娘，不是呀？”郝兰荣故意这么说。

“她是她我是我。”

当妈的忍不住满肚子的气，连讥带讽：“哟，你怎么不一样？你不长两条腿一个脑袋，你能有多大能耐，还能不结婚不谈对象！”

“恶心人。”马华沙一摔门走了。

每次谈话都是这样的结果，事情毫无进展，这可让郝兰荣感到束手无策了。她思来想去只好把自己的苦恼一股脑吐给女儿的好朋友。齐乔很激动，一来她受到如此的信任，二来她多么希望华沙能和自己一样有个男朋友啊！

齐乔拉着华沙来到铁道，这地方接近厂区的边缘，斜阳下铁轨在发光，灌木啦，草丛啦，电线杆啦，都镀上了一层明亮的金色，空中飘荡着金属的叮当声、嗞嗞的喷气声，黄昏的天空显得无比辽阔。齐乔和华沙各踩着一条铁轨往前走，那是很久以前的情景了，那时候她们俩还是无忧无虑的小学生，而现在她们长成了大姑娘，心里怀着浪漫、热切而又软绵绵的情感，连四周的景色也因此染上了温柔美丽的色彩；然而这只是齐乔的感觉，她一相情愿地相信自己的感情和朋友是相通的，就敞开心扉说哇说哇。

“华沙，你得听我的，你要是不听我的就太傻了！有时候我真觉得自己怎么那么傻呀，什么也不懂，现在算是懂了一点儿。人呀，原来还会是那样的，那么好……真的，你不知道，我绝不骗你。”齐乔说着看了华沙一眼，目光里满是风情，华沙能感觉到她的脑子里在想什么，觉得臊得慌。

“华沙啊，我真想和你说，这种事其实挺自然的，一点不像你想的，我不懂你为什么要这样，好像不应该似的，为什么呀！”

齐乔走下铁轨，走近华沙，比华沙矮了一截，微微仰起脸看着她，怀着真心的关切和疑问。华沙继续在铁轨上行走，默默地眼望前方。

“嘿，你怎么不理人？你倒是说句话呀。”

“没的说。”马华沙的语调冷冰冰的，让人不寒而栗。

齐乔瞟了她一眼，心里不服气：“你别现在嘴硬，看你以后什么样。”

听了这话华沙不由闭了一下眼，在心里说：好，太好了，你就看着吧！

两个姑娘继续往前走，太阳沉下去了一截子，光线变得更红了。华沙一直咬牙沉默，齐乔有点不安，忍不住拉起她的手，“你生气啦？讨厌，瞎生气。”

她攥住华沙的手一个劲晃来晃去，一边娇嗔地说：“不许你生气，听见没有，你一生气难看死了，我不想看……”

马华沙被她一使劲拉下铁轨，两个人并排走着，片刻齐乔搂住华沙的脖子，把嘴凑到她耳边，亲热地小声说：“见吧，见见怕什么，你多好啊，我觉得你特别好，谁都得喜欢你，再说了，要是他是个威武的军人呢……

马华沙的心越抽越紧，这时再也忍不住了，猛然站住，“你要再说我可回去了。”

“我就说！”齐乔本能地反驳，“凭什么你老不高兴，哼，你不听我的我还不高兴呢。”说完她带头向前走，脚步局促，因为不得不踩着一根根枕木。华沙只得又跟上她。

过了一会儿她们感觉到脚底下的地面有点震动，火车来了。齐乔回头看了一眼，火车头在远处冒出白烟，她向旁边走了两步，跨出铁道，马华沙仍然在铁道上走。

地下的震动越来越清晰，火车声也越来越响，齐乔不由提醒华沙：“嘿，火车来了！”

可马华沙却不为所动，继续踩着枕木往前走。震动从脚底传到身上，在血管中突突奔涌，马华沙感到一股热辣辣的冲动，这冲动像火一样迅速烧遍全身。她听见齐乔在朝她喊："华沙，过来！快过来呀！"这声音反而刺激了她，她要挣脱，一定要挣脱！她向齐乔望去，齐乔的眼神里带着疑问，还有一点好笑，而华沙的心更加毅然决然，被一股无比强烈的感觉攫住，她站在铁道上闭上了眼睛。

齐乔几乎不能明白眼前的事，可她不再觉得好笑了，火车正很快开近，比她感觉的要快得多，人已经能感觉到那钢铁的大家伙所发出的压倒一切的气势。齐乔冲上铁道去拉华沙，马华沙死命地甩开她的手，两个人像打架似的拉拉扯扯……

这时火车司机也看见了铁路上有人，在他的经验里这情形算不得有什么紧急，这世上就是有一些专爱捣乱的人，想吓唬他的人，他倒要看看到底谁怕谁。他拉响了汽笛。

火车的速度并不太快，然而汽笛尖叫白烟喷涌，在翻滚的热气之中齐乔和马华沙谁也看不见谁了，巨大的轰响吞没了一切，她们只感到身体紧贴在一起，感到风把她们吹得四散，化为齑粉……

司机吓出一身冷汗，扑在车窗上，探出大半个身子向外看，想看到那两个人。他总算看到她们的身影了，确信她们是站在铁道边上，于是他挥舞着拳头，发了疯地大骂起来。好一场咒骂的风暴啊！喉咙喷火，毒汁四溅，直骂得人都要晕过去了，可惜，被骂的对象什么也没有听到。

火车开了过去，轰隆隆的震响渐渐远去，大地渐渐平复，齐齐和马华沙却沉浸在说不清的兴奋和激动之中。她们说不清刚刚的事情，也不想弄清，两个人都觉得受了很大的惊吓，颤巍巍的，那是死亡的翅膀掠过花朵引起的战栗，而那翅膀已经离开了头顶，越升越高，变成了神奇的影子。

一个星期六的下午，当兵的小伙子被请到家里来了。女儿能答应和人家见面让郝兰荣满心欢喜，可一想到只有齐乔那丫头说了话才能办到，心里又有点别扭。在女儿人生的重要关口她不得不承认自己的力量和齐乔不能比，当妈的怎么能不黯然神伤呢。可郝兰荣不是那种小肚鸡肠、神经脆弱的女人，她还是很感激齐乔的。然而这份感激之情很快就烟消云散了。

那天见面的情形实在出乎任何人的预料，两个姑娘像疯了一样，除了笑就不会干别的。为什么笑呢？就因为那个当兵的是个山东人。

他一开口说话，不管说什么话，两个女孩儿就像一对小母鸡似的，脸憋得红红的，发出哏哏哏哏的笑声；他不说话的时候她们的眼睛里也充满了大笑的欲望，你看我我看你；后来还是马华沙控制住了自己的情绪，板起脸制止同伴，“别笑，笑什么。不许笑啦！”

她开始平心静气地和当兵的说话，好像一切都很正常，齐乔的大眼睛忽闪忽闪地望着她，眼神里充满好奇和等待。小伙子名叫李定喜，马华沙对李定喜说：“李定喜，告诉你，我有一个最大的爱好，就是听山东快书，你能不能给我们说一段？”

看着华沙一本正经的样子，齐乔的眼睛瞪得更大了；小伙子分明有些惊喜，黝黑的脸膛一亮，动了动屁股欠欠身子，低头嗽了嗽嗓子，忽然开了腔：

指导员刚才找俺王小刚，
倒叫俺心里直发慌，
只因为明天要开总结会，
他叫俺把俺们的经验讲一讲……

两个姑娘简直傻了，失去了反应能力，半晌都没出声；然后不知是谁的嗓子眼儿里发出吭哧吭哧的奇怪声音，突然间齐乔站起来，冲出屋门跑到院子去了。小伙子的段子说到一半，张着嘴，诧异地看着马华沙，可马华沙也不行了，嘴里“扑扑”地冒气，一弯腰跟着冲了出去。两个姑娘在院子里哈哈大笑，笑得前仰后合，站不住脚，不得不互相抱在一起获得支撑，可最后还是站不住，歪歪倒倒瘫坐到地上。

李定喜走后郝兰荣非常生气，她甚至怀疑是齐乔那丫头故意捣鬼，骗了她。她骂她们是疯子，没人形，没皮没脸，她骂一句两个姑娘就笑一通，把当妈的气得七窍生烟，让她俩滚蛋，滚得远远的，再别让她看见……

郝兰荣哪里知道女儿和李定喜竟然约会了几次，每次约会都给两个姑娘带来一大堆笑料。一阵子她俩互相间都模仿山东口音说话，说得那么得意，还让李定喜当评判员，一点不觉得这样做会有什么伤人，女孩儿的心啊，有时候真是非常狠非常冷酷。谁让她们那么年轻可爱，那么招人喜欢，连自己都没法不喜欢自己，喜欢极了。等到说山东话的乐趣渐渐平淡，不再引起兴奋，马华沙和李定喜就断了来往。

欢乐的插曲过去了，生活中依然问题重重。齐乔和黄小茂一直在约会，不过他们总是尽量背着马华沙，因为如果让她知道了就一定会有麻烦。这么说绝非凭空推测，而是有事实依据的。就有那么一天，齐乔和黄小茂约好下午去看电影，马华沙和齐乔说：成，正好，你先陪我买点东西去吧。于是两个姑娘打扮了打扮，悠悠闲闲骑着自行车来到中央大街。这里有本市最大的百货商店，还有一些中型的商店和鳞次栉比的小店，在百货商场门口一位上了年岁的妇女走过来要她们交两毛钱存车费。

马华沙一边锁车一边梗着脖子问，“你说什么？”

“存车费，两毛。”老太太伸出手。

马华沙锁好了车，直起身子，比那个女人高出一头，垂着眼皮瞟着她，“我问你，谁说我要存车了?”

妇女被问住了，“你不是来百货大楼买东西吗?不存车怎么去买东西。”

马华沙下巴一扬：“我就不存。”

这下老太太明白了，她见过不讲理的人多了，可是不怵，甚至懒得多废话，拿着存车的小木牌就往车把上挂；她这么不把马华沙放在眼里可是大错特错了，要知道这姑娘的心绪一点也不好。

马华沙大吼一声：“你敢!”

女人的脸一哆嗦，齐乔也吓了一大跳，天哪，她想，这发的是哪门子脾气呀。

毫无疑问，马华沙就是在发脾气，这脾气非发不可，谁也拦不住。她的情绪激昂亢奋，向老太太宣称：自行车是她的，是她的私有财产，她想存就存不想存就不存，谁也没有强迫她的权利。老太太不理那套，扯着嗓门大嚷：“是车就得存，两毛钱都花不起来商店干什么!”

她们一高一矮，越贴越近，唾沫星子飞到对方的眼皮上，很快就有一群黑压压的人把她们包围起来，四下里议论纷纷；一些人偏向弱者，那个上了年纪的妇女；可这姑娘性情倔强，满嘴是词儿，也让人不得不服；双方僵持不下，惊动了派出所的警察，还不是一个，一下子就来了两个。

老警察身后跟着一个小警察挤进了人圈，没用两分钟时间就判定出是非对错，他冷冰冰地命令马华沙存车。存车处是干什么用的，就是让人存车的，大家都存你凭什么不存？

马华沙眯起眼睛冷笑，“大多数人做的事就是对的吗？那我请问，照你这话的逻辑，存车是必须的，不存就会被偷，是吗？”

老警察没有反应。

“哼，亏你还是人民警察，居然把人民的觉悟想得那么低，难道我们中国人民都是贼？换句话说在我们中国人之中，贼的比例非常之大，你是不是这意思？”

老警察简直不懂这姑娘在说什么，“是个屁，扯什么扯！”

姑娘的眼睛明亮异常，像探照灯环顾四周，用整个身子表现出胜利来，“好，我相信群众的眼睛是雪亮的，你这种态度只能证明你理屈词穷。”

在这场斗争的过程中齐齐怎么样了？她真可怜，她的心多么焦急啊！离电影开演的时间越来越近了，而她又不能丢下华沙自己走；她一会儿劝她一会儿又帮着她吵，可事情看来没有完，完不了，她太难了，真要把她难死了。齐齐恨不得一闭眼一切都消失，不复存在，可这办不到，除了被这场混战吞没一点法子也没有。

结果这两个扰乱社会治安的女孩儿被带到派出所去了。而这个结果让警察都觉得奇怪，实在莫名其妙，要知道不是他们想带她们走，更像是对方不顾死活、非要跟他们走一样。一路上老警察阴沉着脸，嘴巴闭得紧紧的，再也不愿意多说一句话；小警察却满心好奇，不时地瞟瞟那个气势汹汹的姑娘，觉得这个蛮不讲理或者说满肚子道理的姑娘真有趣儿，暗自好笑。

两个姑娘在派出所的一间屋子里待了一下午也没有人来理她们。马华沙很快安静下来，气也消了，饶有兴味地看着派出所里的种种活动，什么人来找警察办事，没事可干的警察都干些什么，通过观察她觉得警察和普通人其实没什么区别，更没什么了不起的，当个警察原来很自在嘛。

而齐乔则面容苦涩，坐在一把椅子上，默默地望着窗外的天空；一朵云飘过去，又一朵云飘过来，姑娘的眼睛湿润了一会儿然后又干了；天光渐渐转暗，电影该散场了，看完电影的人们鱼贯从黑暗中走出来，一张张面庞像在梦中；齐乔不由深深地叹了口气，马华沙扭头看她一眼，忽然说：“齐乔，真对不起。”

齐乔什么话也没说，嘴角微微扯了扯，那表情很难捉摸。

小警察要下班了，推开门对屋子里的姑娘招呼道：“嘿，你们俩，还没待够呀，走吧。”

齐乔立刻看马华沙，生怕她又要闹事。果然她直通通地“嘿”了一声，“等等！……走？你还没给我们俩道歉呢。”

小警察瞪眼看着这个厉害姑娘，“扑哧”笑了，“好吧，行，我道歉。”

他们俩四目相对，仿佛在等待什么。马华沙等得不耐烦了，“说呀！”

“说什么？”

“你说说什么，说对不起。”

小警察哧哧直笑，一个劲地摇晃脑袋，“你呀，真没见过你这样的。”

“你才多大，没见过的多啦。”

“哼，反正比你大。”

“别逗了，那是不可能的。”

“你多大？”

“你管得着我多大。”

“问问不行吗？”

“问问可以，可是不告诉你。”

马华沙说话的时候下巴越翘越高，一副挑衅的姿态，小警察一直斜眼瞧着她，微带冷笑，两个人的神气就像在照镜子。齐乔在一旁很紧张，可后来却笑了，因为她看出小警察没别的意思，就是喜欢和华沙逗嘴。

最后她们总算离开了派出所，天已经黑了，两个女孩儿大步流星地往家走。齐乔身心疲惫，她不去想黄小茂，也不想他会怎么着急，脑袋瓜像装满了糨糊；华沙的心却很活跃，既感到满足又像是还不满足，仍然跃跃欲试。

那天晚上齐乔一进家门就看到黄小茂在等着她，听她叙述了发生的事情以后他什么埋怨的话也没说，倒开了句玩笑："好哇，你没看上电影，自己演了一出电影。"

齐乔笑不出来，只咧了咧嘴，而这时黄小茂的心却像明镜一样照出了整个事情的症结。他明确了一件事，马华沙恨他，怀着一种奇怪的仇恨心情不惜一切和他作对，她有病！为了避免她犯病抽疯，今后他和齐乔的行踪决不能让她知道。

黄小茂的想法一点也不错，马华沙嫉妒他几乎到痛苦的地步，有一种纯粹的几乎使她产生快感的憎恨在她身体里燃烧。"成，走着瞧，你们就看着吧……"她和自己咕哝，脸上一副倔相。齐乔越是想方设法对她隐瞒什么，她就越是明察秋毫，要戳穿她。她俩就像猎人和猎物，动物总要被猎人捕获，撒谎的人永远是愚蠢的，比不上那个要发现真相的人，只能是她的手下败将。

在三个人的关系中齐乔也许是最难处的，她夹在中间，这既造成压力，又使她感到奇异的振奋。她觉得自己被跟踪了，无论和黄小茂一起做什么，逛街啦逛公园啦，都有一双眼睛躲在暗处盯着她，让她不安。有时在一阵莫名的冲动之下她故意大声说笑，形体上做出一些夸张活跃的动作，觉得那双眼睛在看着自己而自己并不怕它，非让它好好看个够不可。结果她真的碰上了一双眼睛。

猜猜看那是谁？不是马华沙，是她的弟弟马力。在公园门口，隔着一条街齐乔一眼就把他认出来了，那小子站在车站上，眼神直愣愣的，赶紧扭过身，装作什么也没有看见。齐乔觉得好笑，大声叫他的名字：马力！嘿！马——力——

马力摇摇晃晃地穿过马路走来，对齐乔说自己和同学约好来公园划船，可同学没来。齐乔就邀他和他们一块去划船，马力拒绝了，齐乔又请他吃冰激凌，马力倒没有客气。也许马力的话是真的，可齐乔不大相信，她相信是马华沙指使弟弟跟踪她，这么一想她的身上不由起了一层激动的鸡皮疙瘩。

渐渐地，身边发生的事不再能引起齐乔的注意了，不管世上有马华沙，有父母，还有许许多多的人，她都对他们视而不见，视力变得模糊不清，整个世界都退到远处，和她毫不相干了。肉体开始自行其是，齐乔和黄小茂的关系进入了一个新阶段，肉体接触的阶段。黄小茂的两只手放在齐乔的肩膀上，像烙铁一样热，脸近得改变了形状，让人几乎认不出了。这是他吗？黄小茂有这么大的鼻子吗？鼻孔一翕一张，天哪，嘴，肉肉的，触到了她的嘴唇，齐乔紧闭双眼，几乎晕过去。

两个青年人满脑子的亲嘴呀，搂搂抱抱呀，整天昏头昏脑，像丢了魂儿似的。

马华沙的日子进入了最难过的低潮，她和黄小茂形成鲜明的对照，小伙子神采奕奕，浑身上下洋溢着健康体魄的光辉，而她呢，脸色发黑，人憔悴得好像都缩小了。他们两个人简直就是两个世界。

要说那天的事不是没有预感，不然的话马华沙怎么会鬼使神差在那一会儿工夫向门外张望呢？就是这么一眼让她看见了黄小茂像个贼一样从排房尽头的走道闪过，一眨眼的工夫就消失不见了。马华沙的心一下跳得那么厉害，后背冒出一层冷汗。

时间是下午两点来钟，大人们正在班上，齐乔家不会有别人，除了齐乔自己。她生动地看到那个可恶的家伙怎么推开齐乔家的门，怎么偷偷溜进去，门无声地掩上，是齐乔的小手关的，他们两个人躲在门后秘密而得意地笑……生动的想象刺激着华沙，她的心隐隐作痛，那两个偷偷摸摸的人，一个是大坏蛋而另一个忘恩负义。

钻心的痛恨像小虫噬咬着她，她恨得牙根痒，心里受到极大的伤害，几乎难以承受。不，这实在不是一个女孩儿所能承受的，她要让他们知道，知道她马华沙的存在，他们这么轻视她、伤害她的感情是不行的！绝不行！

时间一分一秒地过去，马华沙的脑袋里嗡嗡作响，手脚冰凉，手不自觉地攥成拳头；她还不知道自己要干什么，人已经冲出屋门，两脚生风，头发飘扬起来……

华沙来到齐乔家的第五排房，那扇门果然如她所想关得紧紧的，窗帘也拉了起来。有一会工夫她有点发蒙，四下里那么沉闷，排房好像在午后打瞌睡，甚至让人产生一阵恍惚，也许根本没发生什么吧。

可是不然，屋子里有声音，马华沙从门缝里听到东西磕碰的声响，好像是椅子。她抬起一只手轻轻敲门，声音没有了；她抓住门把手推了一下，推不开，门从里面被锁上。马华沙听见自己的心跳得像擂鼓一样，很可怕，像是另一个世界来的东西，她不由喊起齐乔的名字，一边继续敲门。然而就是没人答应。

怎么搞的，他们到底怎么了？马华沙心急如焚，她感到全身的力量都聚集起来，落在敲门的动作上，越敲越重，简直停不住，同时她还体会到一种走投无路的感觉，非常惶恐。

屋子里的人呢？他们无声无息，屏住气，紧张得像死去一样，命运要置他们于死地还是放过他们，他们不知道，但他们已经别无选择，只能屏住气，不出声。

隔着紧闭的门，马华沙充分感到这场和里面的人的对抗，他们越沉默越顽固她就越愤怒越激动，大声叫嚷："黄小茂！黄小茂我看见你啦！开门，你开门！"她边喊边用脚踢门，把门踢得咚咚响。隔壁的门开了，有人走出来，前排房和后排房的人都走出来，一切都无法挽回了，完蛋了。

马华沙终于收住脚，浑身因激动而微微颤抖，她的身后已经聚集了一堆人，她听不见他们在说什么，只感到满心的厌恶，她踉踉跄跄后退了两步，笨拙地转过身走开了。

事情弄到这样的地步人们反而有些糊涂了。这里面的关系到底是怎么样的？发生了什么事，谁和谁干了什么？事情像一团糨糊，混混沌沌难以看清。排房里议论纷纷，齐宗义、郝兰荣耳朵里灌进种种不堪入耳的话，连马永山也听到了风声，他听说他的女儿和齐乔的对象搞到一块儿，被人堵在屋里。马永山不相信自己的闺女会干出这种缺德的丑事，心里很难受。他去问郝兰荣，妻子没给他一点儿好脸。

“干吗不问你闺女去，我又不是她肚子里的蛔虫，谁知道那死丫头闹什么妖撒什么癔症。”

郝兰荣之所以满肚子的气自然有她的道理。现在马华沙几乎不和她说话，而且几乎不和任何人说话。她每天早出晚归上班下班，像个阴森森的鬼影子，让人瘆得慌。郝兰荣也找过齐乔，问到底出了什么事，那丫头假模假式，一脸的笑，“您说什么呀，又听谁瞎说八道了，我俩挺好，什么事也没有。”说话的时候齐乔的喉咙发紧，眼圈有一点红，可她使劲挺过去了。

这场风波让齐乔和黄小茂的关系受到影响，他们大吵了一架。黄小茂骂了很多难听的话，骂马华沙是神经病，怎么不上疯人院待着，疯狗，找根绳子来拴上就对了，吊起来，该死的混蛋……齐乔先是附和他的情绪，渐渐不出声了，后来不愿意再听下去。

“行了吧，有完没完。”

“没完。”黄小茂回答她。他两眼发黑，怎么骂都觉得不解气，怒火还烧到了齐乔身上，他不懂齐乔为什么和这么个疯人交朋友，俗话说物以类聚人以群分，谁知道齐乔的脑子是不是也有病呀！那可受不了。齐乔气得腮帮子直哆嗦，一口口吞咽着鼻涕和眼泪，抽咽着骂道："你混蛋，谁让你受了，你走，滚哪！我还受不了哪，我，是我……"

齐乔也和马华沙一样不理人了，谁都不理睬，这是厉害的一招，既是一种发泄又可以达到自我保护的目的。齐宗义和乔小召拿女儿一点办法也没有，尽管齐宗义可以厉声地说教，拍桌子，说出刺耳狠毒的话，可女儿却一脸木然，完全不为所动，仿佛是个呆子、聋子。他还能怎么办呢？难道能打她吗？难道能问：你和黄小茂那小子干了什么，他碰没碰你，碰哪儿了？一想到这样的问题当父亲的恨不得立时三刻把黄小茂叫到面前，让他坦白，发誓，要不就要他滚蛋；可黄小茂到家里来找女儿的时候，他却慌得什么似的，一咬牙躲出去了。

母亲乔小召是个头脑简单性情软弱的女人，从来都很怕面对矛盾，她只希望女儿快活，想看到她的笑脸，只要齐乔一笑天就晴了，天下就太平了。可齐乔却不笑。

是啊，齐乔怎么笑得出来呢？生活这么沉重，连活着都没有意思。自己的命怎么这么苦啊！齐乔不明白为什么会这样，可她隐约知道事情总要解决的，也许她应该和华沙断绝关系。这念头一冒出来把她吓了一跳，不，她不能，应该好好和华沙谈谈，把一切都说清楚，她和黄小茂的关系不会影响她们的感情，绝不会，让她明白这点，放心。可这些话当着华沙的面是说不出来的，只能写信。于是齐乔给马华沙写了一封长信，足足写了六大篇，为表达真切的心情一些话翻来覆去说了很多遍。

你为什么要怀疑我呢？你从来都那么理解我，对我那么好，可现在你变了，变成了一个疑神疑鬼的人。你的怀疑没有别的作用，只是让我难受。我现在真的很痛苦，非常非常痛苦，我多么想要原来的华沙啊！华沙，我从来没有忘记你，你是我最好的朋友，永远是。相信我吧！我永远不会做对不起你的事，我要告诉你一个秘密，本来我不想让你知道，可现在我多么希望你能相信我啊！

那个封存了一年之久的秘密从笔下透露出来，齐乔回忆了自己当初怎么接到录取通知书，怎么想了很多，想到华沙孤单的身影怎么难过，又怎样把通知书撕了，在漆黑的夜晚扔进茅坑。

你应该明白你在我心里的分量，我对你的友情不会改变，也不会减少一分一毫，这是我发自内心的声音，你听见了吗？

这封信到了华沙手里，得知齐乔考上了大学而没有去，一时间华沙呆住了。难道这是真的？这怎么可能！那段可怕的浑浑噩噩的时光回到她心里，她感到浑身发紧，心底发凉，甚至觉得自己病了，就躺到床上盖上被子，闭起眼睛。她的心里起了风暴，那是一场毫无方向、昏头昏脑的风暴，漫天飞舞的思绪张牙舞爪，让人心里又惶惶然又痒痒的，非要抓住什么不可，可又抓不住。马华沙一动不动地躺在那儿，身上渐渐有点发热了，又把被子掀开。

她给一种强烈的感觉煎熬着，可又弄不清自己到底需要什么，齐乔信里的话在昏暗中冒出来，像一道闪光，照亮一隅。一些过去了的景象生动地浮现而出，她想起了自己和齐乔在一起的种种情景，想哇想哇，心一点点安静了；不知什么时候风暴已经平息，生活似乎恢复到原来的样子，黄小茂不见了，大吵大闹的情形也不见了，所有乌七八糟的事都没有发生，马华沙静静地闭着眼睛，好像做了个美梦似的，渐渐睡着了。

后来她突然醒过来，窗外的天已经黑了，她愣愣地躺在那儿，心逐渐又跳得厉害起来，像一只野兽要蹿出喉咙，她应该干一件事，马上！一分钟也不能等了。华沙猛然从床上坐起，扑向桌子，拉开抽屉拿出纸和笔。

“齐乔”，她写道，“收到你的信……”她顿了一下，唰唰地往下写，“为什么？我要问一百个一千个为什么，你为什么早不告诉我？”

马华沙忽然扔下笔，她不想写信了，她要见齐乔，面对面地问她，和她说话。

那天两个姑娘一见面什么话也没说就抱在了一起，这举动胜过千言万语。她们的脸庞被泪水弄得湿漉漉的，可两人都没什么不好意思，痛痛快快地哭了一通。所有的矛盾都在泪水中化为乌有，剩下的只是全心全意的理解和热爱。

马华沙完全理解了齐乔，理解她对黄小茂的感情，也原谅了黄小茂。她说了几句祝福的话让齐乔感动极了，从来没有人赢得过马华沙的赞扬，而她竟然夸赞黄小茂，说他长得有点像一个人，一个电影演员，难怪齐乔喜欢他呢。齐乔以前虽然并未发觉，但现在发现也不晚，她高兴地承认了这点。两个人轻声说笑起来，齐乔忽然想起一件事，李定喜曾经给她打过一次电话，可她忘了告诉华沙，也许该约他出来，四个人一块去玩玩。华沙收起眉梢的笑意，思忖片刻，忽然用山东话问："李定喜？他是干什么的？"齐乔一下明白她是在开玩笑，仰起头嘎嘎大笑起来，清脆的笑声飞出窗外。

从这天起生活步入了正常的轨道，马华沙和黄小茂的关系缓和了，两人见了面总是友好地打个招呼，有时交谈几句，脸上的笑倒也不显得勉强。雷声远去了，在寂静中似乎还能够觉察，但确确实实是听不到了。没过多久，当住在三排的廖师傅为了后一排的邻居杨技术员和老婆大打出手时，人们就把两个小丫头的事丢到脑后，忘得干干净净。到了休息的日子齐乔和对象出双入对，有说有笑，倒也规规矩矩的，老马家的丫头还是一个人，不过也快，姑娘的心事外人怎么看得出来呢，说结婚还不容易。

夏天就要过去了，风凉爽起来，天空总是那么高那么晴朗。九月的一个夜晚，没有月亮，公园里四处堆积着浓重的阴影，警察在小山上逮住了黄小茂和齐乔，把他们抓走了。齐乔很快就放出来，黄小茂却被拘留了四天。两个年轻人为什么被抓是不言而喻的，在黑黢黢的浓密的草丛中一男一女还能干什么呢？小伙子干了什么事被拘留还用问吗？至于事实是什么样子那并不重要，没人对事实感兴趣。

那天晚上有三个警察出现在公园里，还有一个年轻警察没有露面，姓达，叫达自强，熟悉的人都叫他达子，马华沙也叫他达子。达子和马华沙是在一次执行公务时认识的，以后两人时有往来，他们见面不多，但够得上是朋友。达子是个热心肠的人，遇到朋友求他帮忙他总是尽力而为。他对黄小茂的印象并不坏，觉得是挺仗义的一个人，把一切揽到自己头上，但他还是关了他四天，比预定的一个星期少关了三天。

自此一切都彻底地改变了。黄小茂毅然决然和齐乔断绝了来往，甚至没有再见她的面。齐乔去他家找过他，可黄小茂没有露面，是他妈妈出来的，那位母亲的态度很冷淡，干巴巴地说：“就算了吧，以后别来了。”

在一阵发抖的沉默中，齐乔差点要放声大哭。受了侮辱的她走出门，来到街上，把手捂在流满泪水的脸上，像瞎子一样连道路也分辨不出。她走哇走哇，走到了马华沙的学校，马华沙正在上课，门“咚”的一声撞到墙上，玻璃被震碎，哗啦掉了一地。

齐乔站在教室门口，本来她已经不哭了，可现在还是忍不住，她使劲睁着泪水模糊的眼睛，也不擦眼泪，愤恨得眼光发斜。

“马华沙，你太卑鄙了！”她颤声说，“你是个疯子，神经病，是疯狗！你听见了吗！我说你是疯狗！”她的脸涨得通红，又变得煞白，咬牙切齿。学生们吓得要命，以为这个女的是从疯人院里跑出来的。

女疯子骂完了，打碎了玻璃就走了，马老师木呆呆地站在讲台上，很长时间过去了，才叹息一声：“好，好啊！”没人明白她的“好”是什么意思。后来她清醒过来，让同学们抄写课文十遍。

马华沙病了，发起高烧，满嘴起泡，面颊陷下去，连太阳穴都瘪了。郝兰荣怕得要命，没日没夜地守在床前。排房里流言四起，说马家的丫头已经不能说话了，就要完了，活不了多久了。一天夜晚有人轻轻敲门，是齐乔，她走到马华沙床前，怔怔地看着她。马华沙在昏睡，两眼紧闭，直喘粗气。齐乔在床边坐下，拉起她的一只手，垂着头，一声不响地坐了好半天。看着这两个闺女郝兰荣一阵心酸，眼圈红了。这个大大咧咧的女人一时间开了窍，觉得老天爷真不公平，为什么偏让女孩儿们受各种各样的折磨，她们原本是多么可爱的小姑娘，没病没灾无忧无虑，多么好啊。

一个多星期以后马华沙的烧退了，精神一天天好起来，胃口也好起来，什么都想吃，吃东西的时候脸上带着恍惚的微笑。病好以后她才知道齐乔到湖北看她哥哥去了，齐勇调到了武汉市，在那里当了连长。半个多月之后齐乔回来，又回到物资局上班。

过了些日子，排房里有人传话说黄小茂和邮局里的一个姑娘好了，第二年五一节的前夕齐乔收到一封信，里面装着一份结婚的喜帖子。那是黄小茂婚礼的请帖，大红底烫金字，非常漂亮。马华沙在齐乔那里看到请帖，心哆嗦了一下，忍不住拿起请帖看了看。一种难以宽慰的负疚感抓住了她的心，两个姑娘都看着那张请帖，默默地想着心事。半晌马华沙打破了沉默，她想向齐乔表达歉意，说对不起，可话一出口却完全变成了另外的样子：“得了，天要下雨娘要嫁人，去他的吧。”她看着齐乔，想要看到她心里，“看见了吧，男人就是这样，善变，不可靠……”

她的话音未落齐乔拿起请帖就要撕掉，马华沙却一把抓住她的手，眼里有快活调皮的闪光，“嘿，要不咱们去参加他的婚礼，看看他什么德行。”

齐乔再也想不到会听到这样的提议，眼睁睁瞪着自己的朋友，用力抿着嘴角，坚定地摇头。这件事就作罢了。

那天马华沙还是去参加了黄小茂的婚礼，她是个很倔的勇气十足的姑娘，想做的事就做了。婚礼十分排场，摆了二十桌宴席，新娘子据说比新郎大一岁，小小的个子，头发烫得高高的，穿了一身红艳艳的裙子，新郎穿的是白色的西装，打着领带，神气十足。整个餐厅里没有一个华沙认识的人，除了黄小茂，她硬着头皮朝黄小茂走过去，手里拿着准备好的礼物。那是一副请人写的字，镶在镜框里，包着红纸系着缎带。为了镜框里的话她思考了多久查阅了多少书啊！最后选定的话是这样的：

生活，就是理解，生活，就是面对现实微笑，生活，就是始终不渝，表里如一，生活，就是自己身上有一架天平，在那上面衡量善与恶。

这是法国大作家雨果所说的话，马华沙自己做了一些删节。当看到一个长得和马华沙一模一样的女孩儿走近，黄小茂呆住了，几乎不能相信自己的视力。老天爷，那是她吗？那个他恨透了的姑娘。千真万确那就是她！小伙子满心惊愕，瞪视着他的敌人，看，看她啊，她可真行，真勇敢，她的腰杆挺得多么直，年轻端正的面庞投在嘈杂的背景上，带有孤胆英雄的传奇之感。难道他不恨她了吗？

黄小茂像个傻子那样从马华沙手里接过礼物，郑重其事地说了一声谢谢，两个人握了握手，马华沙无言地转身走开。这时凭着女孩儿敏锐的感觉，马华沙知道自己的背影吸引着新郎和他新娘的目光，新娘的心一定充满疑问，这女人是谁？就让她猜疑去好了，让她尽情地想象好了！她就是她，一个神秘的来客，一个胜利者。她昂首挺胸走下舞台，把严肃的面庞、火星一样闪亮的目光留在黄小茂对婚礼的记忆里。多年之后，婚礼的印象也许会模糊，可黄小茂会忘记这个了不得的姑娘吗？

日子不知不觉在上班下班的忙碌间度过。很长一段时间里，齐乔的脸庞后面都隐藏着另外一副冷冷淡淡的表情，那表情逐渐融化，无影无踪，齐乔恢复到一张生动、鲜活的脸。她去南方出差，跑了好几个城市，回来时给华沙带了一双在上海买的皮鞋，又漂亮又结实，华沙喜欢极了。她也给齐乔买过一些礼物，项链呀，发卡呀，最贵重的是一个心形的挂件，是宝石做的，为了齐乔的二十三岁生日，她花掉了两个月的工资。

渐渐地，马华沙和齐乔碰面的时间越来越少了，有时候一天都不能碰到一起。下班后华沙经常很晚才回家，她要去上夜校补习英语和历史，她还是想考大学。可是这一回她却不再拉着齐乔了，也没有告诉任何人。夜深人静的时候华沙俯身在桌前写呀写呀，在一张张纸上写得密密麻麻，没人知道她在写些什么，她的眼睛因为熬夜而发红。她写了几篇小说，给齐乔看了一篇，齐乔的反应让她微感失望。她甚至都没有看完，急于从华沙嘴里打听故事的结局，知道了就完了。这期间郝兰荣又给女儿张罗着介绍对象，可马华沙干脆地拒绝了。她让母亲别管她的事，她就一个人过一辈子又怎么了，她就愿意当老姑娘又怎么了，不结婚犯法吗？郝兰荣气得干瞪眼，不得不放弃。其实这时候马华沙还不到二十三岁，还多么年轻啊。

齐乔的工作使她有很多机会出差，这使她见了世面开了眼界，人打扮得越来越漂亮了。她不喜欢自己那燕子尾巴一样的漆黑的浓眉，就把它们拔掉，画了两条又细又长的新眉毛，涂了口红的嘴唇像一条虫子，一说话就好玩地蠕动着，衬托出雪白的牙齿。华沙一直认为齐乔是世界上最好看的姑娘，现在她更加坚信不移。她写了几首赞美她的美貌的诗，但没有拿给她看，她是为抒发自己的感情而写的。

第二年夏天马华沙接到了录取通知书，她考上了北京的戏剧学院。早在她大病一场之后心里就下了决心，要把经历的所有激动人心的事，又美好又痛苦的感情都写出来，当一个作家。现在没有任何人知道她，齐乔也把她当作普通的人，可她要让她惊讶，让她为有她这个朋友而骄傲，看来她的理想已经有希望变成现实了。

太阳西斜，八月的下午，两个高高个子的姑娘买了门票，走进动物园的大门。她们一个穿着轻飘飘的裙子，长头发扎成马尾巴，一个穿了一条裤子，头发剪得短短的，年轻的身材像两棵小杨树。她们俩慢悠悠地走着，一会儿手拉着手，一会儿又松开，东看一眼西看一眼，好像被四下里冒出的鸟兽的叫声弄得不知道该往哪儿走才好了。公园里样样东西都给午后的阳光照亮，显得非常美好，阳光也穿过树叶的枝杈洒在她们的脸上、头上、身上，把她们照得那么美丽，这是她们的公园，她们的下午。

后天马华沙就要走了，要离开她的家乡，她的父母，她的朋友齐乔，此刻姑娘心里荡漾着一股甜蜜的空虚的感觉，好像不明白自己身在何处，要干什么。她默默地跟从着齐乔，随她走到哪儿去。

其实她们说好了来动物园是要看看那只大猩猩的，可现在好像把它忘了，只是漫无目的地乱走。前面是一片波光潋滟的湖水，湖面上有很多鸟，各式各样的鸟，她们被吸引着走到湖边，站住观看。

“看，快看哪！”齐乔叫起来，用手指向一只天鹅，那天鹅忽然从水面上激昂地挺起胸脯，奋力扑扇翅膀，在湖面上一路滑行，像一团猛烈飞舞的影子，速度快得让人瞠目结舌，一眨眼的工夫已经从水上奔跑到对岸去了。

齐乔舒了口气，说：“那不是你吗？”

“什么？”马华沙没有听懂她的话。

“咳，你不是也要飞了吗？”

听到这句话、这一声叹息，马华沙的心膨胀起来，激动的震颤通过胸口，堵住了喉咙。

“齐乔，我想告诉你……”

“什么？说呀！”

“咳，不说了。”

“讨厌。快说！”

“好吧，”马华沙用力呼吸，嗓音微微发缠，“我想说，齐乔，我爱你，你不知道我有多爱你，我就是为你才去上学的，你懂吗？到时候你就会知道了。”

这一刻照在华沙心上的光那么美，那么耀眼，她望着齐乔，目光火辣辣的。齐乔的脸有点发烧了，她不敢正视华沙，移开目光。

她们离开湖边，继续走路，虽然不说话，但能感觉到彼此的存在。有一会儿齐乔的心被一种意义不明的感觉缠绕着，有一点烦乱，华沙的话让她感到沉甸甸的，她不由想起了小时候，想起和华沙在一起的生活，从头至尾，每一点微小的事情，她忽然意识到这个朋友是多么爱她，对她多么好，也许天底下再也没有一个人能比她对自己更好的了！她这才明白。

而马华沙说出了埋藏在心里的话浑身轻松了，继而精神一振，接着从心底里发出暗暗的欢呼，为了她的感情，为了生活，为了美好的未来；是的，一个辽阔而巨大的飞跃就在眼前，齐乔说得对，她就是那只天鹅。想到此她不由张开手臂，做出飞翔的姿态，齐乔好奇地扭头看她，笑了。

她们去看了大猩猩，喂它吃了面包，可不能肯定是不是那只猩猩。为了找到管理员来来回回跑了好多的路，最后证实就是它，这才满意地离去。

走出动物园大门的时候马华沙在心里暗暗说：再见了，猩猩，再见了动物园，再见了……

火车开动了，华沙的心在呼喊：再见，家乡，再见了亲人！再见了，最亲爱的哭泣的齐乔，再见了，那些感情的盛宴！

她的手上紧攥着一样东西，是齐乔在她临上车前塞给她的，包在一块头巾里。外人要是看到了也许会吃惊，会感到害怕，还记得那条辫子吗，齐乔珍藏着的自己的大辫子，她把它送给了华沙。

沉甸甸的辫子啊，它扎着人的心，向后移动的大地像深渊隔开了她们，停下来吧，火车，求你停下来吧！可火车完全不理睬姑娘的哭诉，反而报复似的加快了速度，用它铿锵的节奏吞没一切。

暮色降临了，火车在田野上奔驰，车厢里的灯亮了。坐在靠窗座位上的姑娘始终扭着脸，面对窗外。没人知道她在看什么，因为她看见的事物别人根本看不见。一些熟悉的和已经遗忘的人的脸在玻璃窗上闪过，红砖排房里的人，邻居们，她的学生，连那个被叫作米饭的小伙子也出现了一次，一瞬间又消失在车厢的反光里。他们渐渐远去了。在黑沉沉的田野的背景上浮现出新的景象，朦朦胧胧，起伏不定，那是人生的风浪，宽广辽阔，使马华沙不由得用胸膛深深吸气，一股力量来到她心里……

“嘿，开水来了，要不要?”一个声音从身后发问。

马华沙回过头，她看到一个青年，就坐在她旁边。她有些发愣，好像听不懂他说的什么，摇了摇头。可年轻人不甘心，指了指乘务员手上的开水壶，又问了一句：“你不喝水吗?”

华沙明白了。她低头看了看手里的东西，头巾有点散开了，辫子露了出来。年轻人随着她的目光看到了那条辫子，吃了一惊，可他没有出声。马华沙发觉了青年的眼神，赶紧裹起头巾，拉开她的行李袋，把辫子收进去，小心地塞到底下，然后拿出一个搪瓷缸子，伸向乘务员，“谢谢，给我也倒杯水。”

那条辫子已经引起了年轻人的好奇，要知道他也是个一心热爱艺术的人，考上了戏剧学院。

火车在一个站上停下，接着又开动了。马华沙下意识问了一句：“刚才是哪儿?”

青年人回答，“可能是七角井，是，是七角井。”

他们就又不说话了。青年拿出一本书《大小舞台之间》，马华沙看了一眼，过一会儿也拿出一本书，两人读起书来。未来会是什么样子，他们将变成何等样的人物，这些大而无当的思绪在字里行间游荡。火车咔嗒咔嗒地震响，前面的路程还很长很长，生活，正蜷伏在远方等待着……

## 一一之吻

啊，寒冷的冬天总算过去了，春天就在眼前。在温和的风中，有那么两个女孩儿走在街上，也许她们并不十分引人注目，但也不是没有回头率，每天都会吸引若干对眼球。她们年轻，对穿着打扮充满热情，对时尚十分在行，漫长的冬季她们的心总跃跃欲试，想象着到时候怎样展露自己，怎样感受肌肤和空气接触的美妙。这是穿，还有吃。她们爱吃，女孩儿的嘴总是很馋的。休息的日子打扮得漂漂亮亮地去吃是她们最经常的活动。为了身材苗条，也为了享口福，她们还有一个爱好，健身，不约而同地参加了同一个健身俱乐部。

那家俱乐部叫作“奥特”，两个女孩儿就是在“奥特”认识的。当时的情形是这样，姚一和杨一，记不清是哪个了，听到有人叫了声“一一”以为是在叫自己，然而不是，就脱口而出地说

"你也叫一一呀"，于是她们就认识了。

暮色降临，大约七点左右，健身房的灯已经亮了，空间显得格外明亮。四下里播撒着洁净、时尚和活力的分子。巨大的玻璃窗外可以看到西天的一抹桃红，空气中震颤着节奏单一的各式声响，跑步机在吱吱叫，金属器械一起一落发出响亮的哐啷声，一张张汗津津的脸吐出粗重的呼吸，有的表情呆滞，有的龇牙咧嘴。看，一个年轻人正举起杠铃，那白皙的脸由于用力而涨得通红，额上的青筋如蚯蚓般蠕动，他的痛苦是那么显而易见，几乎显得有些可笑。这小伙子名叫郭先，是女孩儿姚一的同事，同在一家香港投资公司上班，而公司又离"奥特"不远。郭先是个白白净净的小个子，长着精致的五官，他知道作为男人自己有些瘦弱，心里却觉得无所谓，说到底他是个有点懒散的贪图自在的人。不久郭先认识了另一个女孩儿杨一，不过不急，等等才能轮到他。

杨一在大学中文系毕业后成了一名报社记者。虽然她的思维不算很敏捷，文笔也没有多精彩，但她为人灵活大方，采访后很快能写出文章，这就很够了。自从和姚一相识，两个一一时常相约同一时间来俱乐部锻炼，运动后又自然而然地一起去吃东西，再后来她们一同逛街买衣服，周末约上几个朋友泡吧，聊得热火朝天，还一起去看电影，郊游，好玩的事一件接着一件。很快，两个女孩儿就感觉到一个问题，不管谁一叫"一一"她俩总是齐声答应，然后相视而笑，有时故意都不答应，结果还是哏哏笑。

所有朋友包括她们自己都觉得需要有另外的称呼，以便把她们区分开。姚一是学英文的，她想到了“one”，提议自己叫万万，杨一还叫一一，可只要还有一一，误会就难以避免。杨一是个大眼睛的姑娘，眼睛大到可以算作她的特征，姚一的眼睛自然比她小，于是有个家伙随口提议她俩一个叫大眼儿一个叫小眼儿，话刚出口就引来阵阵窃笑，两个女孩儿登时变了脸，那位弱智先生遭到一通劈头盖脸的臭骂，实在活该。

这时期两个姑娘都是单身，没有男朋友，她们觉得自己的自由是那么可爱，那样值得赞美和享用。有时候这两个二十五六岁的女孩儿也会故意夸张地把自己称为嫁不出去的老姑娘，发出曾经沧海难为水的感叹。

不久她们俩就对彼此的恋爱经历如数家珍。

杨一最后的一任男友是她的采访对象，一个颇有成就的中年男子、有妇之夫。“你猜最好玩的是什么？是我往他家里打电话。他只要一出气儿我就知道他老婆在不在家。他满嘴谎话，编得那叫快，恨得我呀……”

看着女友目光中闪烁的风情，姚一的心不由蠢蠢欲动，她憋不住地吐露了自己那段鲜为人知的情感波折，也是一位有妇之夫，也是因工作而相识。

“他说他爱我，我信他说的是真话，其实我并不在乎名分，真的，可我实在不能忍受……”

杨一的大眼睛瞪得比灯泡还亮，盯着姚一，“说，你不能忍受什么？说呀！”

姚一不能忍受的是想到那男人和另一个女人睡在一张床上。

“他难道会不碰她?！你信吗?”

杨一当然不信。

“一想到这儿我简直要、恶心死了，想吐，想掐死他……”

所幸的是她们是有知识的现代的女性，理智战胜了痛苦，理智因此被打磨得愈发金光灿灿。现在再回首那段时光她们可以津津乐道，自信内心的感情已经提升到了一个高度，那可不是所有女性都能达到的高度，她们因此而情投意合。当然还有许多其他的恋爱，中学时期的和大学时期的，两个姑娘时常陷入回顾的热潮，交流、议论、感慨，你一言我一语，说到兴头上简直像在说相声。谈呀说呀笑啊，多么痛快淋漓。可是谈话渐渐出现了停顿，接着是静默，到后来她们会不由自主地叹起气来，爱情一去不复返，今后会怎么样呢?

一个五月的晚上，她们和朋友们坐在酒吧街露天的桌旁，烛光在清爽的微风中摇曳，在年轻人脸上投下晃动的影子，起名字的事又被提起来。两个女孩儿笑着说要发起一次征集活动，设奖，谁起的名字被采纳就得奖。

“奖多少钱?”有人问。

大家异口同声地说俗。那么奖什么呢，一个吻怎么样？当众！

知道那个国王和公主的故事吗，谁要是回答出国王的三个问题，公主就嫁给他！可咱这儿有两位公主，岂不麻烦啦！阵阵开心的哄笑引起旁桌人的侧目。

两个一一满面春风，脸庞在夜色映衬下显得格外光洁动人。好了，现在该轮到郭先了。他是这晚聚会的参加者之一，位子正好坐在杨一旁边。这是他第一次见到这个大眼睛的女孩儿，只知道她是姚一的朋友，也是“奥特”的会员。大家笑了半天，停下来歇息片刻，郭先忽然抬手打了个清脆的榧子，“有了！”

什么有了？大伙诧异。只见郭先面带微笑，伸出手，左一指右一指：她，横横，她，竖竖。

满桌人还在发愣，杨一已经反应过来，拍起巴掌。好！太好啦，多好玩的名字，多么妙啊！那天剩下的时间里大伙儿一直在和两个女孩儿逗笑，谁嫁给郭先，要不一个大老婆一个小老婆。

“呸，美得他！”姚一啐了一口，随即瞟一眼女友，“嘿，快看她呀，笑眯眯的，你就嫁他得了。”

杨一的大眼睛兴奋发亮，她本想反击，又改了主意，扭过脸细细端详坐在身旁的青年，微带调侃地问：“请问，你姓甚名谁？”郭先像个聪明人那样应对自如，“姓郭名先，可惜，不是神仙的仙，先后的先。”

那一刻两人的脸庞离得很近，四目相对，仿佛在彼此探问，怎么样，还够格吧。四周发出“哦哦”的哄叫，郭先和杨一移开目光。

那次聚会以后姚一和杨一真的改了名字，杨一是竖竖姚一是横横。可大伙都不叫她“横横”而叫“哼哼”。姚一撒娇地抗议，要和杨一换名字，正在一旁的郭先说了句话，他说杨一个子高，叫竖竖合适。谁能想得到呢，这句随口说出的话日后竟多少次成为夫妻间吵架的由头。

等等，谁？谁和谁做了夫妻？

不要着急。又一个晴朗的黄昏，西天的红光透过大玻璃窗照射在健身房里，给所有的东西都镀了一层金。姚一走进健身房时不由抬手遮阳，适应了一下，她看见杨一已经在跑步机上奔跑了，旁边还有一个人在跑，竟然是郭先。

“哟，太阳从西边出来啦。”姚一走上前说。郭先呼哧带喘地咧咧嘴，用苦笑作为回应。

杨一笑着和女友打招呼，“嘿，哼哼！”她气息平稳，两条修长的腿匀速地向前迈动。

姚一什么话也不再说，只是站到郭先面前，双臂往胸前一抱，盯着他看，嘴角上弯起一丝嘲讽的笑纹。郭先到底是郭先，他没有败下阵来，用加倍的自嘲回应姚一的嘲讽。小伙子把自己说得一无是处，什么个子矮，三等残废啦，小白脸啦，非洲饥民，身上摸哪儿哪硌手，两排小肋骨当人体标本特合适……郭先总能抢在姚一前面说出她想说的话，逗弄得姚一又气又乐。那天锻炼完毕三个人一起去吃鱼头泡饼，吃饭时郭先和姚一继续表演逗嘴，杨一则边吃边欣赏，结果吃撑着了。那个夜晚给哼哼和竖竖留下愉快的印象，以后三个人经常在“奥特”碰面，一起去吃饭。郭先总是扮演弄臣的角色，把两个女孩儿对他的讥讽嘲笑当赞美来听，那种机敏滑稽又悠然自得的态度让姑娘乐不可支，开心极了。一次三人吃饭时郭先起身去上厕所，好一会儿没回来，两个女孩儿都觉得没有他像是少了点什么，她们笑嘻嘻说出自己的感觉，当成怪有趣的事儿，一点也没有意识到这正是变化的端倪。

休息的日子两个女孩儿相约去逛商场，尽情地转啊看啊挑啊选啊，那天姚一破纪录地试穿了九条裙子，杨一呢，只比她少试了一条。穿过男装区时一张真人大小的模特像吸引了杨一的目光，那是个面容清癯的男模特，塌陷的双颊显出两团阴影，眼神似笑非笑，十分暧昧，杨一脱口而出地说：“看，像不像先儿!”

两个姑娘在广告前站住，细细打量。

“你觉得这人好看吗?”姚一开口问。杨一大模大样地点点头，“唔，挺性感的。”

姚一扑哧笑了。她没有想到这只是个开始，从那以后杨一嘴里时常冒出一些让她意想不到的话。

“想想，先儿脸上的痣长在哪儿?好好想想啊!”要不就是：“先儿也是左撇子，左手写字，特神!”或者是“这衣服谁穿也不好看，除了一个人，先儿。”这些话每每让姚一感到吃一惊，可她偏偏做出不以为意平淡无奇的样子，似乎一切都很正常。有一天杨一又说："嘿，郭先肚子里可能有虫子。"

"什么？虫子?!"杨一糊涂了。

"你不知道吗，他睡觉咬牙。"

"我上哪儿知道去？怎么，你和他一块睡觉了？"

杨一尖叫起来，伸开双手扑上去，要去掐姚一的脖子。姚一奋力反抗，高喊道："干吗，干吗你！讨厌！"

原来杨一是听郭先的大学同学说的。姚一不由问杨一："怎么搞的竖儿，喜欢上郭先啦？"

"他挺可爱的，你不喜欢吗？"杨一的口气自然而又随便。姚一飞快地调整自己的心态，带着一丝鄙夷的神气吐出一个字："他？"

杨一没有让她再说下去，很坦白地说出自己的看法，她觉得郭先的性格好，乐观豁达，人又那么聪明，和他在一起总那么快活，对这样的男人有好感不是太正常了吗？

"好感，没错儿。可你难道会爱上他，和那么个小男人结婚?!"姚一对自己的直截了当有点不安。果然，小男人的称谓让杨一感到不受用，继而激起一股挑衅的欲望。

"什么叫小男人？你怎么定义小和大，衡量的标准是什么？个子，还是生殖器？"

姚一的反应快得惊人，撇了撇嘴，说："可惜，我只知其一，不知其二。”

“什么意思?”杨一有点发怔，立刻明白过来，骂道：“呸，不要脸!”

两个女孩儿的这次谈话在嘻嘻哈哈之中混过去了，似乎一切不过是个玩笑而已。可事实是怎样的呢?

有一个事实，人是嫉妒的，而两个关系密切的女人尤其嫉妒。这种嫉妒能达到什么样的程度?且看事情的发展吧。

不久美妙的夏天过去了，秋高气爽的蓝天下人人精神振奋，步履轻快地奔向各自的目的地。姚一和杨一很忙，见面少了，三人的聚会更是谈不上。有时两个女孩儿偶尔想起对方，不由有些诧异，奇怪，原来彼此的关系不过如此嘛。

公司里一如既往地人来人往，嘈杂忙碌，姚一坐在电脑前，面对着厚厚一沓要翻译的资料却视而不见，脑袋里有一些问题在打转，她在想，人，女人，一个女人应该怎样生活，活着需要什么?什么是幸福?答案绝不止一个。要有钱，要自立，要体现自我价值，更要享受，还有美丽，爱情，周游世界，想着想着一个人出现在脑海里，清瘦的脸，笑嘻嘻的模样，是郭先。

姚一吃醋了吗?不，没有。可她明明陷入了一种不正常的情绪当中。究其原因惹她如此不安、不快的是杨一对郭先态度的变化。他们俩之间是不是有了什么秘密?杨一为什么喜欢郭先，他真的那么好吗?

午休之前姚一去了趟洗手间，站在镜子前补了妆，整了整额前的刘海，不一会儿她就走出电梯来到大堂。郭先的身影已经站在门外的台阶上，这小子总是腰板笔直，好像裤带里别了根棍子，穿着得体，头发梳得一丝不乱，真是很精神，姚一心里这样想着，穿过大堂，准备脸上的表情。

看到姚一，郭先笑了，露出洁白的牙，随随便便地问："说，上哪儿吃去?"

那天他俩去了一家泰国餐厅，姚一非常欣赏泰式的冬阴功汤，那又酸又辣又鲜的味道独一无二，是任何别的菜系没有的。她默默喝着汤，态度很矜持，郭先不由问："嘿，怎么了，情绪不高?"

姚一沉住气，淡淡一笑，"没什么，挺好呀。"可实际上她心里有股怒气在蠢蠢欲动。

事情发生在昨天。她正在跑步，杨一来了，两人热情地打了招呼，各自锻炼。后来洗澡的时候杨一问女友："嘿，我问你，你的梦是彩色的还是黑白的?"姚一从来没有想过，思忖了一下，没等她回答杨一说了，"先儿昨天做了个彩色的梦，你猜他梦见什么?"

梦境很神奇，带有象征意味，杨一讲得津津有味，故意不说自己是怎么知道这个梦的。姚一听着，只觉得心头怦怦直跳，说不出话来。分手后她越想越觉得憋闷，简直难以忍受，早上一上班就给郭先发了邮件，约他一起吃午饭。

机灵的郭先猜到是怎么回事，他不再关心哼哼的情绪，没事儿人似的东拉西扯，说说公司里的新闻，拿同事开开玩笑，姚一被逗乐了，但立即又收敛起笑容。后来她终于憋不住了，说："嘿，听说你的梦是彩色的……"

郭先微微一怔，并没有躲避姚一的目光，相反，眼神变得专注，目不转睛地望着对面的女孩儿。

"嘿，我问你话呢！"

郭先不回答，继续望着。

"你哑巴啦！"

郭先依然望着，不出声。时间一分一分地过去，姚一有点不知所措，有点慌乱，突然她坚持不住了。

"混蛋！讨厌！滚你的！"姚一大声骂道，同时挥起拳头隔着桌子要打郭先。郭先先手疾眼快，一把攥住半空中的小拳头。女孩儿的脸泛起两团红润。

不久公司里的人发现有两个男女同事成了情侣，天天出双入对，虽然他们自己并不承认是恋爱关系，但是还能有什么别的解释呢。

郭先已经不去"奥特"锻炼了。哼哼和竖竖有时还会在那里碰面。两个人仍然笑着打招呼，聊天，可谁也不提郭先的名字，好像那是个咒语。只有一次，咒语不小心地从一个女孩儿嘴里冒出来，于是像打开了闸门，她们大谈特谈起来，先儿这样先儿那样，多么逗，多么CUTE，多么可恨，多么可爱，多么可怜兮兮又多么奸诈狡猾……倾吐的欲望使两个姑娘几乎忘记了她们所谈的对象，倾吐变成了对象本身。好热烈的一场谈话啊！可突然间她们感觉到了尴尬，态度为之一变，变得冷淡，漫不经心，有一搭无一搭地说起闲话来。

这个时期是年轻人郭先一生中最好的时光。从小到大他并不缺乏自信，甚至算得上是个自我感觉良好的人，但他从来也没想到自己身上竟有那么多的可爱之处，聪明和独特气质自不必说，连左撇子、下巴上的一颗痣都那么值得欣赏，他简直觉得自己里里外外都亮闪闪的。

开始他没有感觉到危险，他的反应完全出于男人的本能，这种本能把他带上钢丝，并且赋予他保持平衡的极大本领，最终还把他带到了两个女孩儿的床上。杨一的身体是颀长的，很美，但有一点硬，哼哼多肉的身躯柔软得多，虽然不及杨一美观，却更受用，让人激动。郭先自认为艳福不浅，满足而得意。代价，当然，世上什么好事儿会没有代价呢。可他没想到好日子竟那么短暂。

一次相遇时杨一和哼哼说，郭先睡觉咬牙，咬得咯吱咯吱响，逗极了。姚一的反应立刻让她明白郭先欺骗了她，他和哼哼发生过关系。

当时姚一脸色煞白，神情有些恍惚，窘迫地阴沉沉地瞪视着女友。应该说她们是了不起的姑娘，两个人咬紧牙关，克制住情绪，隐藏起仇恨，礼貌地分手了。但，仇恨，这股可怕的情感是一定要发泄的，还能发泄到哪里去呢？

郭先，这个自在懒散微微自负的小伙子在两个女孩儿的夹击下万念俱灰，一心想逃离这个世界，而又不可能。短短的一个月，他垮了，彻底地认命了。最终郭先被姚一制服，因为他俩天天都要见面，怎样也躲不过去。郭先想到过辞职，可还没等采取行动，杨一已经绝决地断了和他的关系，于是他只有和哼哼结婚了。

事情到此似乎已接近尾声，一对年轻男女经恋爱而成为眷属，有点曲折，但也并不十分曲折。可是各位，别急，故事并没有完呢。

婚礼举行得很排场，新郎新娘去新马泰作了蜜月旅行。朋友杨一再也没有出现过，新郎渐渐松了口气。然而有一个人不甘心杨一就此消失，那就是姚一。还在蜜月中，新婚夫妻徜徉在新加坡的乌节路，热带的风把女人的裙子掀开，露出大腿，那是个高高个子的姑娘，腿很长。新娘注意到丈夫的目光，问了一声："嘿，看什么哪！"

晚上，新娘躺在新郎的怀里，忽然问："你说，你是不是嫌我矮？"

"你说什么？"新郎十分诧异。

“别不承认了，我知道你喜欢高个儿，喜欢腿长的。”新娘提起曾经有一次她不想叫哼哼，想叫竖竖，“你当时说什么来着？”

“我说什么了？”

“你说她个子高，叫竖竖合适。”姚一不愿意说出杨一的名字，只是说“她”。

新郎想不起来，也懒得费那个脑筋。“管它呢！你就是哼哼，我的哼哼，哼哼，哼哼，哼哼……”新郎一边好玩地叫着妻子一边亲吻她多肉的肩膀、脖子、胸脯，弄得新娘情不自禁地发出了哼哼的呻吟。

然而姚一听到郭先叫她哼哼心里还是觉得不舒服，甚至有点受刺激。她忍不住地要问丈夫那个老问题，有没有和杨一上床。郭先说没有，她不信，郭先不置可否，她不答应，郭先坚决否认，她没法子，但气得要命。事到如今郭先怎么可能再承认呢？任何聪明的男人都会这么办的，那就是不管姚一采取什么态度，撒娇也好，胡搅蛮缠也好，入情入理也好，郭先的回答都一个：没有，绝对没有，根本没有的事儿……

姚一实在是想不通，简直觉得不可思议，她的老公怎么是这样一种人，这么无赖！明摆着的事，她完全知道他们干过什么，抵赖也没有用啊！而老公郭先也是这么想的，简直神经病，不可理喻，明摆着的事，她心里都明白，问来问去想干吗？有个屁用啊！郭先忍不住说出口：“你既然知道还问我干吗？”姚一愣住了，无言以对。看着妻子难看的脸色，丈夫想先开个玩笑，一笑了之，可妻子忽然高声大骂起来：“无赖！天底下没有比你再无赖的，不要脸！”

姚一的脸上充满狠巴巴的活力，而郭先则用一种阴冷的动物性的目光望着她，默默想道：为什么，这是怎么搞的？怎么就结了婚呢？当然他什么话也没有说出口，一切都锁在心里。每次争吵后夫妻俩都有一段时间互相不说话，在郁闷的气氛中熬时间，一天或者两天，慢慢缓解。有一次郭先咬死抵赖的态度让姚一气得要发疯，抓起一个玻璃杯扔到地上摔碎了，郭先扭身就往外走，“嘭”地一摔门，消失了。

晚上姚一没吃饭，躺在床上，想到郭先她的心里只有恨，凭什么，他凭什么！想想他那德行，小男人，小白脸……泪水潸潸流出，那是委屈与懊恼的眼泪。天黑下来，世界变成一个黑黢黢的深坑，她被埋在里边，多么悲惨多么苦啊！突然，屋子里亮起来，是对面饭店的霓虹灯，红彤彤的彩光在整个房顶和整面墙壁上闪来闪去。眼泪止住了，不再流淌，她愣愣地躺着，心想：别傻了，干吗自己一个人难过，凭什么！姚一翻身坐起来，她的肚子有点饿了。

她拿起电话拨通了一个朋友，想约她一起出去吃饭，可对方不在，她又打给另一个，是位男性，先是随意问候，东拉西扯，接着不由自主地透露出心中的不快，引来对方关切的询问，那个晚上她在打电话中度过。

九月里姚一递了辞职书，离开原来的公司去一家德国公司工作了，待遇好是一，不愿意和老公同出同入是二。同事们渐渐发觉郭先的身体有了些变化，准确地说是体型，比过去胖了，衬衫不再瘪塌塌的，能撑起来了。谁也没有想到郭先迷上了健身，每天下班以后他都去“奥特”锻炼两个小时，把四肢和胸部练出一块块肌肉，硬邦邦的。姚一的工作很忙，也很累，没有精力健身了，换成了美容和保健按摩。夫妻俩几乎不再吵架，对那一段纠缠不清的日子，姚一想想都觉得很没有意思。偶尔，两人亲热之后，姚一摸摸丈夫发达的胸大肌，幽幽一笑，“你是不是去‘奥特’和杨一约会呀。”郭先也淡淡笑着：“我不会告诉你的，你自己去看嘛。”

可姚一一次也没有去看过。

郭先确实见到过杨一，是在“奥特”附近的街上，杨一站立在路边，似乎在等人，一件米白色的风衣衬托出她高挑的个子，引人注目。发现郭先她立刻背过身假装没看见，而郭先在一种不可抑制的冲动的激发下大步走向她，叫她，他叫的不是杨一，而是竖竖。

听到曾经亲昵的声音，杨一的心跳加快，激动中混杂着厌恶的情绪，她控制住自己，镇静地转过身和郭先打招呼，就仿佛他们之间什么也没有发生过。她告诉郭先自己在等男朋友，一个从国外学成回国的海归，比她大八岁，好几家公司都争着聘他去做CEO，她在考虑要不要和他一起去上海工作。正说着一辆汽车开到他们身边停住，车里坐着那位海归。那人下了车，和郭先彬彬有礼地握了手，然后告辞，很洋派地为杨一打开车门，然后自己再上车，汽车一阵轰鸣，绝尘而去。

郭先心里有股说不清的滋味，好像受到了歧视似的，想想并没有。杨一一句也没有问他的情况，也许是故意的，如果是，那说明她心里还有他。嘿，谁又知道呢。只有一个事实让他感觉好些，那个海归也是矮个子，说不定还没他高呢。

当郭先的身体练得一天比一天健壮，结实，姚一和他离婚了。

离婚对郭先并非没有影响。一段时间里他的情绪很不稳定，时而觉得解放了，情绪亢奋，时而又自怜自哀，落落寡合。曾经，他这个人，被两个女孩儿那样地爱上，那样对他津津乐道，难道一切不过是海市蜃楼？这是什么道理!？其实郭先明白，没有别的道理，只说明女人根本不懂男人，她们爱的是自己，津津乐道的是她们自己的感觉。而天底下有男人愿意依照女人的想象生活吗？没有，绝对没有一个。有时他恨自己没出息，就因为和姚一在一个公司，天天见面，就被她俘获了，如果当初选择了杨一会怎么样？梦里他听到轻柔的女声在叫他，“先儿，先儿……”他甚至还梦到过一个面目模糊的家伙挽着杨一的手，醒来后想，一定是那个海归给他留下的印象。每晚脱衣上床前，他站在镜子前打量自己，仔细欣赏每一块肌肉，这一刻脑子里没有任何杂念，烦恼尽消。

冬去春来，街上的景致一天比一天绚烂多姿，到处闪动着白白的大腿，光洁脖颈上的项链在阳光下熠熠生辉。在一个商务Party上，郭先佩戴着工作人员的胸牌正忙着，来宾里的一张脸一下引起他的注意，多么面熟，是谁？啊，想起来啦，不是海归嘛！

那位男士西装笔挺，胸前插着贵宾的花束，一只手端着酒杯，而另一只手……郭先定睛望去，嘴不由自主地微微张开，他看了又看，不，那只插在他臂腕里的纤纤玉手不是杨一的手，不是。那是一位年轻貌美的姑娘，美貌的程度是杨一不能比的，简直可以用“光艳照人”这个词来形容。

Party进行的过程中，郭先的心一直隐隐不安，眼睛总在东张西望，寻找着海归的影子，他想和他打听杨一的情况，但最终不过是想想而已。

那么我们的杨一现在怎么样，在干什么呢？

九月六号杨一度过了二十九岁生日，她约了朋友一起吃饭，有人带来生日蛋糕有人带来礼物，她特别喜欢一个GUCCI的包，虽然她知道是假货，还有一个银手镯，式样别致，她立刻戴到手腕上。饭后大家又去了酒吧，杨一喝多了，笑嘻嘻搂着身边一位男士的脖子，说今晚上就和他回家了。大伙儿开始起哄，杨一先还笑，过一会儿却扭过脸去。一个女友发觉她在流眼泪，二话不说赶紧把纸巾递过去，接着一桌人都安慰她，说都是酒精惹的祸。忽然手机响了，是妈妈！来自千里之外的声音那么熟悉那么温暖，杨一告诉妈妈自己在和许多朋友一起吃饭，一切都好，非常快乐。

夏天快要过去了，风变得凉爽起来。一个月明之夜姚一坐在出租汽车上，汽车在机场高速路上飞驰。飞机晚点了，害得她在广州机场等了三个小时。现在她有些疲倦，斜靠在后座上，默默望着车窗外，脑子里不由想着在酒店遇到的那个男人。她相信自己的判断和决定没有错，没有去他的房间。但是如果去了呢？姚一下意识耸了耸肩，这是她经常和外国同事相处染上的习惯，不，她对自己说，她没有兴趣，不会有什么新鲜的，不过也没什么可怕的。

这些男人啊！

天上的月亮在随着汽车移动，姚一抬头望着明月，上次和郭先通电话是什么时候？好像还是冷天呢。不知道他最近怎么样了，还没有交女朋友吗。想到他，姚一心里一点也找不到恨的影子，确实没有什么可恨的。

回到家，洗了澡，换上睡衣，姚一躺到床上，真舒服，真累啊！明天一大早就得去公司，真可怕。她伸手拿起一本杂志想翻翻，眼睛却有点睁不开了，就关上了灯。

不一会儿，一一睡着了。此刻，另一个一一也在睡梦中。她们谁也没有想到谁。也许她们的心依然相通，因为她们真的有很多共同之处，但生活中，她们彼此再不相干了。

## 爱不够的伊人

伊人的名字叫张式愚，算不上美丽的姑娘，但是有一股吸引人的劲头。她在阴凉宽敞的大房子里长大，一天天变幻模样。冬天，她穿一件黑色羊羔皮的小大衣，脚上穿了结实的方口皮鞋和长长的毛袜子，神气得很。夏天她穿旗袍，也经常爱穿着哥哥的短裤衬衫，在马路上蹦跳穿行。

在她幼儿时，父亲常常俯身在小床前，攥着女儿粉嘟嘟的小脚，喃喃道：小丑姑娘，小丑子，小丑丑的小脚丫啊……在日本留学的父亲是一个很好的医生，很有些名气。他的第一个儿子三岁时得了肺炎，死了，他没能挽救儿子的生命。以后妻子又生了一儿一女，可父亲的心却再也无法真正快乐了。

渐渐女孩儿的脸上显现出模样来，宽的颧骨衬着尖尖的下巴，眼神灵活，眉毛细细弯弯，有几分狐媚；她纵情大笑的时候，像个快活无比的男孩儿，充满小动物似的活力，可爱极了。

父亲远远望着女儿，内心温暖而凄楚，上天啊，他想，不要让她长大，不要引诱她，让她平安而且快活下去吧。

张式愚十四岁时，在北平上学的远房表哥范开明放假来青岛玩，张式愚和哥哥、表哥玩得痛快至极。他们在海边的礁石间追逐，爬上爬下，对着冲天而起的浪涛发出一声声惊骇振奋的狂叫。那些日子留下了一些照片，其中有一张张式愚剪了像男孩儿一样的短发，戴着父亲的鸭舌帽，嘴叼烟斗，双手插在吊带裤口袋里，站在两个大男孩儿中间得意扬扬地笑着。

表哥走了，天地间忽然起了变化，变得暗淡无光。不久张式愚过了十五岁生日。一天黄昏，她迈着男孩那种摇摇摆摆的步子来到海边，在柔和的夕阳下仰面躺倒。海风从她的脸庞和肢体拂过，一阵阵一阵阵；眼泪涌了上来，顺着额角滚落；她抽咽不止，脸扭成一团，手背不住地抹着泪水。张式愚干脆哇哇大哭开了，呜里呜噜地叫着表哥的名字。太阳缓缓落下去，张式愚望着幽幽发紫的天空，不时地吸一吸鼻子，肿胀的脸上浮起迷蒙的笑意。

一年多后父亲张伯俊把家迁去北平，表哥这时在和一位姓沈的女同学恋爱。张式愚和沈小姐相处得十分亲热，她已经不再把开明表哥放在心上了。而范开明却不无怀恋地想起青岛的快活时光和那个可爱的假小子。

现在张式愚的身上不断地变幻出女人的美妙倩影，对于男人来说，这实在非常地迷人。范开明不自觉地引诱起表妹来。他把自己登在校刊上的翻译诗作念给张式愚听，还带她到广和楼看京戏。

看啊，月儿运行，天空明净，
宁静的夜呵，你的眼神在颤动。
你，美妙的境界，请做我的忘川吧，
让我和你一同等待天明。

少女的张式愚摆出一副精致的姿势，像做梦似的听着，然而她什么也没有听见，脑子里在想：表哥的鼻子怎么这样大呢？以前好像不是这样的呀。

一次范开明领着张式愚到校园看大学剧团的演出，把她介绍给不久前从法国回来的夏青和丹蒂夫妇。夏先生在法国学习戏剧，太太丹蒂是个演员。张式愚立刻被这两位先生的风度迷住了。他们也很喜欢这个热情活泼的女孩儿，亲昵地叫她作：小愚儿。

夏先生在排一出话剧《冬夜》，讲的是一个冬天的夜晚，哥哥和他的弟媳为弟弟送葬归来。弟弟患病多年，弟媳和哥哥始终守护着他。现在他去了，哥哥终于向弟媳倾吐了埋藏已久的爱。但是弟媳枯萎的心灵无法承受这火山爆发似的情感，拒绝了哥哥，绝望的哥哥走出家门，用猎枪结果了自己的生命。

看戏的张式愚哭成泪人儿，之后好多天都缓不过神来。她恍惚觉得自己就是那可怜而美丽的弟媳，为失去了圣洁的爱人悲痛不已。她深深地爱上了那个哥哥，天天散场后都要跑到后台看他几眼。爱情使她的胸口隐隐作痛。

终于有一天，她大胆而又不无羞涩地向夏青先生说出了自己的愿望，她想演戏，当演员。是的，她会成功的。

夏先生笑着说，很好哇，完全可以考虑。事实上他相信一个十六岁的女孩儿前途要由父亲定夺才是。

张伯俊在北平的法国医院只工作了九个月，就爆发了七七事变，日本人炮轰了宛平城。一家人匆忙间决定离开北平，去南京投奔在政府任职的六舅公。火车吃力地穿过华北平原，张式愚怔怔地望着窗外贫瘠的盐碱地，心口像揣着一块大石头。她知道她必须搬开石头，一定要搬开。

一九三七年初秋的晚上，父亲坐在敞开的落地窗前半睡半醒，张式愚的身影在浓重的暮色里轻轻移近，来到父亲身边。她屈膝蹲下，把头枕在父亲的腿上。父亲睁开眼睛，伸手摸摸女儿的头顶，只听她说：我要告诉你一件事，爸。

原来张式愚考取了中华戏剧艺术学校。

一九三七到一九三九年间，剧艺学校搬到武汉，又搬到重庆。

日军飞机开始频繁轰炸城市，学校又搬到重庆郊外的一个小镇，在镇上的关帝庙安了家。动荡的日月里，张式愚飞快地成长，日益长成一个货真价实的女性。更多的时候，她仍然没有脱出天性中男孩子的鲁莽气质，恰恰这点使她显得与众不同。

抗战时期的生活非常清苦，大家经常只吃盐水泡豆子糙米饭。学校里有几个对京剧兴味盎然的学生想到一个主意，排几出戏到外面去演，不收门票，来看戏的人只要带些吃的东西就可以了。张式愚从小在家里就听遍了父亲喜爱的唱片，边听边演，这次积极地参加了“凭物看戏”的演出。她扮的是铜锤花脸。

张式愚兴头十足地把头发束紧，额头光亮，眉梢向两鬓飞起来似的，脸被涂成蓝色，戴上火红的髯口，足登三寸厚底靴扎上楞，手拿双钩，威仪堂堂，男同学都震惊了。听她从头腔里憋出一股直直的嗓音，大家不由齐声叫“好”。张式愚像模像样地提起腿，挥舞马鞭，以一种跋涉险路的姿态交叉移动双脚，连连挫步，“哇呀呀”把红胡子甩得上下飞舞，这样一个奇妙的“窦尔敦”真是见所未见啊！

张式愚愈发地成为引人注目的尤物，而她自己又似乎浑然不觉，就尤其可爱了。尽管缺乏营养，可张式愚的发育丝毫没有受到影响，她胸部饱满，脸蛋红润发光，处于一个女人生命中最美妙丰饶的时期，恋爱的时期。她恋爱了。

教美术的沙农先生为张式愚画了一张又一张肖像，贴满他宿舍的墙壁。有人在窗根儿下听到沙先生作画时感叹地说："唔，式愚，你是天下最美的美人。"

这句话在学校里传开，引来一些漂亮女生的窃笑。每个人一见面就要说：啊，你是天下最美的美人，接着哈哈哈哈。这段时间里张式愚身不由已在镜子前流连忘返，醉心地在身上寻找和发现女性之美。好景不长，沙农在老家的一妻一妾来到重庆与他相聚，他气极败坏地辞职离开了学校。张式愚恍惚了几日，倒也没有什么悲伤。她悟出浪漫的沙先生原来也是个男人。可怜哪。

沙浓和张式愚的恋情说到底是一种柏拉图式的恋爱，一种欣赏与被欣赏的关系。它启蒙了张式愚，她的身心开始在男性的关注中体味乐趣了。当然她绝不是一个自觉的勾引者，她只是洋溢着男孩儿般的朝气，玩着女孩子的把戏，如此而已。

生活艰苦又浪漫。学生们勤奋学习，在艺术的殿堂里徜徉，每一天都无比新鲜，爱情的花朵也随处开放。

夏夜的一个晚上，暑气熏蒸，一些男同学偷偷把铺板搬到关帝庙唯一的大殿里，支起竹竿挂上蚊帐，在黑幽幽的阴凉里很快入睡了。夜半时分，殿里忽然响起女人的惊叫，一条蟒蛇从梁上坠落，砸在一顶蚊帐上，被四根压弯的竹竿兜住。

蠕动的蛇几乎压住张式愚的胸口，冰凉的咝咝声就在耳边，她一翻身从蚊帐里滚了出来，大叫有蛇！花斑大蟒被惊起的同学们连砸带摔，处死了，收拾出一盆雪白的蛇肉，成为一顿佳肴。

而张式愚和一位叫袁展的男同学钻进同一个蚊帐的事也随之暴露。

校方本来准备开除袁展，幸亏他家在本地很有势力，最后得了个处分作罢了。而不少人为此事深深地受到伤害，那些追求张式愚，自以为得到她青睐的男同学内心感到难言的屈辱。有人暗暗给她起了个外号：张三天，意思是说她轻浮浪荡三天换一个。

张式愚听到自己这个外号痛心地哭了一场。她不是这样的人，也绝不会做这样的人，她从来都是一片真心。那些热情的追求让她感动难道是她的罪过吗？那天她不过是学男同学的样子睡到大殿里，袁展从脚底下摸进来时她想假装睡着的，可他没完没了，哆嗦着要亲她的嘴，她还能假装吗？关键是她没有让他亲嘴，只让他亲了脸，为了一个女孩儿的自珍自重她付出了多么大的毅力呀！有谁知道呢？张式愚越想越觉得委屈，生出对男人的怨恨，冷酷地断绝了和袁展的关系。

张式愚像是忽然之间长大了几岁，变得有些沉静，全心全意投入学习。天蒙蒙亮就“八百标兵奔北坡，炮兵并排北边跑……”“扁担长，板凳宽，扁担要绑在板凳上，板凳不让扁担绑在板凳上……”之后再咪咪吗吗发一小时的声，清早湿润的雾气里回荡着她宽亮好听的嗓音。没过多久就有一件让她高兴万分的事，夏青夫妇从内地来到剧艺学校教书了。

夏先生租了一处乡绅住宅，雇用了做饭的老妈子，“小愚儿”自然成了那里的常客。丹蒂给大家上“人物观察，禽兽摹拟”

课，张式愚借来夏先生的金丝眼镜，还自我创造地加了根文明棍，表演了夏先生。轮到袁展，他一声不响驼着背，径直穿过舞台，蹲在角落里不动了。课堂里鸦雀无声。片刻丹蒂问：这是什么？回答是鸵鸟。

俄顷，张式愚第一个爆出清脆的笑声，大家也哄堂大笑。而张式愚笑得太厉害了，昏头昏脑地栽到旁边男同学的腿上。一切又都恢复到以往的样子。

夏先生家的客人很多，吴妈做的梅菜烧肉很快在学校里出了名。学生来得最多，也有各方人士慕名而来。其中有几个人是带着特殊目的的，他们要做夏青的工作，把他争取到进步阵营里，也就是共产党一边。

那是一个共产党和国民党在抗日的大目标下进行着复杂斗争的时期。学校是国民党的，学生中倾向共产党的不少，做夏青工作的就是他的学生。

师生们在废弃的城墙上排演“流亡三部曲”，张式愚抱着一面军鼓咚咚敲着，引来观众。“走，朋友，我们要为爹娘报仇，走，朋友，我们要为民族战斗……”夏先生亲自指挥着学生们高亢的合唱，然后城墙上下齐声呼喊：打倒日本帝国主义！中华民族万岁！

张式愚的心和大家一起激跳，热血沸腾。然而她的激动里又夹杂了一丝与别人不同的成分，那是由于站在她身后一排的一个人，陈家浩。

陈家浩是个性情温和的成熟的学生，身上散发出一种微感痛苦的沉静。他在家里排行老二，被学校上上下下亲切地呼为“二哥”。很长时间以来他就身不由己地被张式愚吸引，默默地注视这个大胆的女孩儿。但是他明智地克制着自己的感情，不表现出来，其实心里是有些害怕，怕成为失意的人。

多情的张式愚并非没有感觉，有一次她直率而顽皮地问：二哥，我真喜欢你，你喜不喜欢我呢？

陈家浩突然间失去了控制，冲口而出：是，我是爱你的。张式愚怔住了，半天没说话。陈家浩的身后是灰暗的暮色，那双湿润的眼睛闪闪发抖。一种甜蜜的空虚的感觉在张式愚胸间弥漫开来。那以后，张式愚和袁展恋爱，就把这淡忘了。

渐渐地，张式愚和陈家浩的恋爱以一种奇特的方式展开。在陈家浩面前张式愚总是肆无忌惮，恣意地表演。每一次她对他做的事既不可原谅，却又得到了原谅。

清早大家起床洗漱，不知陈家浩说了句什么话得罪了张式愚，她提着水桶追他，把满满一桶凉水浇到他身上。要知道这是冬天啊。这浇水的细节被看望夏青先生的剧作家万先生写进了他的剧作《北京人》里。

暑假前学校演出《奥赛罗》，张式愚负责在侧幕里提词，她坐在小板凳上一页页翻着剧本，陈家浩悄悄站在身后给她扇着扇子。在奥塞罗一步步坠入嫉妒深渊的进程中，小风不停地吹动着张式愚颈后的头发。夏先生早就耳闻陈家浩对小愚儿无微不至的宠爱，今天亲眼看到了。演出完毕他把陈家浩叫到面前。

“陈家浩，你没有事情做了吗?！我一直注意你，居然，你居然一扇扇了两个钟头。母亲对婴儿是这样的，可你不是母亲，小愚更不是婴儿。”夏青敏锐地顿了顿，“你要倒霉的。她也要倒霉。”

有人找夏先生说灯光的问题，夏青走开了。而后来陈家浩想到夏先生最后的两句话，不由一阵惊悸。

大家的日子越过越紧了。这时期张伯俊也到了昆明，在联合大学当校医，隔段日子就给女儿寄些钱，不让她太委屈。可放假时张式愚仍然需要和学生们一起到重庆去找些事做，参加些演出。

在抗建堂举行了为前方将士募捐的演唱会，演唱《海韵》和一些歌曲，张式愚参加了合唱。在排练演出期间，她认识了一个吹萨克斯管的青年左圣华。

左圣华长得瘦削英俊，脸上微黑的皮肤绷得紧紧的，笑起来露出一口雪白的牙齿，父亲在广东当牧师，满身的洋派，十分洒脱，不少女孩儿喜欢和他接近。一次排练之后他提出送张式愚回学校。那时已经太晚，根本没有任何交通工具了，两个人就在山城里漫步起来。

张式愚的脑子里还回响着《海韵》那委婉的旋律，一面走一面曼声哼唱，“女郎，散发的女郎，你为什么彷徨在这冷清的海上?”她从眼梢轻盈地瞟瞟左圣华，他以目光回应，爱抚着她的面庞。张式愚接着唱:“啊，不，回家我不回，我爱这晚风吹，在沙滩上，在暮霭里，有一个散发的女郎，徘徊，徘徊……”左圣华伸出手揉了揉她的头发，张式愚的歌声有些发颤了。在黑沉沉的街角，他们不约而同地站住，左圣华吻了张式愚的嘴，他的吻轻柔，缓慢，带着探寻的味道，张式愚只觉得浑身酥软，天旋地转，几乎昏过去。东方渐渐灰白，张式愚感觉自己已经离不开这个人了，而左圣华也同样被张式愚深深迷住。

这突发的爱情一发而不可收拾。所有的星期天张式愚都要跑到重庆城里来和左圣华相会。开始的时候她还极力想瞒住陈家浩，后来也顾不得了。

左圣华除了可能有的舞台演出，还在一家舞厅演奏，身穿燕尾服的左圣华看上去像来自天外的美男子，让张式愚感觉做梦似的。钱花光了的时候他把燕尾服送到当铺，等拿到薪水再赎回来，张式愚有钱就替他去赎。左圣华和另一个东北青年合租了一处小阁楼，每回张式愚都要爬上一段陡峭的石阶，一片片薄瓦屋顶染着柔绿的青苔，做饭的青烟从吊脚楼的缝隙间冒出来，在无风的空气中飘飘悠悠，然后她就听到了那天籁般的萨克斯的音乐，然后两人挽起手在山城里上上下下乱走，穿过闹市，登上琵琶山眺望雾蒙蒙的江面，谛听汽笛短促的鸣叫，欢喜地拥紧对方的身体。

陈家浩跟踪了张式愚，看到的就是这样的情景。

在这期间，剧艺学校里发生了一起共产党学生组织的反抗国民党当局的活动。事情竟然是由张式愚引起的。

一天，上面例行地来了视察员，是坐着一辆别克牌汽车来的。视察员先找一些三青团的同志了解校内情况，然后又给教职员训话。司机等得心焦，跑到附近泡茶馆去了，张式愚正巧拿了本书经过，看到车里空无一人就钻进去。座位果然舒适宽大，她靠着软软的后背读起书来。

张式愚看书看得惬意，把腿架到驾驶盘上，不知觉地转来转去。汽车慢慢动了，等她发觉时，车子已摇摇摆摆不可逆转地朝着校门口的青石牌坊冲过去。张式愚大张着嘴发不出声音，就听“轰隆”一声巨响，车子撞上石坊，张式愚狼狈地卡在座位底下半天都无法爬出来。

汽车倒还能开得动，可车头撞得瘪了一大块，视察员大为恼火，司机被骂得狗血喷头，还命令学校给当事人以严厉的处罚。校方想来想去决定罚张式愚做一个月工友，扫院子清理饭堂茅厕，用工钱作为对汽车修理的赔偿。陈家浩提出代她受过，却不被允许。

张式愚又要上课又要干活，十分辛苦。天没亮就拿起大扫帚“唰啦唰啦”扫地，然后站到男厕所门外大声喊：有人吗？有没有人啊！这喊声一天天地让同学们感到一种刺激和侮辱。大家议论纷纷，学生的学习生活已经很苦了，艰苦的学习是为了什么？前方将士在英勇抗战，凭什么还要用学生的血汗来供奉官员的汽车？

高年级里的地下党组织决定进行一场抵制运动，号召所有学生一早都起来扫地，不大的关帝庙里尘土飞扬，甚嚣尘上。学校当局假装视而不见，到时照样敲钟上课。于是学生们又举行了一次抗议活动，到国民党区教育委员会门前静坐。中午时分出来一位官员说，汽车是教育委员会借来使用的，已经还回去了。事情不了了之，以学生们的胜利告终。张式愚心里又畅快又感到对左派同学的敬佩。绰号"四姑娘"的金大姐和她谈了两次话，交谈过后张式愚心情激荡，向往着成为那样一种人，在人生道路上勇敢向前，只是还没有想出什么头绪，这思想又悄悄飘散了。她一点也不知道自己上了黑名单。

日本飞机一直不断地轰炸重庆，跑警报成了生活里的一大内容。左圣华向张式愚讲了一位柳先生的故事。柳先生是做生意的，娶了个娇媚的小太太，太太和一青年偷情被他发觉，柳先生就把太太看得死死的，弄得两人苦苦相思。现在好了，空袭警报一响，飞机临空全城大乱，柳太太每每趁乱消失，冒着从天而坠的炸弹去和情人相会。柳先生对"逃命要紧"的太太无话可讲。而两个情人在炮火连天中居然奇迹般地安然无恙。

“主啊，求你宽恕他们的罪孽吧，阿门。”左圣华的手优美地在胸前画了个十字，冲张式愚微微一笑，挤了挤眼睛。张式愚冲动地一把抓住他的手，像小狗似的轻轻咬了一口。

爱情一天天疯长。而每一天对陈家浩来说都苦痛难熬。他多少次想过要问张式愚到底还爱不爱他，可终究没有问。他看出张式愚也在受苦，他不能逼迫她作出否定的回答，那他就太愚蠢了。靠着沉静的天性他才能够隐而不发，而这样的隐忍又是非常残酷的事。在这时刻他想起了夏先生曾经说过的他要倒霉的话。是的，他倒霉了，他下了地狱，难道这一切是命运，是上天做好的安排吗？要他爱小愚儿，为她经受磨难和炼狱。

答案是肯定的。想到这里陈家浩心中竟涌起一股辛酸的、狂热的自豪感来。

一次轰炸中，左圣华演奏的那个舞厅差一点就被炸弹投中，孤零零立在一片焦黑的废墟上，像布景一般。张式愚看到那景象呆住了，面对面站在死亡之前的感觉把她吓得浑身冰凉，靠在左圣华身上久久不能动弹。就在那一天，她把自己完完全全地献给了左圣华。

在狭窄的竹床上，张式愚顺从地从衣衫里抽出肢体，睫毛颤抖着闭上眼睛。左圣华细细地端详这光滑匀称的身体，觉得像是一个干净的男孩儿。他们结合了，微微有些笨拙腼腆，在高潮来临时左圣华惊喜地叫出声来，张式愚流下感动的泪水。

飞机来了，又飞走了，炸弹无声地落下来，房屋无声地倒塌，火焰美丽地燃烧着，渐渐熄灭。柳太太在一次空袭中丧生，柳先生离开重庆去了香港。

张式愚和左圣华回回相见都经历一次生离死别的大恸，简直像演出一场莎士比亚的戏剧。回到学校里，四周的一切变得很不真实，如同梦境。只有陈家浩把张式愚拉回到现实世界，唤起她心底隐隐的内疚。

张式愚觉得自己太坏，太对不起二哥了，可是她不能放弃圣华，连这样想一想都不可能。她用前所未有的温柔报答陈家浩，甚至要把自己也献给他。在最后关头陈家浩猛地推开张式愚的身体，用手捂住脸哭泣起来。他不能做出左圣华所干的事，那就不是他陈家浩了。

望着痛苦啜泣的陈家浩，张式愚的心碎了，她不知如何是好，也哭起来。陈家浩听到张式愚的哭声缓缓抬起脸，伸出一只手臂把她搂在怀里，用另一只手替她擦拭眼泪，“愚儿，可怜的小泪珠儿，不要痛苦了，笑一笑，你笑一笑吧。”

张式愚软绵绵地躺在二哥怀中，舒适地抽泣着，她也是爱他的呀！

剧艺学校排了《雷雨》在国泰大戏院上演，对话剧饶有兴趣的重庆市民蜂拥而至。演出成功极了，师生们在不绝的掌声中谢幕不止，真是太令人激动欢欣了。张式愚是四凤的B制，没有上台。她在台下跟随着剧情体会四凤的情感，体会着周冲、周萍和蘩漪，觉得内心的感情像被彻底翻了一遍，爱情、痛苦和宿命压得她透不过气来，直到谢幕人还是怔怔的。

她默默地帮卸妆的同学打洗脸水，收拾道具，这个时候左圣华来了。他从舞厅赶来，神情欢快，身上带着一股淡淡的威士忌的香味。今天他拿到薪水，预备带张式愚好好地去吃一顿。

陈家浩一眼就看到这个情敌，那张神气活现的脸在后台昏暗的灯光里十分触目。他突然决定走过去，“喂，你！你要做什么？”陈家浩的声音很高，高得连他自己都没有想到。左圣华奇怪地站住了。

后台的人都被陈家浩的喊声惊了一下。张式愚回过头，这是她第一次看到这两个人站在一处，紧张得有些发呆。

左圣华当然是知道陈家浩的，对自己的胜利也倍感快乐，看到眼前这位五官端正面色阴黑的老兄心里登时就明白了。他立刻以一种无拘无束的热情上前握住陈家浩的手，紧紧搂住他，一定要请陈二哥赏光同去吃夜宵。街边，哥子们吆五喝六，大汗淋淋；围着滚沸的红油火锅，这年轻的两男一女从《雷雨》的演出而大谈特谈起艺术来，为了俄国的戏剧与音乐的成就哪个更大争论不休，仿佛是件生死攸关的大事。他们的见解大而无当，只在意那种空口说白话的艺术家的架势。

他们喝了酒，都有些醉了。“看罢，它飞舞着，像精灵似的高傲的，深黑色的，暴风雨的精灵……”面色通红的陈家浩用受过训练的洪亮嗓音朗诵起高尔基的《海燕》，那副激昂的模样引来一些侧目和有趣的笑声。而喝醉了的左圣华说话特别咬文嚼字，仿佛他十分清醒似的，“哦，我看见了，千真万确地看见，”他闪动着狡诘的眼神，“我看见你的头颅用盘子端上来，可我，丝毫也不会大惊小怪。”

透过火锅的腾腾热气，张式愚快活地望望这个又望望那个；渐渐地她变得心不在焉，若有所思地浅笑着，脸越来越白，像一尊石膏像似的，哇地吐了出来。

张式愚的呕吐终于结束了这场可怕的高谈阔论。陈家浩和左圣华一边一个架起她，她边走边哧哧笑着，两条腿像面条一样。他们歪歪斜斜来到嘉陵江边，瘫坐在石滩上。深秋的江风凉飕飕的，水面上摇曳着黄蒙蒙的灯影，左圣华出人意外地脱光衣服跳进江里，想把张式愚也拉下水。张式愚被冰凉的江水刺激得连声尖叫：“二哥，快救救我！二哥来呀！”

左圣华扯着衣摆揪住胳膊不放手，两人搂抱着摔进水中。张式愚笑哇笑，跌跌撞撞地爬起来，二哥已经不见了踪影。

不久，一件大事震动了剧艺学校。“四姑娘”金叶被国民党的便衣从宿舍里抓走了，另外有三个同学匆匆逃跑，他们都是共产党地下党员。一时间学校被一种紧张恐怖的气氛所笼罩，尽管课在上戏在排，但生命之光却暗淡下来。胆小的人走路都只盯着眼前，一些人偷偷烧掉《大众哲学》《高尔基选集》，甚至连鲁迅的书都被烧了，在一处处隐密的角落留下燃烧后的灰烬。两天后校方贴出布告，开除了那三个逃走的学生。

一个名叫赖天荣的男生一改往日的和颜悦色，用饿鹰般的目光在同学间搜索。他竟是国民党军统特务。暴露了身份的赖天荣一下子变了个人，原来人是可以这样伪装的呀！这冷酷无情的事实令人噤若寒蝉。

张式愚想起金大姐的音容笑貌，心里很难受。她也为自己和她有过某种关系而感到不安。但是并没有什么事发生。平日张式愚并不是善于思想的人，现在她心境压抑，不由思想起来。人生变幻莫测，成年的怅惘兜上心头，她感觉自己像一片随风飘荡的叶子，不知会飘落何方？而叶子却是要枯萎的。小愚儿会有个什么样的结局呢？宿舍里的青油灯散发着幽幽光晕，她身体躺得直溜溜的，双臂枕在颈后，痴望着屋顶上摇摆不定的灯影。时间停止了，倒退了，回到儿时的大房子里，父亲悄然的身影以及表哥亲切的容貌浮现而出，又模模糊糊消逝。张式愚的脚指头抽动了两下，翻转身体，拿了一个枕头抱在怀里，她不知道自己说的是什么，“可爱，”她喃喃说道，“我爱你，真的爱，不会的……”

青春的肉体禁止以忧愁为生，而它又是欲望的陷阱。

那次陈家浩克制了自己，没有和张式愚发生亲昵的肉体关系，之后张式愚再也没有那样地对他了，因为她不愿亵渎二哥对她的珍爱。而这桩事像一根针越来越深地扎进陈家浩的肉里。

他不断地想着自己没有得到张式愚的身体，那珍贵的东西让左圣华随便就拿走了，像折断一枝花那么轻易。想到此他恨极了自己，以至憎恶人世，心一阵阵发黑。

一些天来陈家浩有点咳嗽，越咳越重，结果发起了寒热。他高烧不退，不得已住进医院。张式愚请了假来照护他，为他煎药给他洗脸，端来稀饭喂他吃，还给他倒尿桶。陈家浩恍惚觉得自己是在一个又苦痛又幸福的梦里边，情愿不要醒来。夜晚他躺在床单发灰的病床上，幻想着等病好以后他和小愚儿会结婚，他们要搬到乡村去住，在没有人的地方相亲相爱地过活。他拥着张式愚的身体，那身体像只小猫在手里蹿动。陈家浩虚弱地做着些混乱奇异的梦。

第二天左圣华也到医院来了，给陈家浩带来一些美国奶粉，然后坐到床边的椅子上，随手拿起本书翻看起来。张式愚出去弄开水的时候，陈家浩眯缝着眼睛偷看左圣华，他悠闲地翘着一条长腿，蒙着灰尘的皮鞋上下颠呀颠呀。陈家浩的胸口一阵闷疼，这个人，他怎么敢！

一股猛烈的仇恨冲击得陈家浩头脑发晕，“你滚出去！”他冲口而出。

左圣华惊讶地放下书。

“你走!”陈家浩用力说。如果他有力气他要冲上去掐住他的脖子，他要踢他，像踢一条癞皮狗一样踢死他。左圣华像是望见了他的内心，故作轻松地耸耸肩膀，一笑说：“对不起，我现在不能滚，她要我等她回来。我们要出去的。”

说完这两句话左圣华的心在歌唱，但事情的另一面是，他也感觉到了威胁。张式愚在医院的表现令他妒火中烧，居高临下的宽容姿态再也保持不下去了。一回到阁楼他就疯狂地抱住张式愚亲吻，像要把她吃了。而这个一惯热情的女孩儿居然用胳膊抵挡他，还流下莫名其妙的眼泪，这一切只有一种解释：陈家浩。左圣华一下就爆发了，“不要再装洋蒜了！你选择吧!”他恶狠狠地说。

左圣华的态度激怒了张式愚，两人极尽所能地用话伤人，左圣华率先摔了一只茶杯，张式愚跟着摔碎一个镜框，左圣华就捡起镜框里张式愚的照片撕成碎片，手被玻璃碴划了个口子，血流不止，张式愚怔住了。左圣华抬起流血的手捋捋额前的乱发，打开屋门要走出去，被张式愚从身后拦腰抱住。

夜色降临，张式愚坐在床上，让左圣华的脑袋枕着自己的腿，轻柔地一下下拍着他的身体，为他唱起摇篮曲来：睡吧，宝贝，我的宝贝……窗外一团黄蒙蒙的月光时隐时现，潮湿的空气中飘来卖炒米糖开水的叫声，突然左圣华抬起头咬了张式愚的大腿一口。

张式愚瘦了，圆圆的脸有些拉长，两颊微陷，眼里闪射着微感紧张的光彩，看得出身心在受煎熬。她从书里不止一遍地读到过类似的故事，讲述女人如何地玩火，可她不是的。她被两个男人如此地倾心爱着，各有各的爱法，她怎能不为了他们而受折磨呢！虽然她也确实获得了做女人的满足。没有任何不祥之感，小愚儿在左圣华和陈家浩之间周旋，既苦恼同时又放纵自己。

二月的一个礼拜天，张式愚去找左圣华，爬上阁楼后看到的景象让她大惊失色。屋子的门敞开着，桌子椅子倒在地上，床掀翻了，到处一片狼藉。张式愚吓得手脚冰凉，浑身哆嗦，简直不知道发生了什么事情。她终于清醒过来，去敲楼下的门，但邻居一脸雾水的样子，说啥子也不晓得。张式愚跑到报馆去找和左圣华同住的东北青年齐金，齐金上的是夜班，还没有回去，听说出了这样的事，立刻和张式愚一起飞奔回阁楼。还是齐金问出了一些情况。一大早这里来了两个戴礼帽的人，气势汹汹搜查了房子，然后把左圣华带走了，他们在左圣华的床铺底下搜出了《新华日报》。

关于《新华日报》的情况是这样：左圣华刚刚来到重庆的时候订过这份报纸，后来不再订了，所以特务搜出来的都是过了时的报纸，纸页已经发霉。而他和共产党实在没有瓜葛，订报只是出于青年人的好奇心而已。这样，左圣华在关进去五天后被放出来了。

张式愚赶来看左圣华，觉得他大大地变了样子。他头上有伤，精神委顿，身上的什么东西死去了似的。她让他解释《新华日报》的事，他说了，而她却总是听不明白，还要刨根问底。左圣华可怜巴巴地摇着头，一个劲说不知道，真的不知道。最后两个人终于紧紧拥抱在一起了。张式愚心里很乱，很不安，她感觉到左圣华的心脏一下一下地跳动，跳得很吓人，像是从另一个世界来的东西。他们俩都没有更进一步亲热的愿望。

这件事之后左圣华丢了工作，萨克斯管不得不送进当铺。阁楼的房东要赶他走，齐金为他垫上了一个月的房租。张式愚知道后把身上不多的钱都给了左圣华，说自己还可以让父亲从昆明寄钱来。左圣华眼里泪光颤抖，动情地说："愚，你是对我最好的人，这个世界上我唯一的亲人，唯一的温暖和爱。"张式愚连自己也不明白，她听了这样的话为什么不像以前那样感动。

这时陈家浩的病早已痊愈，他真的向张式愚提出结婚的请求。张式愚虽然并不感到特别意外，但觉得是不可能的，她无法回答。陈家浩把张式愚的手攥在手心里，两个人的手都冰凉冰凉，"没有关系，我等着，等毕了业，等多久都可以，我会用一生来等。"

张式愚感到嗓子眼一阵发热，心里酸酸的，什么话都说不出来。两人在野外坎坷的田埂上走了很久。暮色四合，走在前面的二哥成了一个灰蒙蒙的人形，张式愚想：就是这个人，他永远不会消失，永远在那里。

父亲每月都给张式愚写信来，最近的信中说表哥范开明要从英国回来，可能的话就在联合大学任教，还没有定。张式愚忽然感到一股说不清的难过和牵挂，自己离家真是太久了。这期间左圣华一直在四处找工作，一个礼拜天张式愚陪他去了吴家花园的教堂。左圣华从小熟悉宗教音乐，也会弹琴，想找一份弹管风琴的事做。有个法国人占了那里的位子。神甫问左圣华是不是教徒，他说是，当然他并不是。

从教堂出来两人默默地走着，好半天都没说什么话。经过民生路口时，左圣华猛然站住，紧接着拽起张式愚的胳膊转身往回走。张式愚被他激烈的动作吓了一跳，连声问怎么了，原来他想到“新华日报”的营业部就在民生路的一座楼里。张式愚知道后心咚咚直跳，惶惶然就觉得有人在身后跟踪。左圣华感觉到张式愚害怕的情绪，拉起她的手。走出一段路张式愚把手抽出来，插到衣袋里。他们绕了很远的路才回到左圣华住的阁楼。张式愚站在门前狭窄的石阶上，说她不上去了，要回学校。可她没有动，痴痴地望着低处屋顶上小堆小堆的枯叶，片刻十分突然地，她说：“有件事，二哥向我求婚了。”

那天左圣华的反应完全失去了控制，像一个疯人，他打了张式愚一耳光，然后把她像拖一件东西那样拖上楼。他高声咒骂，说她是女妖，是毒蛇，是堕落的淫妇，男人的玩偶，被毒汁浸泡一咬就流水的桃子，贱货，邪恶的迷人精……他跪在地上抱住她，鼻涕和眼泪蹭在她的衣襟上。他逼她发誓爱他，只爱他一个，今生今世万劫不复；张式愚昏头昏脑都答应了。后来左圣华终于平静下来，阴郁地望着窗外，两人都感到疲乏，有些发蒙。

许久他说："好，你走吧。"他并不看张式愚。

"那我走了。真走了。你不和我说再见吗？"

左圣华向张式愚转过脸，"当然，再见。"

张式愚推开吱呀的房门，脚步声下了楼梯。左圣华仍然站在窗前不动。张式愚在下面迟疑地仰起头，冲他挥了挥手，而左圣华像没看见一样毫无反应。这个时候，左圣华的头脑里正在想着平生最黑暗的念头。

张式愚懵里懵懂回到学校，走进宿舍就扑倒在床上，一动不动地趴在那儿。天黑以后她爬了起来，心里已经做出决定，她要去昆明，要回家去看父母。

两天后的中午，赖天荣在学校饭堂的门外拦住张式愚，不怀好意地盯住她："嘿，你告诉我，陈家浩上哪儿去了？"

张式愚完全听不懂他的话。

"你是真糊涂假糊涂？你不知道他跑了吗？"赖天荣看出来张式愚是真的糊涂了，脸上浮起轻薄的坏笑，"哎呀呀，连你都扔掉了，他可真是吓破胆了。"说完转身要走，张式愚一把揪住他的袖子，“二哥怎么了？出什么事了？”

赖天荣不回答，垂下目光看了看自己的衣袖，张式愚像被火烫了似的松开手，眼看着赖天荣一摇一摆地走开。

从这天起陈家浩真的从剧艺学校消失了。谁也不知道出了什么事情，但是大家心里又都清楚似的，不敢议论。一天上课前，陈家浩同宿舍的人悄悄塞给张式愚一张纸条，她立刻把纸条夹在书里，等不到下课就偷偷地读了。陈家浩的字迹非常潦草，只告诉张式愚他处于危险之中，因为有人告发他是共产党。纸条下端有三个字：小心左。

张式愚的脑袋嗡的一声，此后一直嗡嗡作响。夏先生讲的什么她一句也没有听见。她把纸条揉成一小团，塞进嘴里用唾沫润湿，慢慢地一点点吞咽下去。她极力不去想“小心左”的意思，惴惴不安地坚持到晚上，早早上了床。然而她没有睡去，既没睡熟又不清醒，被恶梦魇住一般。半夜里她坐起来，抓了件衣裳走出宿舍，在漆黑的庭院里荡来荡去。高墙和树下堆积着浓重的阴影，大殿里黑洞洞的，但是还有一种不同的黑暗，更阴暗的黑暗挤压着她。天哪，天哪，这是怎么一回事啊？她得不出答案。答案是可怕的。

一只被惊醒的雀儿瑟缩地叫了两声，衬托出万籁俱寂的阴森。它像毒药在起作用，消蚀着张式愚的身体，使她五内俱焚，心灰意冷。

一个多月之后，陈家浩回到了学校，说是母亲得了急病，他赶去看望了。人们却听说陈家浩有位伯父，和政府大员林森的副官交情极深，替他解脱了左圣华告发他的莫须有罪名。还有一种说法悄悄传开，左圣华的被捕也是二哥起了作用，左圣华只是以其人之道还治其人之身罢了。

而这些令人生厌的荒唐事现在和张式愚都没有什么关系了。她早些时候就请了假，去了昆明。在家里见到了从英国回来的表哥范开明，两人闪电般地订了婚。在联合大学范开明没有找到合适的职位，又来到重庆的中央大学教授英美文学。范开明和张式愚的婚礼一九四一年五月二十五日在重庆青年馆举行。

六月十二日，张式愚在她布置一新的小家被特务抓去，罪名是共产党外围分子。

好了，张式愚的故事到此就告一段落。那两个爱她至极的人从她的生活里永远地消失，她没有再见过他们，也不想知道究竟是谁害了她。张式愚在监狱里度过四个半月后被放出来，她和范开明生活了几年，后来离婚了。若干年后再次结婚，丈夫是一个会计。张式愚一直活到七十九岁，度过了漫长的人生岁月。但那不是在这篇小说的范围之内了。

## 玉蟾蜍

一九三九年，民国二十八年，洪水过后，老五被卖到天津窑子里。她今生忘不了的景象是手抱村口的大树，一只死猪从身边漂浮而去，白花花鼓胀的肚子朝天翻起，两只小眼射出诡异寒光。水面伸向天际，映着灰茫茫的天空，沉重如油。

记忆再现是自己小心地通过颤悠悠的木板，躲闪着扛大个的脚夫。火轮上走下一个洋人，蓝莹莹的猫一般的眼睛盯着她，吓得她灵魂出窍。如此这般的记忆让老五相信自己是坐船到的天津，由此可以推断家应该在沿海河往北的乡村，但谁又说得准，家在何方的问题又有什么意义。事实是十三岁的老五开始作为女人在世上讨生活。

第一个男人的模样已经想不起来，好像很胖，大块头，因为老五记得被压得喘不上气，恨不得一死，结束生命、结束一切。

然而不久死的念头就被抛到九霄云外。吃喝不愁的日子让少女的身体如发酵面团，肉乎乎，粉嫩粉嫩，花名“水蜜桃”，招引得客人忍不住想咬两口。被咬的时候老五捏着嗓子叫唤，一声声高低起伏，自创小调。沿街唱数来宝的宋瘸子专门为她编了一段：

天下嫩不过水蜜桃，
招人疼来招人咬，
咬上一口蜜汁溅，
叫哇叫得人心难熬。

客人里有一位，马占奎，英文名字马约翰，爱煞水蜜桃这一口。马约翰的名字是主人起的，主人鲁宾逊先生在海关税务司工作，而他的工作是为鲁宾逊老爷开车。经常也开着黑色吉普车送艾格尼丝太太去教堂做礼拜，送小少爷们去维多利亚花园游玩，星期天载着一家人去利顺德饭店吃饭，穿过法租界、澳国拱桥，去火车站接送客人。

父亲马贵祥是乡下收猪的，挣了钱让儿子上学念书。打钟的校工边师傅自称白莲教信徒，日日习武不辍，晨曦中的操场上腾挪跃动如电光石火，搅起滚滚金色烟尘。少年马占奎看得神往，拜边大爷为师学习武功，更爱听师傅讲津门故事。三不管有人在你眼前一寸寸吞下三尺宝剑，敛钱之后吐出，剑上血渍斑斑；那吞铁球的铁球入肚，摇晃肚皮能听到碰撞叮当；把持街头的脚行为争地盘群殴，商铺招牌林立，教堂尖顶闪闪发光，火车轰隆隆开过脚下地皮震颤，大轮船拖长的汽笛声响彻百里大平原。

可怜马贵祥满心期盼儿子多识字接下账簿，当个好帮手，日后接下家传生意，没想到一天儿子却不辞而别。

经师傅介绍，少年马占奎找到英租界巡捕房的白大爷，又被白大爷介绍到民园体育场打杂，在管理员尼古拉手下度过难熬的日子。俄国人尼古拉淡蓝色的眼睛通常血丝密布，草一样的头发连着浓密胡须，随时从怀里掏出酒瓶，猛灌两口，脾气随即从阴郁迅速转为狂暴。小厮马占奎受尽欺凌，最严重的一次被打掉两颗牙。那次他动心杀人，梦中数次看尼古拉在血泊中挣扎或鲜血四射，兀自仰天大笑；后来也动过心思回老家去，最终两件事都化为泡影。不久艾格尼丝太太遇到他，把他带回家中，因为识字送他去学开车，再送他新名字：马约翰。

夜晚来临，马约翰换下短衫，套上整洁的大褂，奔南市而去，把圆滚滚的桃子紧搂怀中的渴望让心怦怦乱跳。胡同里，叫卖、喧嚣、女人的诟骂、打情骂俏的声浪沸油似的煮成一锅。

“哎哟我的小马爷，您火急火燎地奔哪儿呀。没良心的，还不快给我站住，跟你说，昨儿夜里我梦见你啦！过来呀，谁还吃了你不成。”

马占奎迟疑地停下脚步，有两次被拦下，拉走。水蜜桃知道了连讥带讽，在大腿内侧又拧又掐，青紫印记多日不消。她心里分得很清，谁真的贪恋自己，谁又只是拿她随意取笑。

世上还有一个男人也迷恋水蜜桃的鲜嫩，潘六指，因要老千被人剁去四指而得名。马占奎再次动念杀人想杀的就是他。潘六指来钱快，花得也痛快，每逢和马占奎碰上，老鸨子自然厚此薄彼，吩咐水蜜桃陪潘二爷。

再见面老五对马占奎说：妈妈吩咐的，我能怎么办。马占奎却不信。

“信不信由你。你这人，偏爱给自己找不痛快，要这样我只能……”故意顿住，不往下说。

“只能什么？”

嫣然一笑，“送你两字：活该。”

马占奎攥住老五的手，脱口吐出埋藏心底的愿望：“我要你只归我一个人。”

“嘁，美得你好上天！”手指戳到他脑门儿上，指甲尖尖。

马占奎不再吭声，人家吃的就是这碗饭，又有什么可说的。老五由着他折腾，莺声浪语哄他高兴，皮肉不时碰上什么东西，一下一下的冰凉。马占奎停住动作，搜寻，在女人裤腰上找到一根黑丝绳拴着的玉蟾蜍，青幽幽，似透不透，发散温润神秘的宝光。

“什么玩意儿？”

“甭问，拿来。”

“说，谁给你的?”

“你说呢。”老五用反问回答。还用说，自然是潘六指。没想到多年后老五却否定了马占奎的认定，什么潘六指，谁告诉你的，不，才不是他。

入夜马占奎难以入睡，想象着水蜜桃和潘六指在一处的情形，邪火阵阵蹿升，翻身下床溜进厨房。菜刀笨重不便，倒是洋人切肉的窄刀轻巧合手。再去南市怀里揣了把刀，打算碰上就捅了姓潘的狗杂种。老天有眼，潘六指不是不来，两人却再也没有碰上。不久后听说潘六指被人追杀，逃得不见踪影。

客人如走马灯，水蜜桃很吃香，身价见涨。一个念头在马占奎心中生根，他要把老五赎出来。

“你说什么，赎我?!”老五先是有些发怔，随后伸手摸了摸男人的脑门，好像他烧糊涂了，接着扑哧笑出来，“我的傻爷，你不想过啦，我妈不得把骨髓给你吸溜干，剩点儿骨头渣子算好的。”

“吓唬没用，我主意已定。”

“你这人……”嗓子眼忽然堵住，眼睛却越来越亮，泛起一层泪光，“别死心眼儿了，跟你说，不值当的。”

“值不值当你说了不算，我心甘情愿。”声音沙哑哀戚，眼圈也微微发红。这一刻，马占奎忘掉了自己，忘掉了现实的生活，就像一个人要从高处跳下，正望着落地的地方。那么高，确实很高，但不管怎样他都要跳。然而到了马占奎真把老五接走的时候，竟未花一文，只用了一口袋白面。

“二战”爆发，英国的肯多世军团和东萨里军团撤离，列队走向火车站，没有乐队，没有鞭炮，什么都没有。接下来的一个夜晚英国兵舰“蜀葵号”驶离天津，一去不返。一九四一年十二月日本人炸了珍珠港，太阳旗插上天津的戈登堂，所有英国人被送往山东的集中营，鲁宾逊夫妇也在其中。马约翰的名字随主人的离去永远从世上消失。失了业，又不愿为日本人开车，马占奎卖掉银餐具一套，再卖掉小放映机、画着洋人的镏金花瓶，凑上积攒的钱，摇身变成小杂货铺老板。再拿钱赎人是没有力量了。

姐妹们逗趣，把老五唤作老板娘，叫得她心烦意乱，一口口啐她们，闹急了就翻脸。马占奎再来，她忍不住说出难听话，“呸，少跟我起腻，看见你我心里堵得慌，还不如不见。实话告诉你，我有的是生意，不缺你一个，趁早别再来。你当你的老板，我卖我的，咱俩谁也不欠谁。”说完背过身去不看身边男人。

无情话语刺痛人心。“成，既然你说得出这话，我又有什么舍不得的，我走。”马占奎猛地站起身，却被一把拽住袖子。

“哪儿去你！黑了心的，你敢。”嗓子眼里有股热乎乎的东西往上拱，眼睛什么也看不清了。十七八岁的年龄，心田还未干涸，还有不少泪水可流。水蜜桃揪着男人的衣袖无言垂泪，片刻又猛力推开，“走，你走吧！我就知道你是跟我打哈哈，不是真心的……”

马占奎的胸口翻腾不止，心脏像要爆裂，他，马占奎，如今已二十七岁，要娶媳妇早娶了，何苦等到现在，不就是舍不下面前的人儿。此刻只有狠命跺脚：“你、你、你！你是真糊涂还是装傻?!”

没有回音，扑嗒嗒沉重泪珠落下，砸在他的手上。

“别，别哭了，我马占奎说话算话，你放心。”

天大的委屈化作泪水哪儿止得住呢。那天老五趴在马占奎怀里哭了又哭，恨不得把一辈子的眼泪都流尽。马占奎品尝着咸咸的滋味，又心酸又幸福。他发誓非老五不娶，老五也答应等他一辈子，还答应给他生个大胖小子。这些话老五是当真话说的，虽然她知道自己不大可能生育。

春日里，团团柳絮翻卷，和飞扬的尘土一起从街头滚过，气温升高。老五感觉烦燥不安，口渴得厉害，老想喝水，牙龈肿起来，舌头溃烂，拉不出屎。开始以为是上火，但情况有变，身上长出绿豆大的水疱，痒极，抓破流出清澈小泪滴，照镜子发现眼睛红彤彤，像兔子的眼睛，是出水痘了。原以为三五天会过去，可接下来的情形吓人，疹子片片糜烂，渗出混浊脓水，浑身如烫手的火团。现实世界退后，已触摸不到，人躺在生死两界之间悠悠荡荡，竟没有一点害怕的感觉。偶尔睁开眼，墙上烟卷公司的美人似淹没在水波中，坐在莲花上的胖娃娃忽远忽近吓唬人，门上的幔帐掀开一角，一个黑影闪进来，来到床前站立不动，是阎王派人来接她了，那就去吧，老五呻吟着应了一声，合上眼睛。

她看到一片白花花的连天的水面，水天之间有个小黑点在移动，越来越近，白花花鼓胀的肚子朝天翻起，两只小眼射出诡异寒光，啊，竟然是那只死猪。

向晚时分，一道金属色泽的光线从半掩的门口照进，射向乱糟糟的床铺。马占奎呆立床前，手脚冰凉。被子下露出的面庞灰黄肿胀，红斑点点，嘴唇干裂流血，汗湿的头发如油浸。他既不想看这张吓人的脸又无法移开目光，一股难闻的腐臭气味冲进鼻子。

“吱呀”推开老鸨金桂的屋门，马占奎并不知道自己想要怎样。八仙桌旁的娘们儿脑门上掐出两排红印，嘴边的烟卷青烟缭绕，熏得她眯起一只眼睛。让座，倒茶，递烟，伴随满口的奉承话：“我就说嘛，比仁义，谁也比不了你马老板。要说我也活了半辈子了，又有什么没见过的，平日里心急火燎、心肝宝贝的，那都是色催的，什么好玩意儿。只有你马爷重的是情义，我倒想不信，可不信不成呀。”

太阳落到地平线以下，最后的天光迅速消失。街上热闹起来，宋瘸子提提嗒提提嗒的竹板由远而近。

毛竹打，更不离儿，
老板本是个大美人儿，
曲青头发大辫子儿，
尖尖下颏红嘴唇儿，
未曾说话爱死人儿……

老鸨金桂起身走到门口，咣当关上屋门，顺手拽下门边的灯绳，灯亮了。

反身坐下，长吁短叹，“人哪，谁也争不过命去！说可怜谁又不可怜，都是人，都是打那儿过来的。我这是老了，没辙，只能吃这口饭。不是我在这儿告艰难，我的好爷，老五刚来的时候你是没见着，乡下毛丫头，蔫巴巴没人惜得多看一眼，夹都不夹她。好吃好穿地养，搭着费心费力，好不容易熬出头了，天可怜见！这一场病算是把我给……”半截话卡在嗓子里，抽出手帕擤了擤鼻涕，“如今这孩子病成这样，只要能治好我当妈的没什么舍不得。我说句实话您别介意，我这地方多少人都是冲着水蜜桃来的，这孩子她一人顶仨！”

真够狠，马占奎想，人的一只脚都迈进鬼门关了，还来这套。

烟抽了半截扔到地上，用脚踝灭，端起桌上的茶杯仰头灌下。

“凉了吧，等着，我沏点儿热的去。”

“不用，不喝了。事到如今咱也别再绕弯子，说别的都没用，要的就是你当妈的一句实话，这么个要死的人你要多少。”

金桂低头沉吟，吸了口气，“得，一袋白面。”

屋里静得很，把脉的老先生一副雪白胡子垂挂胸前，如京剧老生，床上的人气若游丝；半晌，放开了手。

“以我看，这情形……”一口痰涌上来，从衣襟内掏出绢帕，咳着吐出，抹了抹嘴，“是这样，别的话我不敢说，只能说试试。”伸手拿起笔，下笔流利：紫花地丁、紫草、山栀清热；花粉、麦冬、芦根养阴生津；加大黄、枳实泻火通腑；苦参、浮萍、芒硝水煎外洗。

马占奎照方抓药，干脆在铺子里生起炉子，咕嘟嘟煎药不断，一连半月街面上弥漫着奇异药香。半个月过去，老五斜靠床头，“饿了，有什么吃的吗？”她问。又过了半月，马占奎搀扶着老五下床，磨磨蹭蹭走到门口。初夏的晴空里阳光刺目，老五眯起眼睛，伸手去扶门框，“不行，拿凳子来，我要坐。”

靠着墙坐下来，嘴唇冲男人轻轻嚅动：没事儿，去吧。马占奎心里有底，径自去照看铺子。老五一个人坐在那儿，低头看到裤脚下露出两条枯细的小腿，内心空茫。太阳慢慢把她晒透，怀里什么东西温乎乎发热，啊！对啦，她的保命符。手伸进衣襟摸出玉蟾蜍来，细细地看了又看，慢慢攥拳，小心握住。

那夜老五莫名醒来，看见自己的一只手伸在被子外面，手掌摊开，在毫无遮挡的月光里，那只玉蟾蜍正从自己的手边移开，一点点移动，浑身通透，越来越亮，仿佛就要顺着白晃晃的月光通道飞上天去。老五眼睁睁看着它，“不，别走，亏了有你，没有你我命就没了。不能丢下我，你不能走啊！”雪亮的蟾蜍不动了，似乎听到老五内心的呼喊，似乎有些犹豫。老五再不敢迟疑，一把将它抓了回来，身上吓出一层冷汗。

身边男人鼾声粗重，这些日子真把他累惨了，亏了他。“求你也一样儿地保佑他，求你了。”老五对玉蟾蜍说。

太阳向西方落下，片片瑰色晚霞为万物镀金，天地逐渐变为鸽灰色，老五斜倚在被垛上，猛然醒来，妈呀，该做饭了。

每天她打扫屋子，做饭，洗衣服，干不完的活儿。然而家务并非她擅长，饭菜只是做熟而已，味道谈不上。男人的一件白色纺绸褂子洗过后染上了几块青，马占奎的语气露出不满：深的浅的分着洗嘛，连这都不懂。

七月下了几场大雨，屋顶漏了，雨滴在绿色瓷盆里噼噗作响，天晴后她爬上屋顶修房。夜晚二人浑身黏汗，交欢，男人上下起伏，冲撞，似要凿穿床板，女人配合着动作，却嘴唇紧闭悄无声息。事后马占奎不知为什么感觉不爽。做梦梦到女人淫荡地笑，杏眼迷离，这样的梦是否说明他心中的渴望？

天冷了，落下入冬的头一场雪，雪片打在窗玻璃上发出细碎的沙沙声。晚饭马占奎就着炸花生米和猪耳朵一口口喝下热辣辣的高粱酒，老五陪着他一起喝，不知不觉竟喝光了一瓶。那夜女人张开嘴，拖着迷醉的颤音喊叫，事毕枕着他的胳膊熟睡。马占奎却睡不着，感觉不对头，似乎刚才做事的人不是自己，另有他人，是潘六指。他小心地抽出胳膊，摸到床头的烟盒火柴，点上烟抽起来，抽到第四根时对自己说，没什么，别瞎想，都是过去的事，水蜜桃如今只属于他，美味由他一人独享，再没有别人可以染指，甚而再发挥想象，潘六指尸首分离，埋在荒郊野地已化作烂泥，心情渐渐平复，钻进被窝睡了。

可惜人当不成自己头脑的主宰，一旦老五情不自禁发出淫声，马占奎脑子里就会产生万人骑的联想，然而又说不出口，这才要命。终于有一天他做出了心底里并不想做的事，去找了曾经找过的宝兰姑娘。

不知道老五究竟发觉了什么，也许只是女人的直觉。男女间的多数事都是如此，来龙去脉很难说清。老五腮上有一丝肉在哆嗦："马占奎我告诉你，你找人可以，我一百个赞成。可有一条，去找个能给你生儿子的，那些烂屄成吗？哪个能成！"

马占奎盯住地面，不否认也不辩解。老五瞪着他恨得牙根痒，男人没一个好东西，天杀的……霎时间一道霹雳闪电：老天爷，这男人可是自己的救命恩人哪！事实如重锤砸中脑袋，先把人打蒙，继而逼得她跳脚：“这是何苦！何苦来！你何苦把我弄到这儿，你说！说话呀！！”痛彻心肺的喊叫惊飞了窗台上的麻雀。

空气嗡嗡颤动，马占奎死不开口。一气之下老五扯出包袱皮，收拾衣物似要离家出走，想起藏在箱底的玉蟾蜍，嘁里哐啷，嗖嗖嗖，连翻带扔，摸到揣进怀里。

“你拿的是什么?”马占奎紧盯着女人的一举一动，这时开口。

“你管不着。”

“拿来我看看。”

“不，就不。”

马占奎一眼就认出这鬼玩意儿，索性动手去抢，抢到手想也不想就狠命摔出去。一道白光从幽暗中划过，砸中水缸发出脆响，坠入阴暗墙角。完了，老五想，这下完了，这不是要她的命嘛！眼前腾起黑云，身子发软，瘫倒。

门吱呀响过，紧接着咣当一声，老五睁开眼，屋内已不见人影。冲过去推门却推不开。马占奎走了，一把铁将军牢牢锁住家门。其实窗户纸一捅就破，又能拦得住谁。

天黑不久，门上响起开锁声，马占奎迈步进屋，卷成一团的棉袄抱在胸前，里面裹着狗不理包子。只见女人脸朝墙躺在那儿，上前轻轻推搡："起来，包子还热着哪。"

肉馅新鲜，肉香和葱香混合，香味扑鼻，面发得恰到好处，暄软而有弹性。不管白天发生了什么，多说无益，大口咀嚼，痛快吞咽，吃饭才是正事。

有一件事马占奎不知道，老五也不准备告诉他。刚才她感觉得口渴，拿起水瓢伸进缸里舀水，惊见玉蟾蜍静静地躺在缸底，完好如初。

就你，算老几呀，老五窃笑：这是宝物，岂是你能砸得坏的。她决定不说出实情，日后要是日子过得不顺就可以跟他说：叫你敢砸玉蟾蜍，活该你倒霉。

日本人被打败，滚出了中国。一九四六年春节，木器店的伙计送来一个红木梳妆台，镜子把人照得纤毫毕见，清晰程度令人惊叹。老五每天把镜子擦得锃亮，时而照着镜子出神，稀里糊涂被吸进时光隧道，想看清自己在什么地方出现或消失不见，又怎么可能。

墙上挂着一张照相馆拍的双人照。照片上的姑娘穿了件蓝布旗袍，未施脂粉，尖尖下颏，好清秀，永远告别了少女的痴肥。丈夫不自觉地板着脸，表情锁得严严的，中分的头发两道油光闪射。不久后照片就在火焰中化为灰烬。

时间进入一九四八年冬季，风雨飘摇之中响起了隆隆炮火，天津城被围。为守城、建立碉堡群扫清射界，军队疯狂拆房，马占奎的杂货铺在拆除范围，眼看化为废墟。战壕急需木材，未入土的棺材被征用，死尸扔在路边。而拆房子挖掘战壕更需要劳力，几千民工服苦役二十多天，马占奎也在其列。

新年刚过，拂晓前响起可怕的枪声，当枪炮声沉寂已是正月十五号。战败的国民党军队在驻区挂起白旗。就在这半月时间内老五有了一个儿子。那时一枚炮弹落下炸塌了她家的山墙，烟尘翻腾而起，街道豁然敞露，燃烧的火焰片片坠落。老五跌坐在瓦砾中，头上、身上白蒙蒙，以为置身地狱。阎王爷口哨吹得嗖嗖响，是划过头顶的炮弹，瞬间的寂静后大地轰隆隆震动，各种物体横飞，哗啦啦砸下，在所有可怖的声响里夹杂着一个细小尖脆的声音，持续不断，老五终于确定那是婴儿在啼哭。

母亲扑倒在地，张开嘴啃噬着街边的泥土，露出一只左眼，眼白翻向一旁。婴儿被压在母亲身下，已哭得声嘶力竭。老五蹲下身，掀开沉甸甸的死人，抱出孩子，搂在怀里。环顾四周，废墟间冒出缕缕黑烟，房倒屋坍哭喊号叫一片，而在这一切之上，天空清朗，晶莹如薄冰，布满了纵横的万道宝光，太阳出来了。

他们给儿子起名马大福，小名大福子，夫妻俩相信这孩子大难不死必有后福。儿子的出生日定在一九四八年八月八号，一是图吉利，更为了日后万一有人猜疑，离真相越远越好。谁又能料想到六十年后，奥运会竟和马大福的生日同日开幕，盛大焰火在北京城上空飞腾，璀璨开放，举国在为他庆贺。这是马大福的感觉。

因为马占奎会开车，远房的一位亲戚介绍他到北京的工厂里当司机。那年马占奎三十五岁，老五二十五岁，儿子马大福三岁。马占奎从旧货市场买回一架英国缝纫机，老五很快迷上了这机器，手摇不止，从早到晚嗒嗒嗒演奏欢快乐章。先用几块布拼成褥单、棉袄衬里，等不及地去商店挑选布料，给儿子做了第一件衣裳。蓝色中式罩衣如同口袋，又肥又大，没关系，过两年穿正合适。胡同口的新光布店老五天天光顾，不买也要看看，要是有一天没来几位售货员就会议论：哟，怎么没见老马媳妇，是不是病了？

第二天老五穿一件藕荷色带白花的簇新外衣，笑盈盈迈进店门，众人眼前一亮。

“哟，这不是前天你买的那块布吗？”身躯肥胖的侯大姐嗓音中气十足。

“是呀，熬了大半夜总算做得了。”

侯大姐一掀隔板从柜台里走出来，其他人跟随其后，围着老五左转右转，“这手艺没得说呀！得，一样的布我也扯几尺，帮我做一件，成吗大妹子？”

老五怎能说不成。成，不急着穿就成。今天她要再选两块布，眼看要过节了，丈夫和儿子都得有一套新的。

春节到了，马占奎一家三口一身簇新去厂甸赶庙会。冬日晴空湛蓝，冷风把脸蛋吹得红彤彤，儿子坐在爸爸肩膀上，右手攥着一串亮晶晶的糖葫芦，左手抓着大风车摇来晃去，一排排小彩轮飞转，嘎嘎作响。吃了炸灌肠，卤煮火烧，喝了羊头汤，看了木偶戏“唐僧骑白马”，再看猴子表演。

一处摊子前，老五被红绒花、五彩十二生肖吸引，为自己挑了一只红绒凤凰戴到头上，凤冠上颗颗小亮片霓虹闪烁。再要给她的玉蟾蜍挑一只荷包。

经历战火，家变为废墟，颠沛流离的日子里玉蟾蜍始终揣在身上。不光他们夫妻大难不死，一颗炮弹还炸出个儿子来。跟随丈夫来到北京，户口本上给自己起名伍玉芬，老五的五加上立人旁。工厂分得平房两间，有了一架缝纫机，让她能帮人做衣服，收取手工费添补家用。儿子白白胖胖人见人夸。如果生活可以用吃东西作比，如今伍玉芬觉得像吃糖三角抑或豆沙包，外表看着都是白面，一口咬下去里边是甜的。

荷包上绣的有鸳鸯戏水，雄鸡打鸣，牡丹荷花加梅花，四季混搭。老五买下金线镶边、绣着四季花朵的荷包，把玉蟾蜍放进去正合适。

那天中午饭大福子只吃了两口，就扔下碗自己爬上床，小手攥拳一个劲揉眼睛，哭哭啼啼喊疼，问他哪儿疼他说不出，摸摸脑门儿，发烫。跑去街上的药店买来阿司匹林，给他退烧，又熬了姜汤，哄着喝了几口。天黑以后孩子安静下来，昏昏入睡，老五不睡，守在床边。午夜时分儿子忽然睁开眼，叫喊："耗子，耗子死了，它吃人……"说的竟是胡话，嘴里喷出黏糊糊液体沾满老五的衣襟，再叫他已不答应，头向后仰，身体弯曲似弓形。深更半夜没有任何交通工具，抱着孩子狂奔，等到了医院，马占奎的腿抖得站不住，靠着墙才没有倒下。医生诊断为急性脑膜炎。

病房里十几个孩子躺在漆成白色的木床上，打针、喝药水、吃药片。第二天一个孩子走了，床空了，午后的日光在空空的病床上画出淡黄方格，走廊上回荡着母亲的哭声。老五把玉蟾蜍放到儿子胸口，闭着眼喃喃祈求不止。这情形马占奎看在眼里，无话可说。情况如此危急，他耗尽心力几近绝望，在潜意识里也想有个可抓挠的东西。

儿子病愈后马占奎却有另外的说法，车队队长找他谈过话，让他争取入党，这套封建迷信的玩意儿谁信，趁早靠边站。

"不信拉倒，用不着这么大声。"老五坐在床边钉扣子。

"你是工人阶级的老婆，也不能信。"

"嘁……"老五鼻孔里冒凉气，冷笑。

"我看你是欠改造。你知道不知道现在是共产党领导，信的是共产主义。”

呸，什么主义不主义。老五内心想，但没把这话说出口，有的话不说为妙，她懂。

“听着，你走你的阳关道，我走我的独木桥，咱俩井水不犯河水。”她说。

除四害，马大福用棕色玻璃药瓶装满苍蝇的尸体，拿到学校交给老师，得到一溜小红旗贴在床头。“大跃进”，老五进入麻纺厂也成了工人阶级，每天生产百条麻袋，伍玉芬的名字上了光荣榜。玉蟾蜍悄悄放入荷包中，收进箱底。缝纫机也用花布罩住。

电影制片厂要拍《祖国花朵》到学校里挑选小演员，挑上了马大福。老师叫来家长，当面告诉好消息。伍玉芬面露难色：“李老师，我们能不能不去呀？”

“为什么？演电影多好，多光荣！”女老师嗓音发尖，半带质问。

“当工人、淘大粪也一样光荣，像您当老师更光荣。”老师哑口无言，自觉头脑中有旧思想作祟，言语小心，让马大福的妈妈回家再商量商量，尤其要征求孩子的意见。

“我才不去，演电影，怎么演？这样儿。”马大福挤眉弄眼，做出怪相。一家三口正围坐桌边吃饭，伍玉芬被儿子逗笑，“人家是看你长得好，才挑上你的。”

“我长得哪儿好，才不好。”马大福对相貌有他自己的看法。讨厌白面小生，而自己恰恰皮肤白皙，嘴唇红红，班上有同学给他偷起外号“丫头”，被他追打，从高高的煤堆上踢下去。他爱用拳头解决问题，最恨别人误会他柔弱可欺，或颠倒过来，受不了被别人看作软弱可欺，所以常用拳头解决问题。多次挨揍，被高年级男生打掉门牙，只说是自己掉的。心中酝酿着复仇计划，早晚有一天要让揍他的人好看。

马占奎开口说话，语气不屑：“少跟孩子说这种话，什么长得好不好，谁还能拿它当饭吃。好好学习，走正道。”说完刺啦喝一口酒。

老五盯着丈夫，目光如锥。

“怎么，我哪句话说得不对。”吃一口菜，又端起酒杯；老五忽然伸手抢过杯子，“马占奎，我可什么都听你的，不让去就不去，什么正道邪道你什么意思?!”

马占奎清清嗓子想开口，看一眼儿子，把话咽了回去。疑心病，他想，疑心生暗鬼。

“拿来!”吐出两个字。

“什么?”

“我的酒。”

伍玉芬继续盯住丈夫，似在犹豫，忽然把酒杯凑到嘴边“咕咚”一口喝干，“咣”地把杯子蹾到马占奎面前。

“干吗你?!”

“许你喝不许我喝。”抹了抹嘴。

一时马占奎被妻子的反应逗笑，拿起酒瓶把酒杯倒满，放到妻子面前，“喝，谁敢不让你喝，多喝点儿。”

那晚夫妻二人在黑暗中行房事，酒气熏天，粗声粗气，事毕呼呼大睡。

伍玉芬再次被李老师叫到学校是因为儿子打架。马大福的鼻梁被打歪，对方更惨，被半块砖头拍成脑震荡，送进医院。

伍玉芬态度强硬，儿子破了相，好端端的鼻子成了歪的，这么大的损失谁来赔，还想让她赔偿，做梦。出了校门她一把拉住儿子：“站住，让我看看，别动。”轻轻捏住鼻梁的软骨，左捏右捏，捏正了，顺势再给儿子一嘴巴。

“让你再打架！不学好！这是鼻子，要是把你眼珠子打瘪了哪?!”

内心的捣蛋鬼做怪，马大福闭上一只眼做独眼状，“妈，你看，是不是这样。”伍玉芬气得抬手再打，儿子嗖地跳开，猴子一样灵活，手抡下去扇动了空气。

四月的一天，空中布满乌云，春雷从天边滚过。老五心中似有不祥预感，隐隐担心着儿子。午后三点钟左右预感应验，不是儿子却是丈夫马占奎。城外一架拉砖的马车马儿突然受惊，斜刺里闯到路中央，迎面开来的卡车猛打方向盘，撞歪路边一棵小柳树，继续怒吼前冲，撞上坚实的城墙停住。车头瘪得像哈巴狗鼻子，司机头上血流如注，卡在驾驶仓里像是死了。

马占奎虽然没死，但人断成几截，肩膀、骨盆、大腿多处骨折，在医院躺了两个来月，出院后继续躺在家中，吃喝拉撒由妻子照料。纺织工人三班倒，时间表严苛，伍玉芬需要更多时间照护家中的大人孩子。她联系到街道工厂上班，挣钱少了，却离家很近。一九六〇年中苏关系破裂，苏联专家撤离，马占奎所在工厂被迫停工，后决定转产、搬迁至外地。此时的马占奎拄着双拐能行走近百米，面色如蜡，浑身发颤，必须坐下休息，不能跟随工厂迁移，于是丢掉工作，成了无业人员。男人接二连三倒霉，伍玉芬想起玉蟾蜍，没错儿，一定是这个原因，就因为他不信；几次想提起又怕触到丈夫痛处，忍住。不久各地灾害连连，春旱、霜冻、雹灾、台风袭击、山洪暴发轮番上演，想吃饱肚子成了生活中的头等大事。

伍玉芬脸庞浮肿，体重掉到七十多斤，窝头蒸出来给丈夫儿子，自己喝棒子面粥加菜叶。本来已经戒烟，却又抽起来，不抽不行。大福子拿出打苍蝇的干劲四处捡烟头，装满小铁罐。因为饿，脑子反而清醒，透过袅袅烟雾把人生本质看清，自己这辈子欠丈夫的情，若不还老天爷都不答应，但愿竭尽心力能换得苦尽甘来。夜深人静，烟头的红光照亮女人脸上两行泪水。日子确实难熬，然而伍玉芬有所不知，真正可怕的日子还在后头。

九条副食店有一位售货员名声在外，虽然缺少四根手指，手头准确却赛过常人。不时有顾客带着好奇心上门：“师傅，来二两瓜子，二两水果糖。”只见他二话不说端起秤盘，随手一抓两抓，上秤一约正是两个二两。解放前潘师傅在资本家开的厂子里干活被机器轧断手指，他的手正是对旧社会无言的控诉。

七月天，骄阳如下火一般，正午时分的街道空寂无人，知了在树上高歌，用持续不断的单音催眠城市直至远方村镇。马占奎躺在床上午睡，突然醒来，浑身黏汗似抹了一层胶水，想到大门洞里的穿堂风，不由爬起身来。

院子里静悄悄，幽暗的门洞大门虚掩。马占奎拖拽着双腿，一手拎着小板凳走来，听见门外似有人在交谈，女人的声音很耳熟。

“要是有黄豆，给弄点儿黄豆，你不用送来，我去你那儿拿。这是什么？”

“白糖。”一个男人声音回答，“下回吧，下回我想法给你拿块大油。”

脊背一阵发凉，心跳骤停，再跳时如重锤砸下，让人难以承受。透过虚掩的门缝，马占奎看到说话的男人的脸，不是别人，正是潘六指，正把一包东西交到老婆手里。

院门“哗啦”被拉开，外面的两个人吓得魂飞魄散。妻子的脸像纸一样白，潘六指下意识往后倒退，脚绊上石头差点摔个仰巴脚，总算站住。知了狂叫，欲刺穿太阳穴，马占奎大吼一声，没命地把手上的小板凳朝他们砸了过去。

那时候潘六指正在街上溜达，只见一个女人迎面走来，他心生疑惑，怪呀，像是在哪儿见过。女人越走越近，越看越眼熟，天爷，难道是她?！旧时相好的模样一直在脑子里留存，却怎么也对不上眼前的人。这时伍玉芬也看到了他，双方一齐站住。相隔几米距离，倒流的时光形成可怕空洞把人猛吸进去，两人无声挣扎，不知身在何处。当然也存在另外一种可能，索性低头走开，谁也不认识谁。伍玉芬说自己正是这么想的。

“我没想理你，要不是你冲我笑。你干吗要笑?”

这个问题潘六指不知怎么回答，顺嘴逗了一句：“让你吓的呗。”

“呸，缺德吧你。”伍玉芬笑骂。震惊，难堪，往事不堪回头，世事难料，瞬间化作如常的生活，顺流而下。

从那天起九条副食店成了伍玉芬心中的圣地。蜜枣、糖、花生源源不断，还有烟，还有粮票！她大大方方收下，连谢谢也不说一声。她知道早晚要回报，也知道怎样回报。

女人的回报方式简单现成，亘古不变。更何况如今的潘六指是一人吃饱了全家不饿，单身汉的好处。潘六指的家在大杂院里的一间南房，床是几块砖头垫起的木板，久未拆洗的被褥散发出刺鼻的哈喇味。伍玉芬一阵心酸，忍不住倒出自己肚子里的苦水，马占奎如何出了车祸，丢了半条命也丢了工作，全靠自己服侍照料，还要挣钱养家。最可怜的是儿子，正长身体却吃不饱饭，瘦得像根麻秆。潘六指当然不会知道马大福的来历。

一次二人事毕，老五穿好衣服，点起一根烟，“给你看样儿东西，你看看值不值钱。”烟叼到嘴上，腾出手从口袋里摸出荷包，再摸出玉蟾蜍，递过去。

玉蟾蜍发散温润幽光，照亮阴暗发霉的小屋。潘六指目光锁定，“哟，好玩意儿啊。哪儿来的？”

微微迟疑，还是说了真话，“当年也不知道谁丢下的，让我捡着了。能值多少？”

潘六指细细把玩，似乎被迷住。一旁的伍玉芬有所警觉。片刻，他摇头叹息，“可惜啊，再好的东西这年头也不值钱了。你要真想出手，我能帮你找买主。”

“得，不值钱那我就自己留着了。”玉蟾蜍回到老五手里，小心揣好，心里已经知道这玩意儿的珍贵，更知道人心难测。是的，世上有些事情是不会变的。

屋外蝉声依旧。方桌上黄褐色纸包摊开，绵软的白糖不再能保持方形，微微散开。马占奎坐在椅子上，后脑勺紧紧抵墙，身体僵直不动。

“该说的都说了，我确实拿了人家东西，你也都吃到肚里了……”

“咚”的一声响，马占奎以后脑勺用力撞墙。

老五嘴角发颤，“拿回来的东西我没吃一口，全是为了你和儿子……”

咚、咚、咚，力度加剧，令人担心脑壳的脆弱。

“干吗？你用不着这样，我老五对得起你，不亏心！”

马占奎撞墙不止。伍玉芬再也坐不住了，上前拉扯着阻止。丈夫却改变方向，低头撞向桌子，白糖被震得完全散开，晶莹颗粒上下跳跃，几粒粘到男人的头发上。女人突然松手，撤后两步：“撞，撞去！撞死了算。我还省心呢。”

忽然间马占奎抡起胳膊贴着桌面一抹，白糖飞向半空，如雪花飘洒，散落地下。

老五一声惊呼：妈呀！蹲下身试图收复来之不易的糖，小心地一点点聚拢，捧起来，可惜它们已和尘土混在一起。看着手掌上灰乎乎的一撮，伍玉芬绝望透顶。

“老天！”她低低吼叫，“这还有什么活头！”说完一撒手，一脚踩在白糖上，径自走出门去。

“滚，贱货，你给我滚！”马占奎对着老五的背影大喊，拳头当鼓槌，桌面作鼓：报应，报应啊！他是活该，谁让他鬼迷心窍娶了个娼妇！想到肚子里吃下潘六指的东西，他恨不得学日本兵切腹。家中没有多少东西可砸，暖壶一个，几只碗碟，外加一面镜子，很快砸光。午后烈日在地上划出刺目的方块，延伸至阴暗墙角。这一刻，马占奎死的心都有。

寻妻之路是一条漫长而艰难的心路历程，轨迹难辨，终点遥远。而实际情况倒并不复杂。半个小时以后儿子放学回家了，家中的一片狼藉让他微感吃惊，却也不是不能接受，自从拄着拐杖走路，爸爸找碴发火是寻常事。

“我妈呢？”马大福问，得到的回答是两个字：“死了。”自然是气话。拿起扫帚收拾残局，竟发现地上的灰白粉末印着清晰脚印。

“爸，这一地是什么呀，怎么像白糖？”没有回答。马大福用手拈起一小撮，伸出舌头舔了舔，甜的！

“干吗！毒死你！”爸爸闷吼一声，吓得儿子一激灵。

夏日的天气变化多端，傍晚时分积雨云发展成强对流天气，大风席卷，雷声隆隆。

“我妈哪儿去了，怎么还不回来？”儿子有些担心，问了几遍没人理。大滴雨点落下，砸地有声，响动如冰雹。不，原来就是冰雹！亿万粒小玻璃珠从天而降，噼啪飞溅。儿子趴在窗上看，忽然回身走到父亲面前，“你和我妈怎么了，她上哪儿去啦!”

“你知道个屁，她不是你妈!”一道蓝绿色闪电划过窗子，屋内一片惨白，儿子的脸融化在雪亮的白光里。马占奎被吓醒了，一把揪住儿子的袖口，“走，大福子，咱找她去……”

事情过去后，马占奎的心依旧被恶毒的小虫噬咬，但有一点他看得很清楚，他不能没有这个家，不能没有儿子，更不能没有伍玉芬，除非他真的不想活。闪电霹雳把胡同里的大槐树一劈两半，焦煳冒烟，却没有打到他头上，这是老天爷的旨意，让他活着。

最后父子二人在永定门火车站找到伍玉芬。时间已近午夜，女人蜷缩着身子躺在候车室的椅子上，披散的头发遮住半张脸。儿子走上前摇晃妈妈，伍玉芬以为仍在梦中，“大福子，你从哪儿来?”

“走，起来，回家。”正值变声期，直通通的哑嗓子带着一股怒气。伍玉芬看看儿子，什么话都没有说，默默服从。

她不是你妈！那句令马大福心生疑窦的话他没有提起，也许他实在不知道自己的想法，只有任尘埃无声落下，掩埋可疑痕迹。抬起头来，天边乱云耸动，预示即将发生的灾难。

一九六六年整座城市被涂成红色，层层大字报糊满墙壁，校园，街道，居民区，四合院，各种批斗会上愤怒的口号声如海浪翻卷，高音喇叭彻夜狂吼：打倒、火烧、油煎！再踏上一万只脚。少男少女臂戴红箍，脸孔疯狂扭曲，嗖嗖挥舞手中皮带，金属扣在脑袋上砸出窟窿，血流如注。

九条副食店门口夜间贴出一张大字报：潘六指，你的手指头到底哪儿去了?！白纸黑字揭出这个赌徒恶棍的真实身份。潘六指倒在血泊中，死相难看，没人看到尸体是如何消失的。

妓女伍玉芬被人揪住头发拖到院子里，头皮被剪刀戳破，头发散落一地。丈夫马占奎试图反抗，被一脚踹到墙角，两个男孩儿随即上前踩住胸口，看他敢动一动。一个扎着短辫的女孩儿浑身野蛮活力四射，揪起地上的贱女人抽嘴巴，抽得手掌发麻。自始至终老五没有开口，如同哑巴一般。原来她的嘴里含着玉蟾蜍。

马大福从学校回家时红卫兵已经撤离，面对家中惨状他咬牙沉默，深陷内心的阴暗旋涡中。可怕的是他不知道自己恨谁爱谁，要干什么，攥紧的手指骨节发白。

当晚是最难熬的一夜，黑暗中伍玉芬双膝下跪，跪在丈夫面前，“是我不好！我害了你……”

“别说了，你听不听我的?”马占奎暗哑的声音如风吹过荒草。

“什么?”

“咱们一块儿走。”

“上哪儿?”

马占奎已想好死法，靠妻子搀扶他能爬上附近的六层小楼，楼下的水泥地足够坚硬，只须迈出一步就一了百了。伍玉芬却有不同意见，人生真谛对她来说就是能受多少苦。死又有何难，但她坚信能度过这一劫，坚信冥冥之中有超然于现实的力量，不可摧毁，拿出玉蟾蜍，“你看，它还在，咱们有它。”

玉蟾蜍在暗夜里发出一团洁白的光，那么洁白，那么美。战栗感蹿至全身，毛孔缩紧，激起一层鸡皮疙瘩，冷酷而诡异的现实把马占奎压垮，他喉头哽咽，双肩剧烈耸动，似被电击。伍玉芬不再说话，只是张开手臂紧紧抱住他，夫妻俩脖颈相交，闷声啜泣。

马占奎决定不死，尤其在听说了潘六指已死后。难道他要追在姓潘的屁股后面去阴曹地府，一起去受阎王爷审判？那岂不太可笑。他想到另一条路，逃跑，逃回老家去。

走之前伍玉芬和儿子谈话，用听天由命的平板语调说出孩子的真实身世，何去何从由他。这一阵马大福早已听够种种传闻，妓女根本不能生育，联想到那句“她不是你妈”，他相信自己不是伍玉芬亲生。但他没有问过，什么都不想问，十七年的生命怎能一笔抹杀抑或随意更改。他宁愿找人狠狠打上一架。剧烈的动作、血脉偾张、内心隐约的恐惧感、皮肉的疼痛及嘴里的血腥味道让他抛开心中烦恼，体味释放后轻松感觉。打架敢玩儿命让他渐渐有了些名声，提起小福子知道的人越来越多，而他感觉心里有一只野兽在笼中蹿来蹿去。只有一个人能让他感受截然不同的心情，曾经的同桌，李梅。无论在哪里遇到两个人并不说话，但目光交流的片刻心忽然化作一团棉花，软得让人难受。只有一次他和李梅在胡同里相遇，四下没有人，李梅从衣兜里摸出一只纸折成的小鹤，“给，一直想给你……”眼睛因激动而盈满泪光，匆匆离去时丢下一句话：“打开看看。”

皱巴巴的纸条上写着两行字：你是好人，我相信你。热流在体内上下冲刷，马大福发现了身体里原来蕴藏着一种极其简单明确但又难以形容的感情，那就是爱情。

房顶上，十五瓦的灯泡光线昏暗。一通费力的咳嗽后伍玉芬吐出黏痰，只怪她抽烟过多。“大福子，不管你认不认我这个妈，妈心里丢不下你。老天有眼，要是没有你我真不如死了算了。”

“什么老天，谁信。我不走，你们走吧。”马大福冲口而出，语气蛮横。伍玉芬脸上的皮肉忽然萎缩，五官骨骼似在向外突出，傻子似的张着嘴，牙齿露了出来。

“你、你、你真不要妈了……”

马大福被这副样子吓坏，一把拉住她的手，“妈，我说的是我不走，没说你不是我妈!”不走的原因难以出口，当然是因为李梅。

马占奎带着老婆伍玉芬离开北京，回河北老家去了。一九七二年儿子马大福和李梅结婚，这时他已经工作，在房管所烧锅炉，李梅是13路公共汽车的售票员。家从东城区搬到朝阳区，楼房一间，与人合住。马大福有好勇斗狠的一面，另一面是重情、重哥们义气，朋友多多。婚礼上收到暖壶九个，脸盆十三个，床单八条，枕套八对，锅碗瓢盆样样齐全，毛主席半身塑像最多，拿到单位分送同事。

婚后父母从农村回来住了几天。伍玉芬和儿媳说话时总会注意她眼角下的痦子，琢磨那颗滴泪痣预示什么。有些事情有目共睹，每晚李梅给丈夫端来洗脚水，吃饭时把饭碗端到公婆面前，结婚当月领了工资去商店买回毛线，给丈夫织了件新毛衣，给公公织了件毛背心。

一九七六年毛主席去世，四人帮被抓。马大福已经远离锅炉房，进入办公室。几经倒腾又弄到一间平房，把同住一个单元的人请出去，独占宽大两居室单元。不久父母从老家搬回城里同住。

几年农村生活如混沌梦境，泥土，摸黑上床，雨水淋湿柴火，浓烟呛人，半夜鸡叫，猪儿紧随身后把屙出的粪便立刻舔净。伍玉芬下地挣工分，一天四毛五分钱，马占奎在家编筐，拐着腿去井台挑水。如今睁眼醒来，苦难日子似乎熬到了头。能熬下来有一点最重要，大福子始终未变，还是他们原来的儿子。

除夕夜包饺子时，伍玉芬悄悄包了一粒水果糖，满心期盼被儿媳吃到，那就预示今年她会怀上孩子。盘里的饺子吃得所剩不多，马占奎打了个饱嗝，伸出筷子，“再吃最后一个。”说着一口咬下去，“哎哟，怎么是甜的。”期望落空。

13路公共汽车的车门打开，一位乡姑怀抱孩子上车，婴儿哇哇的啼哭声在车厢里横冲直撞，引来不少人注目。哭声不止，分贝升高，女人抬手解开胸襟上的纽扣，鼓胀乳房跳跃而出，奶头及时堵住了孩子的小嘴。李梅看得目瞪口呆，继而出神，汽车到站售票员竟忘记开门，招来乘客责怪。又有谁知道女售票员的心结！结婚四年而没有孩子，生活裸露着触目的伤口，疼痛自知。

休息日，李梅在厨房一边择菜一边听苍蝇在玻璃窗上嗡嗡歌唱，扭身去拿菜刀，惊见婆婆站在身后默默注视。

“有事儿吗，您……？”

还用问。伍玉芬憋了满肚子的话想说、想问个究竟。如能按照她的意愿必得掌握全部情况，包括儿媳月经的时间表，冲口而出的话却是，“和你说了多少回你不听，去医院把那颗痣去了，好不好？”

儿媳没有说好，也没说不好。意思就是不好。伍玉芬脸一沉，扭身走出厨房。

之后李梅时不时有芒刺在背的感觉，以至产生心理障碍，觉得这个家太小，容不下她们婆媳二人。伍玉芬当然察觉到儿媳对她不满，躲着她。这可真邪性，凭什么哪！

“听我说，我能不能说话?”李梅细细的嗓音因激动而变得飘忽尖厉，如同用硬物摩擦玻璃，“你妈着急，我就不急吗?这种事谁说得清。又不是没去医院看过，医生都没办法……干吗这么逼我，这样儿我可受不了。”

逼?天地良心，谁逼她了!墙壁很薄，隔音效果甚微，小两口的争吵几乎一句不落地钻进伍玉芬的耳朵，想不听都难。她的耐心已经熬尽，还要受儿媳指责，受不了的人应该是她。

“那你要怎么样?”儿子的语气既烦且无奈。

“你问我，你还不知道我想要什么吗?”

“废话，我又不是你肚子里的蛔虫。”马大福压制着火气低声回敬。

一段长时间的寂静，伍玉芬的心怦怦跳，听觉捕捉到微弱的抽泣声。妻子流下示弱的眼泪，然而问题并没有解决。

如今婆媳之间的对话一天大约不超过五句，李梅把缄默作为护身符，伍玉芬却想给她另外的东西。吃过晚饭，用抹布把桌子擦得干干净净，坐下来。头顶的灯光在伍玉芬脸上投下浓重阴影，让人看不清她脸上的表情。

“占奎，大福子，小梅，来，你们都坐下。”

三人默默坐下，气氛不安。伍玉芬从衣兜里摸出荷包，“我这儿有样东西。”

灯下，玉蟾蜍摆到桌面上，白晃晃，似从内部发出光来，吸引得马大福伸手去拿。伍玉芬“啪”地打开儿子的手，“去，急什么，听我说。”

她开始讲故事，语调慢悠悠，若无其事，讲述一对夫妻历经劫难，生死关头如何一次次凭仗玉蟾蜍保佑，说着几次伸出手轻轻抚摸它，最后说：“我讲了这么多，这些事是真是假，问你爸。”

马占奎沉吟，移开目光。伍玉芬不再等待，继续，“你们俩结婚四年多，到现在没孩子，多余的话我不想说，说了招人恨。今天我把这宝贝拿出来，就一句话，小梅，你把它戴上。不许摘！什么时候怀上孩子了，不，什么时候孩子生下来了，再给我拿回来。”

屁，谁要戴，我才不信。李梅内心想，却没有出声。她看看丈夫，看不出他脑袋瓜里想什么。

“怎么，没听见？”伍玉芬感觉火气上升。

马占奎忽然开口：“得了，我看你还是自己收着，别闹个人财两空。”

“你说什么？”妻子不解。

“这么宝贝的玩意儿，万一丢了呢？你怎么舍得，那不要了你的命。”边说边冷笑。

丈夫始终耿耿于怀，逮着机会就刺儿话不断，实在忍无可忍。

“马占奎，你想说什么就直说，用不着绕八道弯儿。”

“我说错了吗？这玩意儿不是你的宝贝？”

“我的？”

“难道还是我的不成！？”

伍玉芬被噎住，狠啐一口：“你……呸呀！”就在这时儿子一把抓起桌上的玉蟾蜍，命令道：“磨蹭什么，还不听妈的，快戴上。”举手把线绳从妻子头上粗鲁地套下去，弄乱了头发。

那晚躺在床上，马大福把玩着玉蟾蜍，爱不释手。妻子凑近耳畔，“嘿，她说的那些话你信吗？”

没有回答。

“你是怕她吗？”再问。

“谁？怕谁？”

“你妈呀。”

“嘁，我怕什么。”

“就是，又不是你亲妈……”

“闭嘴。别找抽啊。”语气半真半假。

像所有生育后的女人一样，李梅以前的裤子都系不上扣子，腹部露出楔形肚皮。女儿起名马灵，神灵的灵。百日筵席的热闹已成过去，一周岁生日也定格成照片。“全家福”上奶奶和爷爷端坐前排，儿子媳妇站立身后，孙女小灵子坐在奶奶膝上笑得开心，露出两颗白生生的门牙。全家福年年一张，共十三张，截止于马灵十三岁。九十年代后不再去照相馆，理光相机换成奥林巴斯，又换成尼康，再换佳能。

马占奎开始对收藏产生兴趣，收藏酒。他和妻子都算得上能喝的人，艰难岁月中戒掉，从此不再嗜酒。家中壁橱渐渐被酒瓶塞满，没地方放东西。腾东西时不小心摔了一瓶泸州老窖，满屋酒香。

“你又不喝，收藏什么。”伍玉芬抱怨。

“就因为不喝才收藏，不然不就全收藏到肚子里了。”

八十年代大江南北开遍金钱之花，人心一朵。马大福从房管所辞职，下海做服装生意，月月跑广州进货，之后又开饭馆，也修理过汽车，搬家公司从地下室搬到地面，转型做代理商，公司搬进大楼里。其间多有受骗上当，大小挫折，然而钱毕竟挣到不少，身边有女人围上来。一次酒席间，年轻女演员牛小草坐在马总身旁，一牛一马交谈甚欢。马大福告诉牛小草当年若不是父母阻拦自己早就是童星了。牛小草的笑声如风中铃铛，脸庞闪动瑰色光芒，令人心荡神迷。

和妻子之外的另一个女人睡觉，马大福感觉身心振奋，似重新活过。回家的路上抬头仰望，夜空如洗，银盆般的明月映照着美妙新世界，伫立，挺胸做深呼吸，活着是多么好啊！接下来发生的事情就不那么美妙了，千篇一律的情况几乎乏善可陈。世上没有不透风的墙，事情败露，妻子哭闹，不等闹出结果那边又换了新人。李梅曾一心期盼能有自己的家，不和婆婆住在一起，虽然搬家两次，房子面积扩大到一百四十六平米，也未能如愿。现在她却深感庆幸，如果真和公婆分开，家的意义将大打折扣，婚姻难免不保。

多年以来婆媳二人处于一种微妙的敌对关系，有天敌的因素，也有性格使然。一个是曾经的风尘女子，又历经苦难，不惯于畏惧退缩；一个是软性子，却内心较劲；凑在同一屋檐下生活只能藏起部分的自己。大多时候人既不是善良天使，也不是恶魔，你是谁只有自己知道。

入夜，万籁静寂，伍玉芬能听见儿媳和儿子在房里争吵。儿子的声音低低的，时断时续，儿媳带着哭腔，偶尔一声怒吼。第二天眼泡红肿，面容因失眠而憔悴不堪。她早就想好只要你们不跟我开口，我就装傻下去。在这个问题上丈夫和她态度一致。

黎明前伍玉芬被尿憋醒，懵懂起身摸到厕所，按下开关。灯光照出马桶上坐着一个人，吓得她魂飞魄散。

“天哪，是你?!”

儿媳猛抬头，脸上泪光斑斑，乱发如草堆，睡衣如口袋罩在身上，黄脸婆的模样实在不堪入目。伍玉芬不由一声叹息：“你呀，大半夜的一个人儿哭，管个屁用。”话并不好听却带着倾向性。

堤坝被瞬间冲垮。李梅的嘴咧成瓢，扑向婆婆，把伍玉芬的肩上濡湿一片。投入敌人怀抱，化敌为友，其实比想象的容易得多。

马大福提出离婚。李梅向婆婆汇报情况，是为了一个美容店的老板娘。伍玉芬答应找儿子谈话。她对男人要求不高，更不愿对儿子苛求，只求保住家庭安稳。

“你是我的儿，在我心里你最重。你在外面干什么我不管，离婚不行。别的都不说，灵子不能有后妈。你非要离也可以，等我死了。”不等马大福张嘴，又说，“还有一句话，是你爸让我告诉你，毁东西容易，家不能毁。你听见没有！”

“成，那我搬走。”马大福一咬牙。

“也成，你走我也走。”

“您上哪儿去？”

“你搬到哪儿我跟你去哪儿，没有你还叫家吗？”

知觉在缓缓下坠，却始终挨不到地面，马大福意识到事情绝没有想象得那么简单，久久沉吟不语。

出现状况是在一九九七年，那年香港回归。一家人看电视里的实况转播，看五星红旗和紫荆花旗吹动着冉冉上升，听国歌高奏，直至旗帜升到旗杆顶端。伍玉芬发出微带惊讶的感叹，“咦，咱中国不是解放了吗，怎么又解放一回?”

孙女马灵哏哏笑出声，“啪”地打了个清脆响指，这动作她近来常做，是从学院的外籍老师身上学来的，自觉很帅。“奶奶，你太有幽默感啦!”说着伸出一只手摸了摸奶奶的面颊。

然而事情却和幽默感无关。随着千禧年的临近，老年痴呆的种种症状在伍玉芬身上日益显明。每天都为找不着东西而发火，怀疑钱包在家中被偷，但不便明说。买菜总觉得少找了钱，和小贩大吵，再不去菜市场，转而热衷于捡破烂。捡回可乐瓶、罐头瓶、各式空瓶，花盆两个，拖鞋一双，毛线帽一顶，大摞的报纸、杂志，统统收藏于床下。早晨起来洗漱时发觉镜子里的人好面熟，惊诧地喊道：占奎，占奎，你来看，这是谁呀?!

事情急转直下的速度像汽车的制动失灵，沿 45 度下坡路飞驰。进入二十一世纪，伍玉芬失去了生命中三个最重要的身份：妻子、母亲、奶奶，认识的人只剩下儿媳李梅，在她的侍奉下洗漱、进食、排泄、睡眠，定时清理个人卫生。有时会朝着儿媳挥动枯瘦的手臂拍打，发泄莫名怒气。马灵在电脑上查阅大量资料，此类病症医学上称阿尔茨海默症，因病人本能活动亢进，有时会出现攻击行为，抑或当众裸体。她安慰妈妈说奶奶没有后一种不雅举动该感到庆幸才是。医学论述还说：当人被诊断出患有该病通常能活五至十年，然而新的研究显示这种病的存活率正在不断下降，目前患上该病之后大约能存活 3.3 年。这数字触目惊心，让家人个个感觉气短。

眼看着妻子如何照护着母亲，马大福心存感激，离婚的想法从脑子里排除出去。生命呈现出如此难以捉摸、不可解释的怪现象，不觉削弱人的斗志。

饭桌上，女儿一时童心发作，颤巍巍举起勺子却怎么也送不到嘴里，模仿痴呆状，饭粒撒了满桌。

“闹什么，别闹。”妈妈看着好笑。

“真的，等我老了说不定和奶奶一样，遗传。”

“胡说八道。”

马灵说这可不是胡说，是她查到的，早老性痴呆多有同病家族史，“爸，你也小心着点儿。”语气竟得意扬扬。

李梅和丈夫不由深深对视。李梅开口：“告诉你，一万个不可能。绝对不可能！你放心。”

“你这是不相信科学。”

一时间李梅几乎想说出你爸不是奶奶亲生的，他们之间没有血缘关系。习惯使然，她再次看看丈夫的脸色，不，不能说，什么都不能说。秘密一旦泄露将覆水难收，这是她竭尽全力保卫的生活，让秘密消失在家庭深处吧。

伍玉芬于二〇〇四年十二月十七日去世。几年间，白天她枯坐在扶手椅上，眼望虚空；夜晚睡着了嘴巴略微张开着，酸腐气息无声进出。偶尔她开口说话，声音很大，说儿子被洪水冲走，又说玉蟾蜍是玉皇大帝所赠，说她见过世上最灵巧的手，只有六根手指头，边说边比画，极力想让人明白她的意思。孙女正喂奶奶吃饭，一面想着心事，“行了行了，你到底吃不吃呀!”

只见伍玉芬乖乖张大嘴，像孩子一样等待勺子里的食物。

天气预报夜间有雪，空气潮湿阴冷。伍玉芬的尸体躺在医院太平间里，准备第二天火化。

临睡前马占奎从柜子里拿出一瓶茅台，拧开瓶盖，倒满小酒杯，手微微发颤，“得，咱俩最后再干一杯吧。”一饮而尽，然后用手巴掌捂在流满眼泪的脸上。

那夜他喝得醉意醺醺，回到往昔时光，伍玉芬还是他初见时的样子，胖乎乎、雪白粉嫩，在身下娇喘吁吁；突然间如川剧变脸，可怕病容覆盖一切，他惊出一身冷汗；慢慢缓过神，又看到在午后的日光下，病愈后的老五向他转过头，露出虚弱的笑意……死亡并不能夺走至亲的人，相反，使她恢复了青春和美好容颜。所有回忆都令人心痛，只有一件除外，那夜天空晴朗，星星在头上眨眼，他悄悄走来，腋下夹着写好的大字报，手上提着装了糨糊的小铁桶，来到副食店门口。不，他不后悔，潘六指是个坏蛋，揭发他没有错，一点没错。他命该如此。马占奎深深吸气，再长长吐出，抬手抹了抹脸，笑了。

不久，马灵交了一个新男友，在拍卖公司工作。两人气味相投，喜欢在脑海中幻想美事儿，想换辆新车，别的不考虑，唯一钟情路虎；要遍游世界壮观美景，尼亚加拉，南极，肯尼亚野生动物保护区；结婚住独栋别墅，要有自家的小花园；婚礼要从天而降，打算先去学跳伞。晚上一家人正在客厅里看电视，家门被“咚”地推开，孙女从外面冲进来，眼里闪着狂喜的光，“嘿，听着，告诉你们一个消息，好消息!”猛然顿住，“你们猜是什么，猜呀!”

“你和李晓登记了。”李晓是她男友的名字。

“妈，你别胡说八道!”原来是她把玉蟾蜍交给男友，让他拿去请专家过目，结论是战国青玉，玉质精良，造型逼真，刀法精细，为古玉中精品，估价三十万至五十万元。马灵从LV包里拿出一个红绒布包，打开，露出金线镶边、绣着四季花朵的荷包。荷包的边缘已经磨损，多处绽露线头，色泽发黄。

一时间客厅被难以置信的寂静笼罩。李梅伸手拿过荷包，声音低微、发颤，“妈呀，当年你奶奶说这是宝物我还不信，给我还不愿意要呢……”

马灵一把抢回荷包，仰望天花板，用了一种热切夸张的气声：

“奶奶，谢谢你，太感谢你啦！”

一家人长吁短叹，感慨不已。马占奎默不作声，片刻，双脚移动，费力地从沙发里站起来，“我困了，要去睡觉。”离开客厅，走回自己的房间。

客厅里发生了争执，马灵说五十万可以买一辆 freelander，路虎自由人。李梅坚决反对，她的意见是为女儿买房，五十万足够首付，可以先出租。马大福动手把玉蟾蜍放回荷包，再用红布包好，“卖什么卖，才不卖。”语气坚定，不容更改。

“为什么？”

“你们不懂，这东西现在值五十万，再过几年值一百万也说不定。”

啊？一百万！李梅和马灵的眼睛瞪得大大的，比灯泡还要亮。

白天，受强冷空气影响内蒙古中西部出现沙尘天气，入夜黄风横扫京城，发出野兽般的呜咽与嚎叫。在喧嚣的黑暗中马占奎打开工具箱，把锤子握在手里，再从儿子的外衣兜里摸出钥匙，他知道要找的东西锁在哪个抽屉，很快拿到手。路灯从半掩的窗帘照进来，他从荷包里摸出玉蟾蜍凑到亮光里看了一眼，没错，就是它。不需要再看，更没必要再想什么，抬手举起锤子；突然有人用力摇撼窗子，吓得他浑身一颤，慢慢转过脸朝窗子望去，鬼都不见一个，是风连续猛击玻璃。镇定一下，再次举锤，房间忽然移动，墙壁倾斜着往上升，似要冲破天花板飞出去。马占奎蒙住，糊涂了。一道光亮很快消失，屋子回复原状。原来是一辆深夜归家的汽车，车前灯照射的结果。

现在马占奎的视力重新适应了黑暗，盯住微微发白的那一小块，第三次举起手中的锤子，毅然决然，狠狠地砸下去。

没有人听见什么。

黎明时分风势减弱，西天的月牙在移动的云团间露脸，洒下淡黄的微光。东方渐渐发亮。马占奎看到有人从窗前经过，是老五，骑着玉蟾蜍笑着向他招手，他赶紧跑过去推开窗户。老五和玉蟾蜍在迅速缩小，在霞光里影子镶着金边，他扯开嗓子大声喊："拜拜！拜拜啦！"

# 杀人

老鞠家的老太太服仙失踪的那天早上，太阳升起来的时候被一朵形状像大熊瞎子的黑云吞了下去，几分钟之后，又被“熊瞎子”从后屁股拉出来；又几分钟，“熊瞎子”变成了一只金鸟儿，羽翼透明耀眼，舒缓地展翅高飞，消失得无影无踪了。然后那一天都非常晴朗。

六团记得早上婆婆服仙说了句“黏豆包还有吗?”六团没理她。她正要去屋外抱些秫秸，秫秸上的露水把她的前襟弄湿了一片，凉森森的。她听见婆婆说“黏豆包还有吗?”的时候，正在抱秫秸。她一抬头正好看见灿烂的天空中“熊瞎子吃太阳”的景象。

她想这朵云真像头熊瞎子。她没见过熊瞎子，没见过活的，她心里忽然闪过一个念头，要是这天上的“熊瞎子”真活了就好了，蹿到地上把鞠生吃了撕巴了就好了。那时，鞠生，六团的男人已经上路了，正朝着孤家子船站走。当太阳被黑云吞没时，他消瘦扁平的脸随之变得像死人一样阴暗。

他穿着一件蓝布上衣，一条黑布裤子，背有一点儿驼，两个肩膀从上衣里突了出来。晨风中，他闻着田野的气息，心中意识到那个他出生并在那儿长大的大栗堡子已经在身后消失。也许将永远消失。

半个月前的一个晌午，当鞠生突然进了家门，六团一下子都没认出他是谁。鞠生冲坐在炕上阴影里的服仙叫了一声“娘”，鞠老太太半天没有说出话来，然后眼泪就流下来了。她抽搭着说：“你，你还认识回来的道儿哇?”鞠生把手上的一个黑包放在炕上，顺便看了六团一眼，鞠老太太用手抹了一把眼泪和鼻涕，冲六团说：“咋还立着，烧水去呀!”

六团怔了一下，咬咬牙扭身出门抱秫秸秆儿去了。六团没记错，鞠生有六年没回来过了，就是说他们六年没见过面。他来过信让服仙上他那儿去，鞠老太太不去。他是服仙唯一的儿子。而六团是服仙唯一的儿媳妇。鞠生总不能一辈子不见他妈，不见她俩吧。

鞠生给他妈带了两斤点心，两斤糖果；一块黑咔叽布，做裤子的，一块烟色平纹布，也是做裤子；还有一顶平绒帽子。鞠老太太让六团也吃块点心，六团没伸手。后来鞠生说了一句“吃吧”，六团就吃了。六团之所以不吃，是因为她不想动属于鞠生的东西，她没那么贱。她之所以又吃了，是因为她确实想吃。欲望在那一会儿把她控制住了；当欲望得到满足、平息之后，那种被侮辱的感觉又回到她的心口。这是一种十分熟稔的沉甸甸的感觉，熟悉得她已经不大有感觉了。由于鞠生活生生地出现，而且进入到她的胃里，这感觉才又活了，刺着她。

六团做了贴饼子，煮了高粱米粥，还炒了鸡蛋。她摆好炕桌，转身要出屋，鞠生叫了她一声。六团猛地回过身，如同受了惊吓的动物迅速地对危险做好准备。鞠生从上衣口袋里掏出一个塑料夹子，从夹子里拿出一块钱递给六团。他说：“拿着。”六团问：“干啥?”原来鞠生让她买瓶肉罐头。

服仙忽然笑了，干枯的小眼睛湿润了一会儿。

供销社是一个落满灰尘的地方。六团在供销社买了一瓶猪肉罐头。瓶子上贴着纸，纸上面画了一头白猪，这头“白猪”在供销社的货架子上不知待了多少年了，她从来没注意过。她干吗要注意？柜台里站着马六指儿。几十年中他用他那多长了一个小肉球的手为六团一回回地称，称了多少斤灰乎乎的大粒儿盐呢。他的手还为她扯过两回布。那花布已经穿烂了，只剩下一块补丁，留在六团的被子上。马六指儿曾经想过，黑天白夜地寻思过，这个六团要不穿衣服是啥样儿？屁股不知有肉没有？那一头的头发油黑油黑的，缎子似的闪着光儿，不也像年画儿上的人儿。现在马六指儿再也不会想了，他看六团就像看麻袋里灰乎乎的大粒盐一样。

马六指儿多看了六团一眼，问："来客啦?"六团"嗯哪"了一声。后来等交了钱，把"白猪"拿在手上了，她又说了一句"鞠生来家了"，说完扭身走出供销社。马六指儿愣在那儿：鞠生？她男人？接着他突然一阵生气，肏！这鸡巴娘们儿，眼睛像两块黑石子，说话不瞅人，跟死人说话哪！

六团走出了供销社，她的眼睛这时黑而深邃，她也看到了一线异常的光亮：鞠生？鞠生是谁？但那光亮转瞬即逝，她什么也没看清，又陷入一片混沌。她大喘了一口气，加快脚步，手里紧攥着罐头瓶子。

那天后来刮了一阵风，窗纸被吹得哗哗直响，油灯也抖个不停，风在窗外打着旋儿，转着转着转出了院子，带走了几根茅草。风走了以后，屋子里更静了。只听见三个人嚼东西往下咽的声音。六团本来没想上炕吃饭，她觉得别扭。但是婆婆叫她一起吃。她站在那儿犹豫的当口，鞠生也说了句"坐吧"，她就坐下了。但是她吃得很别扭。"大白猪"真是很肥，白花花的油搁进嘴里就化了，留下一股浓浓的香味。但六团还是吃得很不得劲儿。她两回下炕为鞠生盛粥。鞠生低下头呼呼噜噜地喝粥。六团偶尔抬起眼，看见他脑瓜儿顶上有白发。昏暗中的白发像一层灰尘。六团的心一震，"天爷"，她想，"他也有这一天"。昏暗中，三个人的眼睛像六个黑窟窿，点点光斑转瞬即逝，难以捕捉。

从儿子进了家门服仙就在想，他这是回来啦，是不？他不能一辈子不认这个家，不能一辈子不认这个家里的两个大活人，他总得认她们！这不，他还是回来啦。这是他的家呀，他总得回来，他不能一辈子不回来。服仙一直这么想着。

鞠生和他妈时不时地说两句话，说城里的猪肉和鸡蛋多少钱一斤，说他工作的店里卖过一种果子，吃了辣嘴，叫菠萝。服仙一边听儿子说话，一个人影子忽地在她眼前一闪，她想起了鞠生的爹，他爹吃着吃着饭就倒在炕上了。那不是头一次，也不是最后一次，炕桌还没撤下去，他已经衰弱地面朝墙躺下。后来他就开始吐，把生命一点点地吐出来，吐到地上。服仙用灶灰把他吐的东西盖上，撮出去，倒进粪坑里。最后他吐光了，就完事了。鞠家老二死的时候，媳妇服仙二十一岁，儿子鞠生三岁。从那时候到鞠老爷子一九四七年过世，服仙母子俩一直和老爷子住。婆婆早不在了，服仙侍候公公侍候到他死那天。

鞠家三个兄弟加一个闺女，鞠生是头一个生下来的后代，又是个孙子，又从小没了爹，鞠老爷子因此更疼他一些。后来鞠生大了，书读得很好，只是不爱说话。

鞠生十来岁的时候，屯子里来了个唱二人转的戏班子，那些极其艳丽的衣服和脸蛋儿，粉和绿色的搭配，给鞠生留下了强烈的印象。

那两天空气从早到晚微微颤动着，女人们走路的样子都与往日不同，显得婀娜多姿，散发着一种猥亵的气味。当一声尖锐的唢呐刺进人的胸膛时，血液突突地奔涌起来；一道道眼风像鞭子抽在人身上，火辣辣地难耐。“姐儿呀花园中绣丝绒呀一个呀儿哟，一只蜜蜂它蜇我的嫩手心儿呀，甩手丢了金戒指儿呀，金戒指儿呀不哇是呀值呀钱的宝哇一个呀儿哟，那本是我的那情郎哥儿给我买的呀啊一钱零三分儿呀，要哇是啊老头儿捡了哇去呀，到我家炕上喝几盅儿呀，我认个干亲戚儿呀，要哇是呀小伙儿捡了去呀，要什么玩意儿我都乐意呀就是不能拜天地儿呀一个呀儿哟……”随着一阵阵的哄笑，欲望腾空而起，把鞠生白白的小脸儿辉映得直放红光。

瘦小枯干的服仙变得无比轻捷，在鞠老爷子眼前飘来飘去，忙着干活儿，一边哼着春季里呀桃花红又红哇孟姜女呀寻夫哭奔长城啊。没有人注意鞠生放光的小脸儿，连服仙也不曾留意。老鞠家谁也没有想到后来发生的事。后来，以至数十年后的人命案都可以追溯到那两天。当时真正的事实是戏班子来了又走了，而老鞠家十九岁的闺女兰头跟着他们一块跑了。一九四七年鞠家老头子去世时，兰头回来奔丧，那时她已经在城里落了脚。那年鞠生十六岁，他看到从外面回来的姑姑的时候，心中生出一种奇妙的感觉。由于姑姑的离去和再次出现，他恍惚地看见一条路伸展开去，出了大栗堡子，伸向遥远的陌生的地界儿。那时候鞠生已经和六团订了婚了，本来他应该已经结了婚的，为了让爷爷在去世前能看见孙子媳妇。可是婚事没来及操办，老头子就归西了。那么三年之内鞠生是不能成亲的。

鞠生并不急着成亲，他没见过六团，对她没有任何渴望。他只知道六团是服仙娘家舅舅那面的亲戚。六团家里不富裕，孩子多，六团是老六，下面还有七团、八团，能嫁到大栗堡子老鞠家自然是门好亲事。

服仙说六团长得不丑，人性好，老老实实的一个闺女，而且能干活，鞠老爷子听着无力地点点头，混浊的眼睛望着窗外的泥地。服仙问："爹，你要不要见见？"鞠老爷子仍然望着泥土地，无力地摇了摇头。那时天已渐渐凉了，老鞠头儿就愿意靠在窗根儿底下晒太阳。他闭着眼或蒙眬地睁着眼，随着身体一点点地晒透，暖和起来，灵魂也一点点地在深秋的阳光里消融。

那天鞠生走进院子，走过爷爷身边，他看见一只金黄色的小虫儿飞呀飞呀，落在爷爷的眉毛上，又飞起来，落到爷爷的嘴上，落定不动了。他瞅了一会儿，忽然叫了一声"爷！"而爷已经走了。

鞠家老爷子死后，老鞠家就分家了。服仙分的地很少，她和鞠生得着了老爷子住的三间房。

老鞠家的闺女兰头回来了又走了。一段时间鞠生常看见一簇簇不知在何时何地摇曳着的桃花。冬天，巨大的不断吼叫的北风刮起来了，人一出门就像撞在一堵墙上。一天中的大部分时间里，男女老少都待在火炕上。鞠生坐在服仙对面，看服仙搓麻绳，搓好了能卖钱。他打了个盹，后来突然惊醒，他发现外面的地上一片白，下雪了。他冲服仙说：我要找我姑去。服仙一愣，觉得耳朵不好使，没听清，鞠生又说了一遍“我想看我姑去”。

谁也没想到这就是永远的离别，鞠生从此脱离了大栗堡子的轨道。三年以后他被叫回来和六团成了亲，然后又回城里去了。

服仙看着儿子喝高粱米粥，也看见了鞠生头顶上的白头发。她想，他这是回来啦！闹腾够了的时候就回来了。她其实已经不大习惯家里待着个男人，她也不知道怎么和儿子说话。可她心里还是高兴的。他们可以不说话。

吃过饭鞠生就出门了，六团刷锅刷碗收拾起炕桌，然后把脏水朝院儿里一泼，一片银光从她手中飞洒出去。她一抬头看见黑洞般的夜空中那一牙白晃晃的东西，不知为什么觉得不吉利，又想了想，想起她该给鞠生铺被。

六团把西屋的炕扫干净，从箱子里拿出那床被，它在箱子里放了二十几年，二十几年里只用过有数的几天。被面上有两只凤凰，六团到今天还记得她头一次看见那两只五彩的凤凰在硕大的牡丹花丛中飞舞的时候，她的心猛地胀大了，这被面实在太鲜艳太好看！她活过的十八年一下变成了灰秃秃的千疮百孔的烂棉絮，这被面照亮了六团的新婚之夜。

现在被子又凉又硬，六团用手摩挲着。今夜她会和鞠生躺在一处吗？也许不是今夜，或者是明天，或者后天。她胸口闷得喘不上气，她被巨大的困惑罩住了，仿佛被关在漆黑一团的屋子里，什么也看不见，什么也不知道，可又知道有一件异乎寻常的可怖的事情正在寂静的黑暗之中潜藏着。

六团回到东屋，服仙还坐在炕上，叼着烟袋正抽烟呢。服仙对六团说："去你三叔那儿遛遛。"六团于是知道鞠生去三叔家了。六团说，不去。服仙问她为啥不去，六团说："去干啥？"服仙不说话了。

六团又说："你要去去呗！"服仙不吭声，紧吧嗒了几口烟，然后把烟袋锅子塞到六团手里，就下了炕，趿上鞋出屋，到屋后解手去了。

过了会儿，六团也跟到屋后，在暗影里蹲到服仙身边。这时，庄稼地里的虫子起劲地叫着，风一阵阵地卷过玉米地，卷起海浪般的声响。在一浪与一浪的间隙，虫子的吟唱听起来和谐而又欢快。有那么一会儿，墙根儿的阴影里蹲着的两个人沉浸在一无所思的状态之中，成了这月明之夜的一部分。后来她们一起站起来，把用过的苞米皮子扔在地上，系上裤子回屋了。白花花的苞米皮子在夜风中轻柔地翻滚。

那天晚上当服仙和六团躺在东屋炕上时，鞠生没有回来。六团该睡在哪儿的问题根本没有提起，她们和每天一样地躺下了。

这时服仙觉得需要说几句话，把心里想的告诉六团。但是她没直说，而是问六团："你说，他这回是干啥来的？"

六团答："谁知道呢？"服仙不爱听，又说："我问你哪！"六团说："问我？他又没跟我说我上哪儿知道去？"服仙想了想也是，她就没生气。后来她还是把她想说的话跟六团说了。她的话都是嚼来嚼去已经如同渣子一般，只是因为鞠生回家来这个事实，这些话才又有了滋味。服仙说："你瞅见没瞅见，这个不是东西的，他回来了不是，他没招儿了，没咒儿念了就回来了不是。"六团说："回来干啥，他咋不死在外边。"服仙说："他能死在外边吗，又不是野狗。是个人就总得家来。"六团说："他能算人？狗都不如！"服仙叹了口气，"人都到家了，安生点儿吧。"

六团"哼"了一声，说："人是进了门儿，谁道他肚里揣着啥，是要放火呀还是要杀人哇！"

"胡吣！你个缺心少肝的。"服仙骂道。

六团忽然鼻子一酸，她猛吸了口气，一笑说："弄死我，他好外边称心得意去啊！"

服仙停了半晌："你没瞅见他脑瓜顶子上都白了？"

六团说："没瞅见。"

服仙不理她，接着说："谁都有收心的时候，人一到岁数就全明白啦。"

六团问："明白啥？"

服仙说："明白你是他媳妇，我是他娘。"

那天夜里，六团突然醒了，一睁眼就见那个雪白的半拉月亮正照着她，把她吓了一跳。接着，死一般的寂静也让她觉着心慌。她扭头看看服仙，服仙还在她身边，只是听不见喘气的声音。她忽然想服仙是不是死了？这突如其来的念头使她心跳得山响，她拼命憋住气，才透过自己的心跳声听见服仙的呼吸。这时六团想起来了，这屋里多了一个人。她翻了个身，然后又翻回来，她渐渐觉得渴，渴得难忍，她于是知道自己是渴醒了的。她立刻想到那个肉罐头，油太大了，不然不会渴醒了。

六团翻身下炕，悄悄提上鞋走到灶间。水缸就在门边，舀子在锅台上。她拿起水舀子伸进缸里舀水，水声在水缸里震响，使六团浑身一颤。她捧着一舀水等待响声平息。响声很快消失了，四周又归于死寂。六团咕咚咕咚大口地把水喝下去，她觉得这咕咚声也很大，可她管不了这些了。一舀子水喝下去，六团喘了口气，用手抹抹嘴，她觉得舒坦了许多。

鞠生一直没睡着。他怎么也睡不着。他一会儿闭上眼，过会儿又睁开，寂静始终像一只小虫在他耳边扇动羽翼。他听到了猪在拱圈，窗纸轻轻地鼓动了几下，似乎还听见哪家灯芯的爆裂声。回来看到的一切都让他胸口发堵，干吗非回来呢？就那么过下去不就得了。服仙是他苦命的娘，但看见了和没看见仿佛没什么两样儿，不，还不如不看。他咬了咬牙一动没动地继续谛听。

夜很凉，一朵浮云的阴影无声地掠过村中的小水泡子，掠过静静地坐落在大地上的村庄，向远方的田野移去。

在一片沉寂之中，冷不防传来一声狗叫，六团一惊，心里骂道：杂种肏的死狗！她知道她这么偷偷摸摸做贼似的，是因为屋子里多了一个人。这么说，他真是回来了，她总算把这一天等来了，她算是熬到头了。以后呢？以后六团要和在西屋炕上睡着的那个男人过日子吗？她答不上来。二十几年了，他头发都白了，他在外面折腾得也够够儿的了，耍腻歪了，就回来了，回来好让六团伺候他。六团是扔在炕头上的破枕头，不想用就踹到脚下，要枕了就拎过来枕枕。过了二十多年，他想起还有这么个破枕头，还能用，可不就是这么回事嘛！二十多年了，六团不是一直给他伺候着他的老妈嘛！他一回来不是六团烧水做饭，还给他炒了鸡蛋嘛！想到这些，就像有人照准六团的头顶给了一棒子，一下把她打蒙了，她的脑袋里嗡嗡直响，腿一软，就坐在了锅台上。

这一辈子哇，她缓了口气，想，这个不是人揍的，一肚子的狼心狗肺猪下水！他还有脸回来哇？他怎么不撒泡尿把自己浸死得了！他也算个人，他也配有家！杂种肏的，他凭什么就进了这个门，端起碗就吃饭，他算个什么玩意儿！不是人揍的狗鸡巴肏的！六团这样想下去，直到心又被怨恨填得满满的，才感觉有了力气。她站了起来，想回屋接着睡觉去。但忽然间有一种感觉支配了她，很难解释这感觉是如何来临的。也许她男人头上的白发，灰乎乎的脸，从衣服里突起的消瘦的双肩都在她脑子里留下了印象。这时，六团忽然想看一眼睡在西屋的鞠生。她有些心酸，说到底那是她男人。

月亮这时又被游云遮住了，大地一片昏黑，天地间的一切仿佛混沌一体。过了一小会儿，样样东西慢慢分离出来，显现出树木、房子和道路，道路发出模糊的微光，向远方延伸，融入原野。

在这恍惚之间，六团推开西屋虚掩的门，门发出了吱嘎嘎的一声，与此同时，天上的月亮从云隙里脱颖而出，把大地照得一片通明。银辉之下，鞠生的脸是那样惨白，白得发亮。他的两眼一动不动地睁着，反射出两个月亮。六团吓得发呆，以为见了鬼。当她缓过劲儿来，她只想逃走。但是她听见鞠生的声音，他叫住她。

那天夜里，当六团被鞠生叫住，转回身时，她的心狠狠地撞击着她的胸膛，月亮那贼亮贼亮的光如同亿万个闪电同时在她眼前闪过。她觉得自己确实要晕倒了，连忙伸手扶住门框。

鞠生的声音说：别走，我有话和你说。

六团转回身后站着不动。

鞠生坐了起来，他冲六团看，可看不清她的脸，他就说："你坐下，别站着。"鞠生的声音很轻，显得挺柔和。六团的心撞得轻了，慢下来，退回到胸部的深处一下一下有力地震动着。

除此之外，一片静寂。

六团想：怕啥，我啥也不怕。她坐在了炕沿上，鞠生朝后挪了挪身子。他要干什么？六团又想，他要和我干那个事儿吗？六团的身体止不住地有些颤抖，她不由得开口问；“你要干啥？”

鞠生说：“我有话跟你说。”

六团说：“啥话，说呗。”

鞠生说：“我是得说。”

可鞠生还是没开口。有一会儿，寂静像迷幻药一样，麻醉了他们，月光和黑暗的界线把他们分开，他们不出声地坐着，甚至忘了身在何处。这一刻的静谧蕴藏着深沉的疲惫和厌倦。然后，一只臭虫爬过来咬了鞠生的腿，把最后的梦境毁了。

鞠生伸手“啪”的一下子把臭虫拍死，嘴上还骂了两句。六团问：“咋啦?”鞠生终于说出了他要说的话。

鞠生对六团说他回家之前先去了大三洼子，找了他多年前找过的在县上法院工作的刘赤库。刘赤库说他以前递的离婚状子早不知哪儿去了，让他重新写一份。他想了想没写，只写了份材料，是关于他和六团以前的离婚官司的，交给刘赤库了。他之所以没写状子是因为他想他已经有这么些年没和六团一块过了，这是人人都知道的。所以他俩总该能离婚了。六团总该同意离婚了。事实上他们已不是夫妻，以后也做不了夫妻了。

六团听着鞠生的话，身上开始哆嗦，到后来牙齿磕碰的声音都被鞠生听见了，只是他没有弄清这是什么声音。于是他问六团：

“你咋的啦？咋不吱声？”

六团咬紧牙关，她咬的是鞠生的肉！她狠狠地咬住，不松口。

鞠生又说：“这些年了，你难道还想这么着下去，这不明摆着是条死路！”鞠生还说了些什么，六团没听见，从她心的深处升起来一个节奏，那就是：你死去吧！死去吧！死去吧，死去吧，死去吧，死去吧，死去吧……与此同时，她又尝到了那种久违了的快感，那种隐秘的炽热激情，因为一个仇人被死死地攥在手心里了。

鞠生的嗓门儿升高了，急切而粗鲁：“你到底儿想怎么着！总不能这么一辈子！你会说话不会！你哑巴了你！”

六团极深极深地吸了口气，把就要喷发而出的悲愤压下去。她猛然站起身往外走，鞠生像动物一样迅猛地蹿起来，想抓住六团，但是没有抓住，摔下炕来。

六团被鞠生的身体掉在地上的沉重响声吓得一抖。她回过身，在淡淡的阴影中，看见鞠生头朝下撅着屁股趴在地上，衣服掀了起来，裤腰处露出一截白生生的肉。六团呆住了，但是当她明白出了什么事时，她浑身哆嗦着笑起来。她的笑是一种危险的濒临哭泣边缘的笑，她笑得差点儿也摔倒在地上。鞠生终于“哎哟”了一声，然后爬起来坐到炕沿上，这时六团转身冲出屋门。

六团扑倒在东屋的炕上，她依然浑身哆嗦。然后她开始哭了。起头她还是抑制地哭，但是当她感觉到炕头上的服仙毫无动静，甚至还发出鼾声，她就大声地随心所欲地哭起来。巨大的悲哀和成倍的屈辱都化成了眼泪和号啕。

服仙从沉睡中醒来，她听见一个女人在哭，她心头一惊，想：这是哪家死人了？她微微欠起头细听，她明白了是身边的六团在哭，她吓坏了。

服仙伸出手去摸六团，她摸到了六团抖动的身体，摸着了六团汗湿了的头发，又摸着了六团湿漉漉的脸。服仙不由得也哆嗦起来，她颤声问："咋的啦？咋的啦？"

六团哭得不能说话，哭得喘不过气，哭得五脏六腑都要碎裂了。服仙的心沉了下去。那天夜里，大栗堡子的很多人都被这号哭声惊醒，都想道：死人了！但是那会儿还没有死人。

在开阔的夜空中，月亮朗照。

服仙是在儿子走的那天失踪的。那天早上她问六团："黏豆包还有吗？"这话问得奇怪。因为黄米这时在地里长着，去年磨的黄米面已经吃没了。再说她家除了过年就再没包过黏豆包。通常服仙犯糊涂的时候六团就不理她。她糊涂一会儿就又变明白了。她因为糊涂也误过事儿也闯过祸。有两回六团从地里割麦回来服仙忘了做饭。有一回她坐在炕上抽烟，把烟袋往炕席上磕，把炕席烧了一个大黑洞。服仙从来不认错儿，六团要是怨她几句，她就恶声骂几句，可听上去既不是骂六团也不是骂自己。后来她时不时抽不冷子地就咒骂三两句，没有任何缘由。六团心想，她这是撒癔症。

在灰色的黎明时分，王队长像往日一样揉着他那双红眼睛走出家门。他咳几声，然后朝地上吐出两口痰，吸进几口冰凉如水的空气，之后扯开嗓门儿发出他那拖得长长的痛快淋漓的怪叫。他一面朝村头走，一面一声接一声地叫下去，仿佛他在忍受着某种难以名状的剧痛，又仿佛他为战胜这剧痛而发出欢呼。这是大栗堡子一天的开始。人们在梦中听见王队长的叫声，就从炕上爬起来。出工的人向村头走去。

六团那天也出工了。她知道鞠生一早要走，她不愿意看着。果然她干完头气儿活回来，鞠生已经离开家了。服仙问她“黏豆包还有吗”也就是那个时候。六团抱了几根秫秸烧了把火，把锅里的小米儿稀饭热了热，她问服仙吃没吃，没人答应。她进屋里看看，服仙不在，院子里也没有人影子。

据后来在村南头地里干活的人说远远地看见服仙往下洼那边去了。再后来又有一种传言说有人在孤家子船站见着过服仙，还有的说见她和一个男人在一块儿。那男人自然就是鞠生。又有一种完全不可思议的说法，说是看见服仙在烧锅的集上转悠过，而烧锅的方向与孤家子完全是两个方向，一南一北。

六团晌午从地里回来，锅里还是早上剩下的小米稀饭。屋里还是没人。她觉出有点不对劲儿，就到她大爷鞠启家去问，得到的回答是没人见着服仙。到六团后半晌收工回来，家里仍然没有服仙，六团真正觉得不对劲儿了。她家家去问，这才问出来有人一大早看见服仙往下洼去了这么个信儿。其他的信儿都是接下来的两三天里传来的。

太阳落了之后，四野立刻就暗下来。然而空气却更加明亮了。这一刻连远在天边的景物都清晰可见。六团走到村边，向那条往下洼去的路上望着。几十里地以外，在最后的黑暗来临之前，拉连河反射着铅灰色的天光，沉静而又舒缓地向天地的尽头移动。

那是一条宽阔而又荒凉的大河。十几天有一班船在孤家子船站停一夜然后开走。鞠生就是坐这班船走的。

六团想，服仙去下洼干啥？追她儿子去了？干吗要追他？她想不出结果，只觉得心里边很慌乱。很远的路上出现了一个人影儿，六团不由得迎上去。天色太暗了，她走了一段还是看不清，就喊："娘！娘啊！"那人走近了，原来是马六指儿的女儿连芬，她是到下洼她三舅家串门儿回来。六团问她看见过服仙没有，连芬说没看着。那会儿天已经黑下来，六团就和连芬一块儿回村了。

六团忘了吃饭，等躺到炕上才渐渐觉得肚子里空得难受，她想起还有剩的贴饼子，就去拿了一个，又上炕躺下。她嚼着凉贴饼子，眼泪流了下来，她哭了。六团就这么抽抽搭搭地哭着，把一个凉贴饼子一口一口吃下去。后来她就睡着了。

六团又等了两天，服仙仍然无踪无影。屯子里议论纷纷，人们大多认为服仙是跟了儿子走了，上城里去了，把六团撇下了。

不然这么一个老太太能说不见就不见了，能插上翅膀飞了吗？这种议论一开始是背着六团的，但是六团还是听说了。她不信，她心里明白，这不可能。

那夜服仙听到六团揪心扒肝地号哭，她不由得哆嗦起来，她的心沉下去了。她知道完了，这下子完了。可是她哆嗦着，哆嗦了一会儿，然后就又睡过去了。反正后来六团又怎么着了她一点也不知道。她做了个梦，梦见家里的猪圈塌了，把猪砸死了，死了的猪被扔在一块空地上，她走过去，看见成千上万只苍蝇在嗡嗡地飞，像一团黑云；接下来不知咋回事她也倒在地下，一只大公鸡踩在她的胸口上，爪子像铁钩子一样抓住她，她喘不上气，觉得自己要死了，这时候她看见那只死猪张开了它的小眼睛，吧嗒吧嗒眨巴着，盯着她看，服仙忽然一下子坠入了地狱的深渊。那里一片灰白。

第二天起来，服仙一直不说话。她独自一人的时候就拼命回忆那个梦，想啊想啊，她终于想出了一个解释，鞠生是属鸡的，踩在她心窝上抓她的不是别的玩意儿就是她的亲儿子。而鞠老二是属猪的，那对忽然睁开的小眼睛是她男人从死界那边招呼她呢。服仙越想越怕，越伤心，就坐在炕上呜呜地哭起来，连哭带骂，骂鞠生这个狼崽子，一辈子不让她好活，又骂他那个死鬼爹，也一辈子没让她好活。哭着哭着停住了，她觉得忘了件什么事，就下了炕，走到屋门口又转回来，她想不出忘了什么事，看见炕头的烟管箩，她想起来了，她想抽口烟。

六团在自留地里干活，当她直起腰时，她看见鞠生从地头走过去。鞠生没有看见她，鞠生根本不知道这块地是他家的自留地。他走得很快，匆匆地朝大三洼子的方向去了。看着他的身影一点点变小，有一会儿六团非常想能采取什么行动，她恨不能手里攥着的不是小耙子而是把刀！六团想看到鞠生死，多少年来这愿望像潮汐一样时涨时落。一直到鞠生走进小树林消失了，六团仍然站着。她面颊肿胀目光阴沉，每根神经都绷得微微颤抖。如果一只野兽想袭击什么猎物的时候，就会是这样。

六团无法再弯下腰耙草，她回家了。

六团回到家时服仙正盘腿坐在炕上抽烟袋。服仙问："干完了？"六团没有理她。片刻的沉默之后，六团忽然恶毒地冷笑了几声。服仙问："你笑啥？"六团说："我笑他找死。"

服仙有点儿疑惑，也有点不安，"你要咋整治他？"

六团说："我想怎么整治就怎么整治。"

六团说着上炕拉过一个枕头就躺下了。

服仙问她："怎么大白天的躺下了？"

六团说："想歇着。"

服仙又问："哪儿不得劲儿了？"

六团说："哪儿都不得劲儿。"

服仙再没说什么话，她出门了，也不知上哪儿去了。留下六团一个人在炕上躺着。六团后来迷迷糊糊地睡着了。她确实觉得人很难受，头疼，眼睛又酸又涩，脖子发硬，耳朵里嗡嗡直响。她于是就睡过去了。

太阳在天空中缓缓地运行，照耀着小树林、庄稼地、河流和村落。所有的生命由于附属于太阳，也在缓缓地转动着。六团睡得很深，也可以说很香，完全没有噩梦来打搅她。当她静悄悄地醒来，她觉得自己死过去了一段时间。因为这时她发现太阳已经转到西天了。她听见有人在说话，不，像是有人在西屋里哭。六团爬起来下了炕，从东屋出来，绕过灶台出了门，到了西屋的窗根底下，慢慢地蹲下身子；这一切她做得那么轻，几乎完全没有声音，宛如梦境的延续。

服仙在抹眼泪，发出像打嗝一样的哽咽声。鞠生也坐在炕上。他怔怔地看着面前的服仙，眼眶里凝结着泪水，但是没有流出来。他不想哭，他不知该为谁哭。

服仙抬起发红的眼睛，眨巴了两下，“非离不可？”

鞠生点了点头。

服仙说：“咋离？你说得轻巧，你离不成！”

鞠生呆了一会儿，嘴上浮起一丝冷笑。

服仙不明白，问：“你还笑？笑啥！”

六团心想：他还笑了！这个该杀的！让他笑！

鞠生说：“离成也好，离不成也好，横竖我铁了心。这日子我够够儿的，不成死尿！”

服仙倒吸了一口气．张了张嘴，死死地看着鞠生，她的儿，“你，你就不怕她当真杀了你！”

鞠生问：“谁？”

血轰地冲上六团的头顶。一片隆隆声中，她听到了鞠生的声音：“她！鸡巴毛她敢！我先弄死她！”

接下来屋里屋外一片死寂。三个人都费力地喘息着，如同藏匿在密林中的受了伤的野兽，悄悄颤抖。

终于鞠生开口了；他告诉服仙今天头晌他又去找刘赤库了。刘赤库记差了，说：你们的事儿闹腾十几年了吧。鞠生告诉他是二十几年了。这么些年不一块堆儿住，该能离了吧。刘赤库说按说是，可谁能证明他和六团没同居？

服仙又不明白，“证啥居？”她问。

鞠生说就是证明我和六团没睡过。

服仙“哦”了一声。

“杂种肏的，”鞠生骂，“他和他娘们儿夜里咋睡法儿谁证明？”

服仙寻思着，忽然笑起来，逐渐笑出了声儿。六团在屋外听见吓了一跳。

望着服仙笑得前仰后合，脸裂成八瓣，鞠生也蒙了。他不安地问：“娘，你咋的啦？你笑啥呀，娘！”

服仙什么也没听见，只管笑她自己的。她笑的事儿和眼前的事没有一点儿关系。也许有关系，但是什么关系她不知道。她笑的是多少年前，半夜里她肚子一阵疼，疼醒了，她爬起来下炕就跑，连鞋也来不及穿了，从公婆住的窗根儿前跑过去，刚拐过山墙，就听见一阵吭吭声，就是那种男人干事儿的时候发出的声音。服仙猛下子站住了，忘了肚子疼，吭吭声高一声低一声的，没有个完，服仙听得浑身发软，下身麻酥酥的，觉得一阵阵地想撒尿。最后她憋不住了就跑到屋后撒尿，结果她看见公公正蹲在屋后"吭吭"呢。那天他们家也不知吃了什么东西不合适了。

服仙越想越好笑，就像这事儿刚刚在眼前发生。鞠生又连着叫了她好几声，她才醒过来，渐渐不笑了。鞠生问她笑什么，她想了想，连自己也糊涂起来。有啥招笑的事儿吗？然后她想起了刚刚鞠生说过的那些话，她就说："六团死也不会跟你去。"

鞠生说："我知道。我也不用她去。"他停了一下，叫服仙一声，"娘！你去不成吗？你去和刘赤库说说，你证明得了。"

服仙说："啥？你说啥哪？"

鞠生的声音有点嘶哑，"我求你了，娘！"

服仙没有出声，又坐了一会儿，然后站起来要走。鞠生提高了嗓门儿，"娘，别走哇！你倒是说，成？还是不成？"

服仙说："这事你甭想。"

"为啥？"鞠生问。

服仙说："你走你的，我和六团过。"

鞠生说："你和我过不好吗？"

"咋过？"

"跟我走，上城里，早早儿我就想着接你去了，我是你儿，你是我娘呀！"

服仙看着鞠生，目光混浊而湿润，然后叹了口气，说："等下辈子吧。"说完这句话她离开了西屋。

服仙到了东屋，一看六团不在。她向院子里望了望，也没有六团的影子。这时，和她一墙之隔，六团背靠山墙站着，为了咬牙忍住不哭出声，她的身体抖得很厉害。她刚刚听到的话都是服仙曾经对她千百回说过的，但这一回当她听到这几句话时，她只有一个念头：跪下给服仙磕头。

当她终于能控制住自己了，她就用袖管抹去满脸的眼泪，走进东屋。她什么话也没说，因为她的嗓子眼儿发堵，像吸满了尘土。她站在服仙面前瞪着服仙，服仙也瞪着她，接着，六团"扑通"一声跪到地上，泥土迎面升起来，接住了她满是泪痕的脸。

拉连河从来都是那么宽阔。风吹过河面，又吹过平坦的原野，水的涟漪和大地的绿色涟漪联结起来向天边滚动。大地光裸的日子，河水在阳光下闪烁，发出炫目的白光。灰褐色的大地上因此有了一条闪亮的曲线。船的暗影无声地滑过。

六团来到江边时还不到晌午。她已经好久没见这条河了。从孤家子船站顺着河往下走四十几里地，就能到她娘家了。她娘家的屯子离着这条河有五里地。小时候，夏天她和小姐妹们结伴到拉连河洗澡。冰凉的水流冲刷着她时，她抱紧双臂，身体兴奋地战栗着。小姐妹们彼此撩水，尖声叫着。六团只是笑。当姐妹们都向她进攻时，她就猛吸一口气，蹲下身子，沉入水中。多么美妙而幽深的沉没！她能看见银色的水泡一排排地上升。当她最终从水中猛地蹿出来，她感到自己把阳光和风全都吸进了身体里，这时她因欢乐而尖叫了。她们在江边高高的茅草丛中穿上衣服，牙齿一边止不住地打战。风从大片的茅草上吹过，茅草摇曳着，触摸着她们晒黑的皮肤。这些被水流冲刷过的姑娘是那么新鲜。黑头发上滴着水珠，眼睛也像水珠一样晶莹地闪亮。

六团走进孤家子船站。这是一座红砖砌的大房子。只有政府的房才可能是用砖砌的。离它不远，更靠近江边有一座小土屋，已经很老了。可能最早孤家子就指的是这间土屋。它原来是摆渡人的家。现在归了公，堆东西用了。船站的人住在离江边很近的一个小屯子里。这个屯子现在叫孤家子。

已经第四天了，服仙还没有回家。六团慌了，这老婆儿能上哪儿？死哪疙瘩去了？

六团走进候船室，就是那间红砖房。门是关着的，她推开门走了进去。里面没人，只有横七竖八摆着的一些长凳。售票的小窗口也关着。六团走过去伸手推推，小木窗“吱呀”一声闪开条缝。这时六团身后传来一个声音："你干啥呀，这会儿不卖票。"

六团猛地转回身，看见墙角里靠着一个男人。

就是通过这个人，六团弄清了船站的章程。她一直等到了卖票的时候，找到了卖船票的人，但是没有得到关于服仙去向的任何说法。来船站买票的、打听事儿的、准备上路的一些人都知道了六团要找一个六十多岁的老太太，什么模样儿，就都帮着想来想去。后来卖票的又说他像是见过一个老太太在船站蹲了一夜。可是先头的那个男的反驳说不是老太太，是个老爷子。当六团问起鞠生时，卖票的不记得这么个人。难道服仙真的跟鞠生走了？要不就是鞠生把她骗去了？这念头像火舌那样一下一下舔着六团的心。

第二天六团又到烧锅镇上走了一趟。烧锅镇那天没有集，但街上也有些卖东西的，几个店也开门。六团该问的人都问了，还是没有什么着落。倒是有个在合作社里扯布的姑娘说看见过个老太太，说老太太站在柜台前边看花布来着，好像还扯了一块布。再一想，不对，扯布的是个大婶子，老太太只是站在她旁边看，两个人好像还说话来着，说的什么她没留心。后来两个人好像一块走了，也许她们认识，她不知道，要不就是那个女的先走的，老太太跟着她出去的。

六团站在合作社卖布的柜台前，她想这儿的花布花样儿真多，有一块蓝底带小白点子的真中意，夏天做件褂子多好。她又看见了那些做被面的花布，鲜活得晃眼，她的心却一暗。她不再想到花布和小褂了，她感觉到那种又愤怒又害怕的情感。她很心慌。

六团躺在炕上，她睡不着。很多年没有一个人睡过觉，服仙总在她旁边。她独自一人躺在那儿，心中茫然，什么主意也没有，像个空洞。这时，她这一辈子的许多事儿从黑暗中悄悄钻出来。不是想回忆，平日里她也从不回忆。她生命的河床里全是淤泥。但是今夜，记忆之泉却喷发而出，从干裂的淤泥之下。

也是这么样的一个晚上，有月亮，很大很亮。她记得很清楚，她起来去屋后解手，大月亮把院子照得白花花的。她的心咚咚地跳着，她想看看院子里藏没藏着人，可她又不敢看。她伸手把屋门带上，半掩着。这个动作也许是有意识的。她绕到屋后，蹲下，可是她尿不出来。她就蹲在那儿，蹲了半天，后来她站起来，系上裤子站着，又站了半天。她浑身一阵冷一阵热，系裤子时手直哆嗦。但最后还是往回走了。她看见屋门开着，黑洞洞的。当她看见原本半掩着的屋门黑洞洞地开着的时候，她几乎昏过去。那时服仙不在大栗堡子，去城里看儿子去了。

曾经鞠家三婶子问过六团："六团呀，你想不想你男人？"

六团撇嘴说："想他？才不想呢！"

她三婶子抿嘴一笑，抽了两口烟；坐在一边的鞠老大家的大媳妇枝子忽然问她："那你想不想男人？"

六团一下子弄了个大红脸，由于不知所措，眼睛也变得水汪汪的。

三婶子就笑了，“别埋汰咱六团了。人家的身子跟黄花大闺女差不到哪儿去。”

六团缓过劲来，扑上去打枝子，尖叫和喘息使六团完全放松下来，暂时地忘掉了一切。那时候六团二十五六岁。

六团想男人吗？她不知道，确实不知道。应该说回答这类问题对她是困难的。世上也许有一类女人是不渴望男人的，她们只是属于男人，归男人所有。那么六团就是这样的女人。她属于鞠生，这是她生命中最最明确的事。然而她唯一见不到的是她属于的那个男人，她被其他的男人包围着。

那回服仙一离开大栗堡子，大栗堡子的空气就起了变化，这是六团隐约能感觉到的。这时围绕着六团的是一种危险的散发着淫欲的空气。六团只想到这危险来自外界，来自男人，可她没想到也不敢想危险在她自己心中。她觉得害怕，但又不由自主地兴奋，她不懂这是兴奋，所以她以为她怕得很厉害。有时她一边和女人们唠嗑，没什么缘由就笑起来，旁人就笑她，说她想鞠生想得撒癔症了。

那是服仙多少年来唯一的一回去儿子那儿。那时候正是鞠生因为男女作风问题受了处分，从大城市下放到小城里。服仙去看他是怀着强烈的意愿去的，想让鞠生干脆回家来。她去了约莫一个月。在这一个月的时间里，六团和庞沟子睡了。

老庞头住在村子正中，他家的房是村里最破的，屋里也是最脏的。老庞头有个儿子叫沟子。沟子生下来没多久妈就死了，沟子完全不记得他妈。本来沟子还有一个姐，叫花儿，在下洼的一个大水泡子里淹死了。那水泡子离拉连河不远。老庞头天生有腿疾，走路一拐一拐的，万幸沟子生下来没带什么毛病。所以到他十来岁的时候他就放猪了。沟子原名不叫沟子，因为一年四季里他老是光着脚，鼻子下面老是拖着两道鼻涕，有人看着说像两道沟，长流水，见了他就叫他沟子，就叫开了。

在炊烟缭绕的早上，沟子“喽喽”的吆喝声就在屯子上空一同缭绕。各家的猪一溜小跑从院子里迎出来，从东到西地聚合着，簇拥着沟子，在朝阳下扬起一片金色的尘土，向着亿万颗露珠晶莹的田野滚滚而去。他们早出晚归满世界地跑，他们很自由，而且总盼得到庄稼收割后的大好时光，那时猪上了膘，沟子心里也很快慰。

六团嫁到大栗堡子的时候沟子也就十几岁。他们俩常常一早一晚见面。那时服仙养着两头猪，一黑一白，六团刚开始认不出它俩，沟子认得清。他还给它们起了名字，白的叫大白，黑的叫卡力。后来大白和卡力都给杀了，又有了别的猪。沟子也都给起名。猪有了名字，沟子和六团也有了个说笑的由头。有过一头花猪，不像别的猪一肚子囊膪，一走三晃，这头猪肉紧，身子圆溜溜的，跑起来四个小蹄子嘚嘚有声。沟子先叫它“花儿”，叫得很亲热。六团给改了，叫它“二宝”，沟子叫了两天“二宝”，又给改了名叫“朝阳”，六团不理他，还叫“二宝”。傍晚沟子赶着猪回村，一见到花猪，六团就说“宝儿回来了，今儿个宝儿没饿着吧！”沟子听了渐渐产生一种说不出的感觉，觉得是说他呢。后来当六团说“宝儿来家啦”的时候，沟子就应道：“嗯哪，来家啦。”

有一天，他多说了两句，他问六团：“给咱做了啥好饭呀？”六团一下子没听懂。沟子笑着说：“听你一口一个宝儿，叫得我心里头怪热乎的。”六团这才明白，她的眼睛一黑，骂道：“扯你娘的狗臊！”沟子说：“骂得好！可惜我娘死了，听不着。”六团顺手抓起把扫帚，举起来冲沟子头上拍，沟子闪开两步，六团上前两步再拍，沟子伸手抓住了扫帚。两个人对视了那么一会儿，六团一甩手，松开了扫帚把，说：“不要脸的。”说完转身回屋了。那会儿沟子已经不拖鼻涕了，大概有十六七岁。

以后，六团就不大搭理沟子了，沟子还想跟六团逗嘴，可是六团不理他。沟子说些便宜话的时候，六团也不骂他。渐渐地沟子也不逗了。再后来两个人就变成谁也不理谁。除了一早一晚，在别的时候，别的地方碰上了也不说话，就像不认识似的。这是很奇怪的变化，最后就使事情有了另外的意义。

到了十八岁上，沟子他爹开始张罗给他找媳妇。但是老也说不成，因为他家太穷了。有几回女方来过人，可到庞家一看都不答应了。

沟子并不丑，个儿长得也不算矮，就是瘦，瘦得老像个孩子。村上的人看惯了，谁都不在意。可是六团在意。沟子越长高了，越像个青年后生的样子，他的瘦就越使六团感到他可怜。尤其是两个人相互不再说话以后，偶尔对视一眼，六团的心就一抽。

沟子当然知道六团家的事，知道鞠生不回来，不要和六团做夫妻，这使六团成了个特别的女人，她那双漆黑的眼睛也因此与众不同，里面可能有很多意思。沟子并不深思那些意思，他只是忍不住要偷偷看看六团。有几回他发现六团也在看他。

终于有一次，六团去打草，在林子边碰上了放猪的沟子。因为她背上的筐里的草堆得很高，像一座小山似的压着她，所以她什么都没看见，当她听见猪的哼哼声，她才意识到沟子在这儿。沟子叫了她："嫂子，歇歇吧。"六团的心紧跳了几下，站住了。沟子走过来，帮她把草筐从肩上拿下来，放到地上。六团站在那儿，掀起衣襟擦了擦下巴和脖子里的汗，露出了穿在里面的布兜。

沟子走到地头拔了根葱，三把两把剥得干干净净，把白生生的葱递到六团面前。

六团看看，说："不吃，吃了辣心。"

沟子说："不辣，这会儿的葱甜。"

六团还是不吃，"想吃你吃吧。"

沟子笑笑，就把一根葱吃了，一边又往地里走，给六团摘了个茄子，在衣服上蹭蹭又递给六团，“吃这吧。”

六团稍稍犹豫了一下，就接过茄子吃了。

两个人边吃边说话。沟子说六团真能干，一个人够多辛苦。

六团笑笑说：“心不苦命苦。”

沟子叹了口气，说：“谁命不苦哇，别往心里去就是了。”

六团想想，没说什么。她也轻轻地叹了口气。

四周很静，天边飘浮着乳白色的雾气，夏天的小风轻轻地吹着，也像在叹息，那一会儿，六团觉得挺不错。

六团把一个茄子吃完了，就说：“走了。”两个人就分手了。

以后，六团意识到她去地里干活时会不由得注意沟子在不在附近。有一次她去割草，走着走着就到了上回和沟子说话的地方。远远地瞧见沟子真的过来了，六团转身就往回走了。

咋回事呢？六团想。六团答不上来，她就去想别的事，想鞠生怎么对不住自己，怎么不是东西，自己怎么能整治他。她想：离婚?！做梦去吧！到死我六团也不答应，看你能有啥咒念?！想到这些，六团就觉得对头了，不再疑问，也不再担心会有什么事发生。但是，会有什么事呢？

女人们说话从来不避六团，也许有些话她们还有意要在六团面前说，让六团听不是走开不是。女人们说的都是夜里，当然也有白天在炕上发生的事，当然也有不是在炕上发生的。她们所谈的各种欢媾，六团从心里边觉得厌恶。但是她的身体却不由自主地有所反应。她们说弓棚子的一个老爷子和儿媳妇勾上了，老爷子劲足着哪，弄得儿媳妇三天两头找他，有一回他们在牲口圈里办那事让人抓着了，结果老爷子的那玩意儿一惊吓出不来了，结果只好把这俩光溜溜的大活人拿被子一卷，往公社卫生院抬，这一路哟……女人们笑得呀，一个个把眼泪都笑出来了。

她们发现六团并不像她们那样纵情大笑。于是她们就说：“咦，六团咋这么各色呢，咋整的？八成没亲眼瞅见心里边痒痒吧……”然后又是嘎嘎大笑，笑得东倒西歪，像一片遭了雹子的庄稼。

夜里，六团做了一个梦，梦见一男一女，他们的脸都很模糊，但是女人叉开了大腿，一只光脚耷拉在炕沿上，一抽一抽地晃动，这景象很清晰。还有一种声音，仿佛一个人被捂住了嘴呜呜地哭。这是一个令人窒息的热烘烘的梦。六团醒过来时发现自己脸上有眼泪，小肚子里面有一股跳动的湿热的东西，她希望再回到梦里，因为在梦境里她的感官正在释放出来，正在进入一种高亢的状态，但是她突然地醒了，一切猛然间停顿了，之后渐渐地平息下去。

有一回，公社放电影，越剧《梁山伯与祝英台》。六团和村上的人大老远都跑去看。六团完全听不懂唱的是什么，说的话她也同样听不懂，可她还是看懂了故事，并且被深深地打动了。记得那时天已经冷了，放映机射出的光柱里，人们呼出的气白烟一样翻卷着，消散在黑暗之中。

电影散了，人们从小学校的操场往外走，人挤着人。六团一直在想：祝英台这么俊俏富贵的小姐怎么也没好命呢？她想着，忽然觉得她的胸脯上有什么东西，在她还没有明白的时候，她的奶被用力地抓住，被狠狠地揉搓了几下。六团不由自主地叫了一声。在黑乎乎的涌动的人群中，六团发出的声音就像落水者的一声呼救。

人流在旷野上散开了，六团一无所知。她的奶被那只用力凶猛的手弄得很疼。她抬起手摸了摸，接着又摸了摸，她震惊于自己鼓胀柔软的奶，她的手留在了那儿。在巨大的冰冷的黑夜中，六团的一般感觉麻木了，她的心底恍惚间升起一股渴望，对那只男人的手的渴望。乳房里面有一股强烈的、放肆的激情，一种跃动着的激情，这激情随时准备一跃化为一种可怕的仇恨。

出什么事儿了？她想，她被欺负了，被男人欺负了，她这样告诉自己。就因为她没有男人，所以她就被欺负了。她呼叫的时候没有人救她。男人，那是一种可恨的、危险的、能伤害她又能主宰她的力量。她企望被主宰，可她的企望落空了。她本可以像祝英台那样，为了心里头的男人去死。死算得了什么？她可以立刻死在这漆黑的旷野上，让狼来叼她的肉，让老鸹来喝她的血。可是她没有男人，只有一只凶悍的粗手揉搓了她的奶！她的奶让一只王八羔子兔崽子的手抓过了！用刀把那只爪子剁下来，剁碎了，也难解心头之恨。

六团哭了，用被子捂住脸呜呜地抽咽着。服仙躺在她旁边，推推她，问她咋啦，出啥事儿啦？后来又问谁欺负她了。六团什么也不说，只是哭。哭就等于说了。服仙自认为她明白了，也许她确实明白了六团的心思。第二天，在村头，在队上的人等着一块下地之前，服仙去了，冲着所有的老少爷们儿，也不管还有几个小闺女在，她可着她的嗓门儿，可着她想得到的脏话骂开了。这个瘦小干巴的小脑袋的女人就像一只凶恶的鸟，用她的饿眼盯着一群腐尸。她就那么一个个地盯着，咒骂并威胁他们：小心着点儿，小心家里的房着大火，小心家里的小崽儿掉到水缸里沁死，小心天上的雷劈到脑瓜儿顶上，祖宗八辈儿的坟上冒青烟！

后来还是老鞠家的人把服仙给劝住了，拉扯走了。服仙一边走一边抹眼泪，连哭带嚷，回到屋里就坐在炕上喘气，过了好久才缓过来。

晚上服仙和六团并排躺到炕上。服仙说："夜儿个你哭了那一场，我就明白了，头午我在队上把话都挑明了，看哪个王八犊子兔崽子还敢！"

六团说："我听见说了。"

服仙问："谁跟你说的？"

六团说："哪止一个两个，个个都问我是怎么着了。"

服仙顿了一下："你怎么说？"

六团说："我说没怎么的，等怎么的了不就晚了，那就不是动嘴的事儿了！"

服仙说："中。他别的不怕，谁还不怕敢豁命的！"

黑暗中，六团咬了咬嘴唇，没再说话。

服仙就又开始说了，说她年轻轻的守寡多艰难。分家以后有过两亩地，后来解放了，地就分了。早先那两亩地请人帮种。六团问："谁呀？"服仙说："外村的。"她一直只说是外村的。六团问她哪个屯子的，她就说远了去了。那个远了去的外村来的长工想和服仙睡，她就拿了把刀，她说："你要敢近前一步，我立马拿刀把自己砍了。你信不信吧，不信你就上！"

六团听到这儿笑了一下，服仙说："我不是唬他，我当真砍了。"

六团就又笑了。

服仙说："笑鸡巴毛，你不是没瞅见过这个疤。"

六团说："嗯哪，瞅见过。"

服仙满意了，说："当时那血哇，顺着胳膊往下淌，你猜他咋着？"

六团问："咋着？"

服仙一笑："他小脸儿煞白，抹过头就蹽啦，蹽得再没见着影儿！"

这件事六团已经听服仙说过多少回了。服仙肩膀头上的那条暗紫色的疤她也见过。那道疤曾经使她血液凝固，也使服仙在那一刻变得像神鬼一样可畏。然后，慢慢地六团又知道了许多事儿。

她知道了解放后土改那会儿原本要评服仙地主的，起码也是富农，说她家雇了长工。服仙死也不认，去闹，去找人评理，说她一个孤儿寡母的，苦都苦不出来，难都难死了，怎么成地主了。闹到最后什么也没给她评，就评她个中农。鞠家那两个儿子、六团她大叔和三叔给评了富农。幸亏是老爷子死的是时候，分了家分了地，不然“地主”是跑不了的。

再后来，沟子告诉她的，服仙家的那个长工就是六里地外弓棚子老王家的人。土改的时候当上了书记，替服仙说了情，说自己是帮工，是情愿帮的，不是雇的，沟子还说是服仙找到他门上了，求他念念旧情，那爷们儿还真是有情义，真就帮了服仙。六团听了不信，说他们俩没那事儿，沟子就笑她，说：拉鸡巴倒吧，谁能跟你说这事儿，也就我。沟子还跟六团说他自己也是个有情有义的人，只要六团有难，他必定会帮。六团问现在那个王姓人哪儿去了，沟子告诉她，那人当了书记没两年就得暴病死了。沟子再三说自己是个有情义的人，叫六团信他的话。说这话时，他抓着六团的手，热乎乎地不放。

那夜，当六团到屋后撒尿去回来，看见她有意带上的屋门黑洞洞地敞开着，她差点儿晕过去。她早就知道要出事儿。

那夜，开始她插了门，后来又爬起来把门闩下了，过了一会儿又去插上。听见一点动静她就觉得要死过去。她恨不得自己能死过去，可是死不了，她的感觉比任何时候都敏锐。后来她听见了脚步声，或者可以说是她感觉到了脚步声。她知道有人推门，推了几下推不开，因为她把门插上了。

六团浑身打战地躺在炕上，她已经无法再忍受下去，不管她心里承认不承认，她必须开门。这就是她起来去屋后解手的原因。接下来她就站在大月亮地里，望着那敞开的门。她知道有人进去了，她知道那人就是沟子，她还知道她不会跑，不会去招呼人来，她什么法子也没有，只有一条路。

院子里一片雪亮，四外的田野也在微微发光。月光把六团的身影投在灶前银白色的方块里，她忘了关门，她走进屋去。

一只手猛地捂住了她的嘴，用力之猛使她的后脑勺撞在了门框上。一阵剧烈的疼痛使六团忘却了一切，只听见一个男人的声音说："别嚷，是我。"然后她感到一股热的鼻息吹到她的脸上。她的嘴仍然被捂着。疼痛缓解了，愤怒在她的心底觉醒起来，她张开嘴要咬那只手，但是没咬着，因为就在那一瞬间，手挪开了。

六团的上牙和下牙碰撞时发出"咯"的一声。就在这时，她的身体被一把抱住。她咬住牙关，开始拼死地挣扎。

这是一场必然发生的抵抗，但目的不是为了保护自己。它的目的就是动作本身，就是搏斗、厮打、用脚踢、用手抓、让头疯狂地甩动，每一个关节都在咔咔作响，都在强烈的动作和疼痛之后彻底地得到解放。起伏的胸脯互相冲撞着，一次比一次更接近吻合。呼吸像热风一样在耳旁一阵阵刮过。当六团一次次终于被压倒在炕上，她感到后背上的皮肉被炕席摩擦的刺痛；她还渐渐地感觉到全身的血热乎乎地在向一处流，所有的知觉也向着下身的那一处汇集，然后不断地膨胀，慢慢地爆炸开来。这是一种比她的反抗更强大更深邃的力量，于是她顺从了这种力量，或者说她把自己投入到这力量之中，她的身体像波涛一样涌动着，冲击着一个炽热而又坚硬的东西；又像是有一把锤子，一下一下地砸着她，把她的身体砸碎了，把她的心砸碎了，把她砸成了湿热的血肉，消融在黑暗之中，六团哭了，不知觉地呜咽起来。

一切都结束了，结束得很突然。沟子从六团身上滚下去，仰面倒在炕上。六团也突然止住了抽泣。除了喘气声，四下里什么声音都没有了。

月亮已经挪了地方，在天空中走了一段路。一只猪不知从哪儿来的，拖着黑漆漆的影子在村子里游荡。沟子忽然把手伸过来抓六团的奶，抓住了揉着，念叨着："可把我想坏了，嫂子，稀罕死我了。"六团啪的一下子把他的手打开。沟子干脆翻身凑上来，却突然十分痛苦地呻吟了一声。六团吓了一跳，惊慌地欠起身问："咋啦?"沟子一时答不出来，只顾着吸气，小声地"哎哟"着。六团推推他，"你是咋啦，说话呀!"沟子用手去摸自己的膝盖头，刚碰上就痛得缩回来，六团伸出手轻轻地去摸，她的手指头感到有点潮乎乎的，她把手指头举到月光里，这才看清手指头上沾的是血。

六团有点儿心慌，问："破了，咋整的？"

沟子坐了起来，挪到月亮地儿里，看见两个膝盖头都破了，血糊糊的一片，不由得骂了一句："鸡巴毛咋闹的！"六团一下明白了，不由笑了，紧接着心里升起一阵怜惜。沟子听见六团笑，也笑着问她："笑啥呀你？"六团说："你也特狼乎了。"

沟子说："我这是瞎子打老婆，打着一顿是一顿。"

六团说："呸！你哪儿来的老婆！"

沟子说："你不就是。"

"滚一边儿去！"六团扭身躺下。

沟子一扭身压住她，"当我是你爷们儿咋不中！"

"我有爷们儿。"六团说。

"拉鸡巴倒吧，那能算数吗？"

"咋不算，你说咋不算！"六团把沟子推开，盯着他问。

沟子想了想，"算倒是算，可你俩那叫荞麦皮打浆子，两不粘。不如你我，能一块堆儿睡。"说着沟子又要来劲，六团死命地用胳膊肘架着，用腿挡着，一下子碰着了沟子磨破的膝盖，沟子痛得翻倒在炕上。

过了一会儿工夫，六团轻声问："疼得轻点儿？"沟子扭过脸看着六团说："不碍事，就是腿折了，也挡不住我。"

暗影里，沟子的脸模模糊糊的，六团迟疑地伸出一只手去摸那张脸。沟子一把抓住她的手，把她拉过去。六团说："别急，我问你，你大号到底儿叫个啥?”

沟子愣了一下，“叫啥？我哪知道去，庞沟子呗。”

那天夜里，当沟子和六团又干事儿时，他们是亲热的，不幸的是他们被打断了。那只游荡的孤独的猪从敞着的大门进了屋，拱到灶坑里。六团听见响声吓得魂儿都没了，沟子也傻了。等发现是头猪的时候，沟子恨不能把猪捅了。他飞起一脚踢在猪的后屁股上，猪“吱吱”地叫了两声，蹿出门去。六团想到，刚刚那一切发生的时候，屋门居然没关，大敞四开着，她非常后怕。

六团总觉得有人在看她。每次回头之前心都一阵怦怦急跳，但是并没碰上背后的眼睛。偶尔碰上的时候，血就全涌到脸上，她只有立刻埋下头。这时候她就想，不能叫沟子来了，再不叫他来了。可有时，当她独自一人，她也能感到有人稀罕她的快乐。这种快乐并不强烈，是很朦胧的，但毕竟是温暖的。同时由于担惊受怕，她顾不上多想，顾不上对她和沟子发生的这种关系，对她自己的行为与后果有什么思索。她的生命中没有思索这样一种需求，也许这并不是人生存的一个条件。

有一回她和沟子唠嗑，又说自己命苦。沟子忽然冒出一句：“咋就不能离，离了我娶你。”六团就愣了。沟子又说：“像这么着，好好的一个媳妇儿不白糟践了。”六团还是不吭声。沟子问她：“咋的啦，寻思啥呢?”六团只是笑了笑，说：“我寻思你是想媳妇想得犯魔怔了。”

后来沟子打起呼噜来，一声声，匀匀实实的。六团撑起脑袋看着他，她心里很乱，像缠了一团的乱麻。有一会儿，她想：难道沟子的话能是真事儿？能吗？她和他……但她很快就找到了那根线头：不能。之后思路就顺畅起来。头一条，服仙就不能答应；再一条，她自己的脸往哪儿搁？屯子里的人不得认准了她是骚屄烂货，活该鞠生不要她。这样的臭娘们儿还不坐地儿就把她离了。想到这儿，六团的心里咯噔一下子，吓了一跳，鞠生不正巴望着有这么一天嘛！他巴不得的就是把六团蹬了，那他不就美上了天了。六团的脑子里开始嗡嗡直响，身上也出汗了，好像一切都已经成真了，鞠生终于把她给离了，她不是鞠家的人了。她悄没声儿地哭着，鞠生却乐得要命。这时，六团又看了一眼身边的沟子，这个穷得连媳妇也娶不上的人，在她的炕上睡得正香，还做梦说要六团离了给他当媳妇，他的脑袋瓜子是怎么长的？不是成心要祸害人吗？

沟子被六团推醒之后，打着哆嗦朝自己家走去。这个时候一只公鸡打鸣了。天还黑漆漆的，看不见一点儿拂晓的光亮。但公鸡却一声接一声地叫，因为它闻到了田野上、小树林里已经悄悄聚集起的蒙蒙白雾，它的叫声划破寂静的冰凉如水的空气，天和地都听到了那只公鸡的啼鸣。

服仙失踪的第七天头上，六团下了决心。必须上城里去找服仙，上鞠生那儿去找她的婆婆。那天早上起来她忽然想起一件事，钱。服仙有一个小塑料夹子，里面放着钱。那是每年春节前后鞠生给寄来的，有时候十块有时候五块，也有过一两年没寄的。服仙尽力地不花这钱，可有时实在需要也花过。她用这钱给六团买过一把梳子，一双尼龙袜子，给家里买过一个笸箩，因为旧的那个破得不能使了，老鞠家她大侄儿成亲，她送过礼钱。服仙究竟攒了多少钱六团心里没准数，但她约莫有百十块钱。服仙一直把那个装着票子的塑料夹子放在大箱子下面，可六团把大箱子翻了个底朝天，也没找着那个塑料夹子。她本来想找到钱买船票车票什么的。她又翻了所有她觉着能藏住东西的地方，出了一身汗，也没有结果。疑团从她心底升起，使她迷惑愤怒。最后当她坐在炕沿上发愣时，整个房子，整个这个家，每一样东西都是可疑的，似乎都在和她作对。一时间她恨不能点上火把房烧了。因为她已经确信服仙是和鞠生一块走了，而且是商量好的把她扔下了。她看见了一幅景象：一个女的涎着脸走到服仙面前叫了她一声娘，服仙没搭理她，那女的又叫，还给服仙端了碗糖水，服仙喝了糖水就答应了。

这个女人六团想象是狐狸精变的，专勾男人的魂。后来知道是个真的人，鞠生就为了她给下放到一个小地方，离开了大城市。她弄不清那女的是否也跟着去了。服仙那回去看儿子，回来说两个人早断了，六团相信了。可现在她才明白，服仙骗了她。一定有个女人和鞠生一起，这会儿服仙也和他们在一起了。

六团心里又恨又怕。她怕不明不白地一个人活着。她本来坚信她和婆婆代表着老鞠家的正宗，她们的根基是不可动摇的。她们将收留鞠生这个浪子，他若肯回头的话。可服仙的失踪使一切起了变化，一开始她还没意识到，现在她醒悟了鞠生的阴险。他把服仙弄去和他过日子，看她六团一个人怎么个活法。六团一边收拾翻乱了的东西，一边咬着牙根儿想，如果他们真就这么走了，那她还有这鞠姓的房子，她相信房梁、檩条、锅灶、柜子都姓鞠，就是鞠家。她住在这儿，她就是鞠家的人，这是不可改变的。可她接着想，要是他们又一块回来了呢，带着另外那个女人？这不可能。要是那样，他们老鞠家可真是没脸了，服仙更没脸见大栗堡子的人，不如一头扎到粪坑里沁死得了。

六团是死也不会离开大栗堡子的。她没处可去。她姐妹几个早都嫁出去了，一个哥养着爹妈。哥有五个孩子。她回娘家时就和爹妈还有两个侄儿挤在一铺炕上，哥嫂领着三个侄女睡一炕。大侄子去年十六，当六团看见他脱了光膀子钻进被子里，她猛然间想起了沟子。那个半大不小的后生和她睡在一铺炕上，中间隔着爹妈，六团还是闻见了一股陌生，但又不那么陌生，令她心酸的男人气味。

天色大亮之后，公鸡打了个盹，悠闲地在屯子里踱步。六团在井边上碰上了老庞头。那时她正摇着辘轳把水桶吊上来。大栗堡子的井很深，六团一下下摇着，随着水桶缓缓升起，井里传出无限空洞的响声。

六团一抬头，看见老庞头挑着副空桶走到近前，她脸一热，叫了声庞叔。老庞头眯缝着眼望着她，却不搭理她，像是什么也没瞅见。六团低头把满桶的水拎起来放到一边，把另一只空桶挂在钩子上，手一松辘轳，水桶就像块石头一样坠落下去。辘轳把儿飞转，一下一下地打在六团张开的手掌上，就在水桶马上要接近水面，就在那个最确切的时刻，六团的手迅疾而有力地抓住辘轳把儿，水桶就轻飘飘地浮在水面上了。六团拽住井绳，手腕坚定地一抖，水桶翻进水中，沉了下去，然后她握住辘轳把儿一下一下地摇起来。这一切六团做得那么干脆利落，像个男人。不管什么活计六团确实都是顶个男人干的。不知为什么，这更加激怒了羸弱不堪的老庞头，他冲着地上狠狠地啐了一口："呸呀！小屄养的，睡，可劲儿地睡，想进庞家门儿，别埋汰我了！"说着又朝地上啐了一口，就啐在了六团的脚边上。

六团愣了，手不由停住，水桶沉甸甸地忽悠着，她的心也忽悠忽悠地往下坠。猛然间，她想撒开手，就让水桶笔直地掉进井里，然后腾出手狠抽老庞头几个嘴巴子。如果老庞头动手和她干仗，她就和他干，她干得过他，她比他强壮有劲得多。但是，什么也没有发生，在这井边上，屯子的中心，六团咽下了一切。她咽下的东西非常尖利，刺破了她的苦胆。她的脸因此在一瞬间苍白如纸。

六团挑着水往家走，水桶来回晃，沉重地拽着她的身体，仿佛她是个醉鬼，又走在钢丝上。终于她走到了尽头，在院子门口，她“哗啦”把扁担一扔，一只水桶翻倒了，弄湿了六团的鞋，洇湿了一大片地皮。她扭过身噔噔地朝村外走去。

沟子靠在一棵树荫下睡着了，他睡得要多香甜有多香甜。地里的麦子刚收完，一片令人欣慰的丰饶的遗迹之上，猪儿忙着拱来拱去，快活地哼哼着。开头沟子只是靠着一棵树，仰望天空中六团那光溜溜的身子，想得很难受。后来树枝间的太阳影影绰绰地晒在他身上，晒得他晕晕乎乎的，六团就消失了。

当六团找到他的时候，沟子正睡得香。六团径直朝他走来，抬起脚要踢他，狠狠地踢，还要冲他吐唾沫，骂他那小屄养的老不死的爹。可是已经抬起来的脚没落到沟子身上，是沟子的那张脸阻止了六团。

这些天沟子夜里睡得太少，太辛苦，脸都灰了。这会儿他无声地张着嘴，看上去像个死人。六团看着沟子，忽然觉得惶惑，怕他真是死了。她蹲下身凑近沟子的脸，听他喘不喘气。他在喘气。六团这时离沟子的脸很近很近，她还从来没有这么近地在大白天里看过这张脸。这张脸皮包着骨头，太阳光穿过树枝斑驳地洒落下来，使脸上一块灰一块黄的。鼻子由于呼吸微微地抽动，六团忽然想起沟子拖着鼻涕的样子。他就是那个光着脚丫子一天到晚吸溜着鼻涕满处胡溜达的小子吗？就是这个脖子里一圈圈黑道儿、头发像一堆枯草的小子昨夜躺在六团的炕上，还压在她身上吗？一时间六团觉得糊涂了，觉得自己是不是在梦里，而她连自己是谁都弄不清了。她站起身，朝四下看看，天是白色的，微微有点发蓝，白色的阳光充满了天空和光裸的大地。没有风。正午收割后的田野散发出一种既新鲜又腐败的气息。从远处隐约传来的人声，使四野显得静悄悄的，一切都仿佛陷入一种莫名的梦魇般的死寂之中。

六团愣愣地站了一会儿，低头又看看沟子。他仍然像死人一样地睡着，张着他的嘴。他庞沟子活着或死跟我六团有什么关系呢？六团想。没有关系，屁毛儿的关系也没有。六团明白了。这时她发觉自己心里已经没有了火烧火燎的感觉，浓黑的胆汁缩进身体里原来的部位。那是六团从来熟悉的一种苦涩，像个硬块似的，一舔就有苦味的硬块。世界没有变，也不会变，白天完了是黑天，黑天里做个梦，天亮就醒了。世上别的许都能找着，没处找梦去。六团扭身朝屯子走去，再没有回头看沟子一眼。

黑天沟子又找六团了。门插着，他推不开，就跑到窗下去叫，没有回音。沟子心里有点发毛。刚才他下炕的时候，黑暗中忽然传来老庞头的声音："干啥去！"沟子吓得一激灵，立刻说肚子不得劲，就趿着鞋出门了。他听见他爹骂了一句："扯你娘的臊！"这会儿沟子像只猫，一声接一声地叫，乞求门能打开，放他进去。六团僵硬地躺在炕上，当她自己已死了，成了块石头。过了一会儿，一滴冰凉的眼泪流下来，再后来，眼泪也石化了，万籁寂静。

第二天中午，六团下工回家做饭，正烧着火队上的民兵队长张连成来了，说是要借她家的筐箩使使，六团指给他看在院子里，他并不去拿，而是站在灶前和六团扯上了，问服仙来信没有，什么时候回来，又问六团一个人睡怕不怕，六团低头烧火，说：怕啥，还能让狼叼了去。张连成笑出满脸皱纹，皱纹里都是土。他说六团一个人真是太孤单了，怕不是想有个人陪陪吧，说着伸出脚去蹭六团的屁股。六团一把抓起灶上放着的水瓢，回手就是一下子，打在张连成的胯骨上，张连成疼得一龇牙，骂了一声驴肏的，张开胳膊就要搂六团的肩膀，六团抡起水瓢又打在他的肩膀头上，然后自己跳起来蹿到了门外，正在这时候沟子来了。

六团手里抓着水瓢，脸涨得通红，问沟子干吗来了，巧的是沟子也说是来借筐箩的。张连成和沟子打了两句哈哈，没事儿人似的走了。

六团进了屋，沟子跟进来。沟子问她夜里为啥不给他开门。六团不说话，蹲下身往灶里塞了几把柴火，站起身走进东屋里。沟子又跟进来，还是问她为啥不开门，六团就说：“问你爹去。”沟子怔了怔，说：“我今儿个还来。”六团说来也白来。沟子说我成天价想了，六团说想也白想。沟子一时没话说，傻愣愣地站着，六团说躲开，我还烧火做饭呢！沟子不动。六团又说：滚一边去！这时沟子说话了，他说：“我肏你妈！”然后冲上来把六团推倒在炕上。

六团倾斜着倒下去，沟子的身体向空中一跃，砸下来，瘦削的肩膀戳进她的胸脯。沟子用头挤压着她的头，疼痛扭歪了六团的脸，她感到嘴里有一股血腥的气味，血从牙床上大量渗出。

沟子不由自主地哼哼着，蹬着像孩子一样的细腿，他的脸从上方俯视着六团，眼珠突了出来，但又根本没有看见她。六团冲着这张呆滞亢奋的脸猛啐一口，粉红色的唾沫四射飞溅！挂着点点血腥，太阳穴旁的青筋突突地跳着，沟子干完了他成天价想干的事。

六团双腿叉开躺在炕沿上，沟子起身系裤带时，她欠身看见了自己光裸的肚子和大腿。这情景使六团恍惚觉得是曾经出现过的，也许她托生过别的动物，也交配过。沟子用袖子抹去脸上的唾沫，冲着六团大口地喘气。六团闭上了眼睛。

灶上大锅里的水呼呼地冒着白烟儿，快开了。沟子咕咚咕咚喝下一勺子凉水，把水勺子扔在灶台上。他问跟着他出来的六团晌午吃啥，说自己肚里空得慌，边说边冲六团挤咕眼睛。六团怔怔地望着沟子。沟子咧咧嘴说：“瞅啥瞅，还不麻利儿地弄饭，不怕你爷们饿出个好歹的。”沟子说完嘿嘿地乐了，觉得挺有趣儿的。六团仍然一动不动地看着他，沟子也看着她，等着她说话。

来不及了，根本就来不及躲开，六团已经抄起灶上的勺子，舀起一瓢滚着白烟儿的水，哗地朝沟子泼了过去。开水洒在他光着的脚面上，“哇”的一声惨叫。

六团脸色煞白，说：“滚!”

沟子的两眼噙满了泪水，同时充满了惊恐而愤怒的神情，这是一个受了欺侮的孩子。

六团又舀了一瓢开水，说：“滚!”沟子赶忙向后一跳，撞在门上，又踉跄地退到院子里，还没有站定，门咣地关上了。

六团靠在门上。她全身的力量聚集在了她胸中的一点。这时如果沟子推门，如果有谁再碰她一下，那一点就会爆炸，就会有血肉撕裂的较量。但是沟子走了，龇着牙像条受了伤的狗似的，一拐一拐地离开了六团的院子。

不远处传来一串小孩子奔跑叫骂的声音，引得狗也跟着叫了。锅里的水仍然一团团地冒着白烟，可灶坑里的火已经灭了。

后来服仙回来了。沟子的脚蜕了一层皮也好了。可是六团到了该来例假的日子却不见红。那两天她夜夜睡不着觉，人总是恍恍惚惚的，服仙以为她病了。六团和服仙说她想去城里找鞠生，她想的是自己到下坎草甸子去躲几天，回来就说见着男人了，怀上了。服仙不说同意也不说不同意。

那天六团在地里干活，忽然觉出下身湿乎乎的。她疯了似的拔腿就跑，钻进了玉米地。果然她看见一条黑紫色的湿迹，发散出熟稔的怪味。六团两腿软绵绵的，晃晃悠悠地坐在了玉米地里。阳光下，玉米叶儿闪着毛茸茸的光，散发着无比美妙的芬芳。六团抽抽咽咽地幸福地哭了。

六团要上城里的决定像风一样迅疾地传遍了大栗堡子。自从服仙失踪以后，人们一拨又一拨地往她家跑，他们不仅想去看戏，还可以加入演出，各抒已见。大部分人都坚决支持六团的决定。一个乡下老娘们儿能跑哪儿去？一准是和儿子去了。可是也有一鸣惊人的话语，说服仙八成死了。还有一种更接近于戏的说法，说服仙是让鞠老二的魂叫去了，去商量怎么处置这么个不忠不孝的儿子。服仙自然还要回来，到时候说不定把鞠生也降服了，一块带回来。活人是斗不过死人的。反对的人说扯啥呀扯，全是封建迷信的玩意儿，毛主席不爱听。他老人家爱听革命的词儿。小后生们说着还唱上了，唱的是下定决心不怕牺牲排除万难去争取胜利，意思是鼓励六团呢。六团去了城里，找着了服仙，然后咋办呢？这个问题成了讨论的焦点。有人建议干脆待着不走，看鞠生咋着，就算有别的女人，结发之妻也是正房。后生们又笑了，说有小老婆犯法。老的就说犯法咋没把鞠生下了大牢，瞧人家陈世美，脑瓜子咕咚一声落了地。后生说城里正“文化革命”呢，顾不上吧。老的问鸡巴毛的，啥命？女人们嚷嚷道：咱管它啥命呢？女人左不了就是苦命。接着有人就又说起了哪个屯子谁家的那个叫粉儿的女人，说是那女人说不出的有多么俊，男方怎么心肝宝贝地把她娶了去，后来又把她休了。说她肚子大了，可生不出小崽儿，说她是妖精坯子，肚子里怀的是黄鼠狼，就把她给休了。粉儿就魔怔了，拿个破碗挺个大肚子四处讨饭，讨到婆家，婆家把她打出来，她就跳井了。大伙儿唠呀唠呀，抽呀抽呀，人人都眯起了眼睛，女人怀里的孩子都呛得直咳嗽。最后，笼罩在腾腾烟雾中的人们都闷声不响了。六团忽然抽泣起来。

六团边抹眼泪边说早晚是一死，不如跟粉儿似的。大伙儿听了就劝她说，你哪能跟粉儿比，她是被休了的人，你不是。他休不了你。到底世道两个样儿了，他鞠生想当陈世美也由不了他当，有共产党管着他。就算他把服仙弄去了也鸡巴没用，你不点头，他能离成婚，反了他了。哭啥！这方圆百里的谁不知道老鞠家的六团，活得多有名分。如今是不兴立碑了，要是早年间你六团就是鞠郭氏，死了也是鞠生的媳妇，没跑儿，有碑为证。六团听着听着不哭了，心也松了，胆也壮了，觉得就是真到了城里自己也不怕了。

过了一天，淡淡的透明的月牙还在西天上，六团就上路了。队上派了匹不能干活的老马，由鞠老大套辆车送她。两个老太太和三个小闺女搭车一块去下洼串亲戚，这倒使六团离开大栗堡子没有太难受。

天上有云，六团抬头看看天，忽然想起十来天以前，鞠生走的那天她看见天上一只“熊瞎子”把太阳给吃了。恐怕那不是吉兆。

尽管是夏天，早晨的风也很凉，六团不由得哆嗦了。小丫头问她冷不，她摇摇头说不冷。云越来越淡，当太阳升起来的时候，片片薄云在刹那间变得通亮，金光灿灿，化作一只只小鸟儿，很快地都飞走了。六团想，这应该是好兆头。

可是她仍然止不住哆嗦。

大地一片雪白，天蓝得像刚着过一场大火，干净得没法再净了。太阳照在雪地上，整个宇宙发射出宝石般的光芒。

三辆成亲的马车迎着光芒向前飞跑，扬起闪闪发亮的雪雾。车上挤满了人，六团头上罩着块红布，什么也看不见，只闻着自己头上头发油的香味，听着车轱辘隆隆转，马喷着响鼻儿，马蹄嘚嘚叩击大地。突然，天边传来一声鞭炮的脆响，如黑夜里流星闪过。当马车赶进了大栗堡子，鞭炮声已响成一片。孩子们脚步咚咚地跟着车跑，尖亮的干涩的小嗓门儿喊着：新媳妇来啦！新媳妇来啦！

当红布揭开时，六团感到头上的香气忽地飘散开去，她的心忽然一下仿佛丢失了什么。炕上炕下摆满了桌子，桌上摆满八碟八碗，腾腾地冒着热气，围着桌子的一个个脑袋也冒着热气。在拜了天地，拜了祖宗，拜了服仙之后，服仙拉起六团的手说："瞧瞧你爷们吧。"

那是一张白脸，在热气腾腾的昏暗的屋子里，那张脸跃然于一切背景之上，目光直愣愣地对着六团，并穿过了她。后来六团多少回拼命想记忆鞠生的时候，她能记起的就是这张脸。它长久地挡住了六团的眼睛。

六团在那夜从姑娘变成娘们儿。这一变化是在漆黑一团中发生的，是在一阵尖锐的疼痛中发生的。她管住自己一声不吭，并相信一切的磨难都是天经地义。她甚至因此有了一种满足感。但仅此而已。在她所有的性器官都未苏醒之前，事情就永远地结束了。在黑暗中，六团只感觉到一件事，这个男人的皮肉比自己滑嫩，一阵温热的心潮轻轻涌起。

太阳在新婚之夜之后升起来了。那是一个很特别的使六团难以忘怀的早晨。那天六团醒来时看见了鞠生的后背。她愣了一下，简直不知所措了。然后她匆匆穿衣下地。鞠生也醒了，也同样匆匆地穿衣下炕。六团的头发散开着，披在肩膀上后背上。她拿起梳子梳头，鞠生站在她旁边忽然伸手摸了摸她的头发。六团定住了，一动不动地面对一面圆镜子坐着。鞠生喃喃地说：真跟缎子似的，说着俯下身把脸在头发上蹭了蹭。六团在镜子里看见自己的脸比鞠生的脸黑得多，她赶紧低下头用梳子一下一下地梳头。鞠生站在她身后没走开，六团把头发绾起来，绾成一个纂儿，鞠生一把把纂儿拆散了，一头的黑发哗地沉甸甸地落下来，打在鞠生的手上。鞠生伸出手从六团手里拿过梳子开始给六团梳头。这回六团从镜子里看见了鞠生白生生的手从自己漆黑的头发上一下一下划过。这是六团的婚姻生活中堪称幸福的一刻，她的脖子僵硬地挺着，血缓缓地暖暖地从头顶流过，使她有点儿发晕。最后她的头发被梳成了两条辫子，两条辫子在身后用线绳系在一起。鞠生告诉她说：城里人都这么梳。

六团用块头巾围着出门抱柴火烧火做饭。后来等鞠生不在屋时，她对着镜子照了半天，然后把鞠生给她编的辫子拆了，绾成了纂儿，这样她就和屯子里的娘们儿一样了。

随着太阳一点点升高，天空中的蓝色也越来越淡，最后整个天空都充满了明晃晃的太阳。可六团还是觉得手脚冰凉，她恨不得自己这会儿正在地里干活儿，弯着腰流着汗，那她就什么也不用怕了。

她在心里一遍遍地念叨着：乌密县前进公社大栗堡子大队，乌密县前进公社大栗堡子大队……她怀里揣着一封鞠生几年前来的信，她知道信封上大的字儿是她的地址，信封下角的小字儿是鞠生的地址。如果她走丢了，她想过，不管她在哪儿，她就把信封上的那行小字儿扯掉，这样她就能准确无误地找回家。

正午时分，马车把六团拉到了江边，立刻就得往回赶。六团站在路边，看着她大叔欠脚一蹦，一屁股坐到车辕上，伸手抓起鞭子捅捅马屁股，马不动，又捅了捅，马才走。六团忍不住叫了一声："大爷！"鞠老大回过头看看六团，六团跟着马车走，鞠老大挥挥手说："去，去吧，不怕的。"六团才站下。鞠老大恍惚觉得六团这会儿的样子他在哪儿见过，等到六团已经成了一个小黑点儿，他突然想起来了，秋天他打兔子的时候，伤了腿的兔子缩在石头下面就是这副样子。

六团的视线被泪水蒙住了，一切都十分模糊。马车消失之后她终于转过身来，她看见的是一片亮闪闪的白光，那是正午的太阳下的拉连河。

六团和鞠生成亲后，鞠生只待了八天就走了。他说他工作忙，离不开。一年里他来过三封信，都是这么说。同时他还问候服仙身体还好哇，问及家里的收成。但是他没有提六团一句。信都是写给服仙的，服仙很满意。听人念信时六团当然也在场，信中提到的事她都记得清清楚楚。鞠生说城里正在打麻雀捉老鼠，鞠生说他捉了十八只老鼠，得到了表扬，大伙就都笑起来。后来鞠生还提过炼铁，说铁化得成水一样的时候，他们都又笑又叫又拍巴掌。那时鞠生是在大城市里，凡是他说的事大伙听了都觉得新鲜。他姑兰头给他大爷家来过一封信，信上说鞠生在工作上积极进步，很有出息，还上了夜校。老鞠家的人都觉得这是老鞠家的光彩，进了城，入了机关，又有文化。连六团都因此觉得有点与众不同。虽然鞠生在信里不提六团，但是每回他有信来六团连着好几天心里都挺高兴，干着活嘴里不由得哼哼几句小曲。

鞠生刚走的时候六团自己一个人还睡西屋，过了些天，服仙说让她到东屋陪她睡，她就搬过去了。正是猫冬的时候，有人来串门六团就端出一笸箩炒得香喷喷的葵瓜子往炕当中一放，等人走了地上一层的瓜子皮，脚一踩上去噼噼啪啪地响。六团爱听这声音，心里觉着欢喜。没人来串门她两个人就坐在炕上纳鞋底子。服仙一只六团一只，麻绳闪着油亮亮的光，拽起来刺啦刺啦地响。六团也爱听这声儿，心里觉得舒坦。服仙忽然哼出一句曲子："春季里桃花红又红哇，孟姜女呀寻夫哭奔长城呀，"六团听听就乐了。等服仙唱完一段她就接着唱："夏季里呀荷花香又香哇，有西施呀醉卧在东床呀……"两个人你一段我一段能一连唱十几段儿。鞋底也纳得又密又齐整。到鞠生第二年回来过年的时候，已经有四双新鞋给他准备着了。

快过年了，六团包了好几帘子黏豆包，然后又一锅锅蒸，蒸熟了放到外面大缸里冻上。屋子里热气腾腾的，热得她棉袄都穿不住，只穿了件布褂子。鞠老大家前一天杀的年猪，服仙和鞠生都去吃白肉血肠了。后来大爷家的枝子给六团端来一碗，六团喝下去觉得别提多香了。

蒸完黏豆包六团又给叫去帮着扎灶王爷骑的马。马是用玉米秆儿扎的，六团手上划了好几道小口子。等六团回到家里鞠生已经躺下睡了。这一夜鞠生没有碰她。

早上六团起来鞠生也没起，一直睡到太阳升得老高。六团又忙了一天，杀了鸡，请来了灶王神像。鞠生又出去串了一天门，连晌午饭都没回来吃。这一天六团的心里有点不安。有一只讨厌的虫子不停地嗡嗡叫，而且它能从耳朵眼儿里飞进脑子里，飞来飞去。

晚上六团把炕烧热了，给鞠生热上洗脚水，就在东屋陪服仙坐着。鞠生不回来六团就一会儿烧把火一会儿又烧把火，怕鞠生回来了一下子没热水。听见鞠生进院，六团赶紧迎出去问洗脚不，鞠生“嗯哪”一声。六团舀了盆热水端进西屋，说：“洗吧，水正热乎。”鞠生却说：“谁说洗脚啦!”口气很硬。六团愣在那儿了。鞠生一边脱衣服，一边用眼角瞟了一下那盆热水，叹了口气在炕沿上坐下，脱了鞋洗了脚。等六团倒了水回来，鞠生已经钻进被子里闭上眼了。六团吹灭灯上了炕，黑暗中两个人并排躺在炕上。过了一会儿六团听见鞠生翻了个身，然后又听见他叹口气，六团想问他有啥愁事，可没开口。后来鞠生就睡着了。六团睡不着，她静听了一会儿鞠生喘气，就轻悄悄地朝他侧过身子。她看不清鞠生的脸，只能看到一个人影儿。她面朝这个灰暗的影子侧身躺着，从一无所知的黑暗中慢慢获得了安宁，她就也睡着了。

六团是慢慢醒来的，一夜她像是沉在了很深的井里，随着身体渐渐上升，睡眠变灰变淡，她睁开了眼睛，同时吓了一跳。因为她看见鞠生那张泛白的脸正对着她，呼出的气她都能闻到。她一动也不敢动。这时鞠生也经历了从沉睡中升起，一跃而出的过程。他醒了，也睁开眼。这样，鞠生在睁开眼的时候也看见了六团离他很近的脸，而且正瞪着他看。

他们互相对视了几秒钟，他们都受了惊吓。对于鞠生来说，除了感到心惊之外还由此产生了一股强烈的厌恶感，这使他从中突然获得了勇气，他猛地坐起来，说："我说，咱俩得离婚。"

六团不懂，她问："啥？你说咱俩啥？"

鞠生看着纸糊的窗子，又说了一遍："离婚，我要和你离婚。"

六团坐起来，穿衣下炕，一声不出。鞠生也穿上了衣服，坐在炕沿上。六团又爬到炕上叠被，鞠生问："你听见没？"

六团停住手，"听见啥？"

"我刚才说的话。"鞠生说。

六团问："啥话？"

鞠生站起身，眉头皱了皱，说："我左右是跟你说明了，我不能跟你过，咱俩没感情，只能离，你寻思寻思吧。"说完他就出去了。

六团继续叠被，把被子叠好，摞到炕头的一口大箱子上。褥子放下面，枕头放上面，中间是那床飞舞着凤凰的花被和另一床半新的被子。六团举着花被要往褥子上放时，她忽然觉得胳膊一下子断了，被子从她手上滑落下来。六团低头望着被子发呆，接着她的腰缓缓地弯下来，头抵到被子上。

这一天里六团继续做着过年的各种准备。当她渐渐觉得身上又有了力气，她从被子上抬起头，睁开干涩的眼睛，就下炕干活了。她干得比头两天更卖劲儿。她先和面，准备蒸红枣馒头祭祖宗用，面和好了放在炕头上，然后又把三间房里里外外都扫了一遍，该擦的地方也擦了。等面发好了她就把红枣馒头蒸出来，凉着。晚半天服仙说头上刺痒，让六团给她篦篦。六团就和服仙上了炕，跪在服仙身后用篦子给她篦头。服仙闭起眼享受着。六团想要不要开口和婆婆说呢，这念头只一闪而过。其实她心里早就作了决定：不说。什么也不说，甚至什么也不想。就当什么也没发生过，就当那是做梦。这样的话一切就都会过去。

服仙觉得头篦过以后很舒服，对六团说："我也给你篦篦。"六团说："我洗洗得了。"晚饭她留下了淘米的水，然后又热了一锅水把头发洗了。洗完头她回到西屋，坐到炕上等着头发干。服仙睡了一觉起来解手，见西屋还亮着灯就进来，她看见六团披头散发地坐着，直瞪瞪冲着油灯发呆，服仙一惊，问："咋啦?"

六团浑身一哆嗦朝服仙扭过头。服仙问："咋还不睡?"六团说："等着他呢。"服仙说别等了，歇着你的吧。

服仙回东屋躺下，过了会儿看见西屋还有亮，有点气了，她大声说："点灯就不怕熬油哇!"西屋就黑了。

早上六团一睁眼发现自己穿着衣服，炕上也没有鞠生，她想去问问服仙，一掀帘儿看见鞠生睡在东屋炕上。六团傻了，惊慌地想，难道服仙和鞠生是一气的，要把她休了。她回到西屋，坐下又站起来，又去掀开东屋的门帘儿，鞠生和服仙都睡着，一点动静也没有。六团不知道该怎么办，一回身看见缸里只有半缸水了，她就拿起扁担水桶出门了。

井台上都是冰，非常滑。六团这时看见自己脚一滑掉进井里，原先站着她的地方空荡荡的，什么都没有了。这是死亡第一次展开翅膀从六团头顶飞过，接着飞走了。但它的影子投在了地上，那地方就和原来不一样了，最终会生出可怕的毒芽。当六团站在冰冻的井台上时，那一天还很遥远。

六团挑着水走进院子，服仙迎出来，劈头就问：“咋的啦，他咋没和你睡?”

六团把头天早上鞠生说要离婚的话和服仙学了一遍，服仙不信，六团苦笑了一下说：“那是我听差了?”服仙就冲进东屋把鞠生叫起来，问他有这事儿没，鞠生坐起来不出声。服仙急了就嚷：“瞅你那一脸丧气样儿！跟啥人学啥人，你姑就是破鞋烂货贱到家了，你要学她咋的？大年节的谁要敢动邪心不得好死！”六团想拦住服仙别嚷了，还没开口说，鞠生先开口了。鞠生说是，是有这事，他就是不想跟六团过，要跟她离。

服仙惊呆了，眼看着鞠生像看着一个怪物。接着她抬起手，抖索着指向鞠生，眼泪哗哗地流下来。鞠生一低头，把脑壳夹到膝盖中间，服仙一屁股坐到地上，大声地哭起来。六团这时才觉得自己也该哭，于是也学服仙的样儿一下坐到了地上。服仙边哭边拍着地，呼叫着老天爷啊老天爷，让她一闭眼一蹬腿拉鸡巴倒吧！由着鞠生点火烧了房拉鸡巴倒吧！谁也别活了！她哭得十分动情，六团则是低低地呜咽。最后鞠生一跃下了炕，走了。服仙止住哭，六团把她从地上拉起来，两人掸掸身上的土，就奔了鞠老大家。

一屋子老鞠家的人，阴黑着脸惶惶然地看着鞠老大。鞠老大气得嗓音都变了，当初兰头那个屄色的玩意儿就让咱老鞠家丢死人了，这会儿鞠生这小王八犊子反了他了，又要来这么一手，又要往他头上浇粪汤子，没啥说，打！他扫了一眼服仙和六团，恨不能这一眼就能把这两个鞠家的娘们儿消灭了。

服仙颤声问："那要是打跑了呢？"

"打折他的腿，看他往哪儿跑！"说着他吩咐人去找鞠生，又叫人把扁担准备好，还有绳子，"把人给我绑来，绑他三天三夜，不服就饿着，非把他整体登了算！"他猛然咳嗽起来，"呸"地吐出一口痰，又狠狠地跺了几脚。六团站在一边，一直在打冷战。

过了会儿，去找鞠生的人回来了，说找不着人。服仙一听急了，说："要真是回了城那可没咒念了。"

鞠老大吼了一声：追！鞠家的男人就全出动了。

过了一晌午，谁也没找着鞠生。顺着去下洼的路，一直跑过两个屯子，也没人说见着鞠生过去。

鞠生要把六团给离了的消息已经在屯子里传遍了。这消息比过年还要令人振奋。尽管天寒地冻，不少人都站到屋外路边上，一个劲儿地东张西望，看见个人影从远处来就当是鞠生，但都不是。到太阳偏西的时候，有消息说在镇上邮电所里看到鞠生了，说他正往回来呢，有人问要不要迎着他把他捆上弄回来，鞠老大一挥手：“绑个鸡巴毛呀，还嫌不张扬咋的！”鞠家人这才踏实下来，专心等待了。

这时，六团一个人跑出了屯子。她很怕有人看见她，就沿着小树林躲躲藏藏地朝前走，等到离屯子远了，她才跑到路上。她走得很急，有两回差点绊倒。

这一天六团都处在极度的矛盾中，一会儿她觉得兴奋，有人给她撑腰整治鞠生；一会儿她又非常后悔，后悔自己把这事说出来了。因为这样一来一切就都成真事儿了。为什么不能让这事像做梦似的完了就拉倒呢。她怀着一种朦胧但是急切的愿望去迎鞠生，她想拦住他，告诉他家里发生了什么事，看他有什么办法让灾难消失，让生活恢复原先的样子。鞠生在邮电所里写了一封信，发走了。他写信的时候心中发热，又紧张又激动。他把信封封上以后又仔细地看了两遍，心里念着信封上的名字：孙小玉，孙小玉，孙小玉。最后他把信扔进了信筒里。

从邮电所出来他忽然觉得肚子很饿很饿，因为写信费了他极大的精力，而且使他又体会了一番与内心恐惧搏斗的过程。他一直是恐惧的，从他决定要向六团提出离婚，离大栗堡子越近这恐惧就越强烈。可是他终于胜利了。当他把他已经提出了离婚的消息写在信上时，他确实觉得是个胜利。因此，他在镇上的小饭铺花了八毛五分钱吃了顿饭，要了个烧茄子，半斤米饭，还要了二两白酒。

太阳西斜了，西边天上有云，云一点点地弥漫开来，天空由白色渐渐变成了灰色。太阳一被遮蔽，大地立刻阴暗起来。鞠生走在回大栗堡子的路上，他的心一刻比一刻觉得寒冷。空气中恐惧的分子在增加，而孙小玉，这个能使他血液加快流动的名字越来越稀薄了。他不由得把这名字念出声：孙小玉！灰色的光裸的田野瞬间就把他的声音吞噬掉。鞠生停下来，四下看看，喘了口气。沉寂从四面八方包围上来，渗透到他的骨头缝里，他瑟缩着，迟缓地迈着步子。

不久他就看见了六团的身影。六团也看见了他。他们互相走近了，仿佛不得不靠近，有两只看不见的手推着他们。在灰色的天穹下，苍茫的日光无限冰冷，照着这两个渺小的人。他们互相对视着。

从六团的脸上，鞠生看见了他自己的恐惧。他看见六团的嘴唇嚅动了一下，但是没有发出声音。天气是那么寒冷，六团每呼出一口气就从鼻孔里冒出一股白雾。鞠生面色发青，他在发抖。然后鞠生看见了六团的眼角滚下了泪珠，他以为那是他自己在流泪，他甚至抬起袖管蹭蹭自己的面颊。那时候他们都还年轻，仇恨还没有来得及在他们可怜的生命中长成。

鞠生心里明白事情已经发生了，因此而要到来的惩罚是无法逃脱的。他用手摸自己的脸时那种如同摸在石头上的感觉使他的心一震。一股力量，一个清晰的声音从他内心深处升起：不管发生什么都忍受，只有忍受，甚至包括死亡。于是他开口说了一声："走！家走！"就迈步走过六团身边，向大栗堡子走去。铅灰色的云斜扯着，映衬着屯子上空白色的炊烟。在北国的苍天与原野之间，鞠生在前，六团在后，他们还不知道从这里开始，他们就一同走向那绝命的无法变更的旅程。

六团从火车站走出来，心里不那么怕了。因为这个城市距离她的想象不远，是个低矮的灰秃秃的城市。甚至和她去过两回的县城相似。唯一引起她注意的是有些女人脚上穿的鞋，黑色的，发出幽暗的光泽，六团想这种叫皮鞋的鞋一定非常结实。

路边有个小吃店，六团觉得肚子很饿，但她咽了口唾沫走过去了。她手中攥着那个信封，问了好几个人，终于来到一条卫东街。顺着卫东街再走，往右拐，拐进一条窄路，红卫路。又往前走了约半里地，她找到了鞠生住的地方。

那是一排红砖平房。砖的红色已经难以确定。在她刚走向这排房时就有人迎上来问她找谁，她说出鞠生的名字。问话的是个女的，说话的口音六团能听得懂，她告诉六团鞠生上班去了，不在家。又问六团是他什么人，六团支吾一声，终于说出是他家里的。那女的像是没听懂，问是什么亲戚。六团没回答，只点了点头。那女的还是挺警惕，打量了六团几眼，然后把她领到这排平房其中的一间，指给她看门上的锁。这时又有两三个女人凑上来问，找谁的？哪地方来的？六团说是乌密县前进公社大栗堡子大队的。一个女人越过六团凑到玻璃窗上往里看看，说："不在家。"六团也往前走了两步，凑近窗子朝里看。一个女的又问，"是老鞠什么人哪？"先头问话的女人说是他老家的亲戚。六团忽然从窗前扭过头，她说："我是他屋里的。"

几个女人"哦哦"了几声，但满脸疑惑，互相看看："屋里的？那你是他……"她们停住，等着六团回答，六团就又说了一遍："我是他屋里的！"声音比刚才大、坚定。这下这几个女人像是明白了。她们大吃一惊，眼睛闪闪发光，齐刷刷地盯住六团，嚷道："闹了归齐你是他老婆！老鞠有老婆哇！真叫邪性啊！"

好一阵子，六团消失了，是隐去了。女人们尖锐的声音从遥远的地方传来，一片模糊，几乎碰不到她，穿透不了她迟钝的知觉。后来一个小个子女人碰了她，用手拉拉她的袖子说："走，先家坐去。老鞠上班的地儿不远，几步就到。"六团不动。那女的更用劲儿地扯了扯她，"走呀，又不是外人，不是老鞠的媳妇嘛。"女人们听了直乐。六团还是不动，也不说话。看上去她脸色蜡黄，神情呆滞，那双极其幽黑的眼睛确实有点吓人，毫无顾忌地瞪着她面前的女人们，就像她不是人，不是她们的同类。女人们不由得止住笑。

而这时，有样东西像个土豆子，在阴暗的地窖里滚动：服仙没在这儿，她们没见着服仙，服仙不在这儿，她在哪儿呢？

接下来有人叫一个孩子去找老鞠，还有两个女的也跟着去了。那个小个子女人再一次对六团说：“走吧，屋里坐着等，走了一道了不累呀！”说着还挽起了六团的胳膊，六团这回没有拒绝。

小个女人住在排房的顶头，她拉着六团往她家走，其他人都跟着。走了几步六团站住，女人回头问：“怎么啦？”六团说：“不，我就那疙等。”说完这句话她又往回走，回到上了锁的门前。是的，没人懂得这扇门是样什么东西。它代表了遥远的路程，代表着背井离乡，它是六团在这个陌生的世界里唯一的栖身之地。所以她站在那儿，像个又聋又哑的人直勾勾地面朝门站着。女人们全愣了。她们想：难怪老鞠瞒着他有个老婆，原来这半傻不茶的女人脑子还有毛病。也难怪老鞠看上毛月姣了，那是人精呀！

挂着“万年红百货店”牌子的小店就在卫东街上，其实六团来时已经路过了。店门漆得通红，很扎眼，走进店里更觉着黑黢黢了。纸糊的顶棚遍布一块块黄斑，充满了一股腐败的霉味。鞠生在那儿做会计，很多年了。

这时派来报信儿的男孩站在店中央，看样子想等他一起走。一块跟来的两个女人没有进来。她们站在马路边上，做出闲聊的样子，眼睛一个劲儿地瞟着街对面的菜摊。一个白白胖胖的女人穿着件白布大褂正站在一大堆西红柿边上，脚边放着磅秤。她扭头看见了街对面的两个女的，笑着招呼她们，这两个女的就三步两步跑过去了。

万年红百货店里一片沉寂。鞠生的脸在昏暗的光线下显得更加苍白。店里另外两个售货员背过身，把一块块香皂肥皂摆来摆去，好像在玩搭积木。鞠生很心慌，他的手下意识地拨拉着算盘珠子。男孩儿先是傻愣愣地等着鞠生，目光渐渐被鞠生的手指所吸引。那些手指又细又长，灵活极了。算盘珠发出又脆又响的噼啪声又尖锐又悦耳，具有一种魔力，使时间凝固不动了。突然有人带着一股风冲进店来。鞠生和男孩儿都惊讶地抬起头，他们看见了毛月姣白白胖胖的泛着红晕的大脸，紧接着鞠生就感到了她嘴里喷出的热乎乎的气息。

毛月姣有一张大脸，这张脸上的嘴也很大，嘴唇出奇地厚。这张嘴可以使毛月姣显得热情而又娇艳，也同样可以使她显得凶恶而阴险。当她走近红卫路的排房时，她的样子是后者。

六团因此被吓住了。

毛月姣一面走来一面和邻居们打着招呼，声音高高的，是六团完全听不懂的南方口音。她的嘴角冰冷地向下撇着，从那件脏得发灰的大褂口袋里掏出钥匙，打开了那扇锁着的门。她不回头地冲六团说："进来吧。"六团就跟进屋了。

六团看见屋子里的东西很少，处处收拾得干净整齐，就在屋子中央站住了。毛月姣终于向六团转过身，她指指一条长凳让六团坐。六团顺从地走过去坐下了。可是还没等坐稳，长凳子空着的一头就翘了起来，六团险些摔倒在地上。她拼命用手扶着墙，才算站住了。她的脸涨得通红，头发都乱了，她朝毛月姣指指凳子，没出声，嘴角微微动了动。她站着，没敢再坐下。

毛月姣看着六团，脸上掠过一丝冷笑。与此同时忽然觉得这个乡下女人也实在怪可怜，于是她的嘴巴微微一变，神情就温和了。她说了一句“当心点，坐吧”，六团答应了一声“嗯哪”，然后坐下，这回坐稳了。毛月姣看着她坐下之后，同情心又随之消失，她半侧着脸用眼角瞟着六团，心里已认定这个女人完全不是她的对手，最最起码也比她丑得多，又黑。但不管如何六团是鞠生合法的老婆，这就足够毛月姣恨她。

毛月姣也坐下来。她坐在屋子里的那张单人木床上，顺手掸了掸床单。这张床她和鞠生睡是太挤了，而且周围都是眼睛，因此总是鞠生到她家去。鞠生没她丈夫心灵，不爱说话，可鞠生懂得疼人，月月把自己的那份米给她，自己吃棒子面。而男人活着的时候，家里的米连孩子都吃不上。

毛月姣顺手把床单掸掸干净，抻平了，然后她抬起头直视着六团问：“你是从乡下来呀？”她说话声音圆润，在六团听起来像唱歌似的。

六团没听懂，问：“啥？”

毛月姣不由瞪了她一眼：“你是东北乡下来的？”歌儿唱得慢了点儿。

六团就答道：“嗯哪。”

“你来找老鞠有什么事情?”这句话的口气完全像鞠生组织上的一位领导。

六团想，她是干啥的？还有这屋的钥匙？可她什么也没问，只定睛看着毛月姣的嘴。

毛月姣以为六团听不懂话，就说得更慢也更明白了。而且她还冲六团笑了笑。

毛月姣说：“也难为你老远跑到这里来，不过嘛，老鞠的家事也不是一两天的矛盾，大家心里都有数。这么些年老鞠一个人过生活，长眼的人谁看不见？还是俗话讲得好，强摘的瓜果不甜，强撮的姻缘不贤，捆绑难成夫妻，你就是找到这里又能怎样呢?世上还有一句话，爱的是金，不爱的如土，你说你是何苦来？如今，爹教娘教不如共产党教，毛主席说了的要婚姻自主，你们那是封建婚姻，父母包办，不是毛主席的革命路线。积善有善报，行善有阴功，你放老鞠一条路，来世老天爷自会给你个好男人。这些话都是为你好，愿听就听，不听谁也救不了你。不信你就待你的，看老鞠见你不见你。”说完了这通话，毛月姣就站了起来，从高处俯视着六团，等待反应。

而这时，又一只土豆滚动起来，横冲直撞：“咋的？咋的啦！还让人活不？这是哪家的理！老天爷你不长眼咋的？扯什么王八犊子!”

毛月姣听不见阴暗地窖里的滚动声，她静静站了一会儿，一咬牙转身就走。六团忽然叫住她。

六团叫:“他大姐!”

毛月姣站住，回过身，她看见六团正用一种呆滞而又逼人的目光朝着她望，她忽然觉得这种目光很熟，像是鞠生也有的。一股怒气猛冲脑门儿，她怨极地说:“我告诉你了，你男人出差了，不知道什么时候回来，也不知道回不回来，你就等着吧。”

毛月姣说完推门走了。留下六团一个人坐在长条凳上。

鞠生回到家里时天已经黑下来，没有人发现他，因此也没有人绑他。是鞠老大提着扁担找上门来的。因为鞠生没有点灯，屋子里比外面更黑，鞠老大进门二话没说，抡起扁担就朝坐在炕上的鞠生打去。扁担带着风声，“呼”地落在鞠生的肩膀上，只听鞠生“哎哟”一声就从炕上倒了下来，摔到地上。鞠老大看不大清鞠生怎么着了，只看见地上倒下一个人影，就抡起扁担又打，一边骂着:“你个王八犊子兔崽子，你个小白脸儿花花肠子，你想反哪！看打不死你的!”

扁担落在鞠生身上咚咚地响，鞠生哎哟哎哟叫，这情景和鞠老大设想的情景大相径庭，一点儿不像公堂会审，倒像是黑地里打闷棍。屋外咕咚咕咚的脚步声纷沓而至。鞠老大住了手，大喊一声:“点灯!”但一时谁也摸不清灯在哪儿。还是鞠生从地上爬起来，摸摸索索地从口袋里掏出火柴把灯点上了。鞠生那张惨白的脸上流着血在黑暗中突然出现，把所有的人，包括鞠老大都吓着了。

鞠老大大吼一声："跪下！老实儿跪下！"

鞠生跪下了。

鞠老大让他招出来是不是在城里姘了骚娘们儿，鞠生低头不吭声。鞠老大又让他起誓，从今往后不再生二心，他仍然没有声音。鞠老大急眼了："你个熊包蛋！你哑啦？今儿个你要不起这个誓饶不了你！你说！"

鞠生不知道他还会说话，他只知道他跪在许多人之中，他们是些黑黢黢的面孔，是一股股沉重而混浊的呼吸，是他从小就闻惯了的气味。这时他的生命倒退了，退回到了幼儿的状态。他本来应当号哭，只是他没有眼泪。但是他的心悄悄在哭泣。他蜷缩着，他觉得自己已经销声匿迹；可突然，后背受到一下重击，接着又是一下，他不由自主地扑倒在地上，脸砸向泥土；然后他恍惚听见一个女人惊慌的尖叫和哭声。

两天里六团没吃没喝，躺在炕上，服仙也不吃不喝地躺着。六团不知道鞠生这两天是怎么过的，在哪儿过的？她听见大婶子端来了小米粥让服仙吃，服仙不吃，说吃不进去。大婶子就重重地叹了口气说："那小子是中了邪了，死不吭声。"

过了会儿大婶子又把粥端到西屋，问六团是不是吃点东西。六团觉得很饿，可她知道她不能吃，就摇摇头闭上眼睛。后来有几个姑娘媳妇来看她，她紧闭着眼不理她们。一个小闺女问："大姑得了啥病了，咋跟要死似的。”其他的人就喝斥她。小闺女还是忍不住摸了摸六团的鼻子。然后说：“有热乎气儿。”

再一天早上，天还没亮，六团就饿醒了，她下了炕，看见那碗小米粥还放在灶台上。她去看看服仙，服仙还睡着。她不敢动那碗粥，就拿了扫帚扫院子。服仙听见扫帚唰啦唰啦的响声，隔着窗子就骂六团：“你没心没肺呀，什么当口还颠儿颠儿的，你男人要蹬了你，不说有死的心，还挺恣儿的！下贱玩意儿！”六团赶紧放下扫帚回屋又躺下了。

这一天她很绝望。她不知道这事到什么时候是个头。如果鞠生还不吭声，那她不是要活活饿死吗？她很想知道鞠生有没有饭吃。如果也饿着他，那他就顶不住，就怕他有饭吃。所有别的悲伤和忧虑都逐渐模糊了，只剩下饥饿、饥饿的煎熬。太阳缓缓地在天空中移动，六团以前从来没有想到太阳走得这么这么慢，就像不动似的。六团的心中渐渐产生了一种能和饥饿抗衡的力量，是怨恨。她怨恨凝固不动的太阳，怨恨像死人一样躺在东屋的服仙，怨恨鞠老大，当然也怨恨鞠生。奇怪的是她是最后才怨恨鞠生的。饥饿使她的听觉异常敏锐，她听见狗叫，听见远处井台上水桶碰撞时发出的咣咣的金属声，听见沟子赶着猪从房后走过，甚至听见他吸溜鼻涕的声音。后来，饥饿感减轻了，或者说不那样尖锐了，六团心怀怨恨，绝望地等死。她还年轻，她以为死是件很容易的事。她不了解死亡总是在一切的残忍之后才会出现的。

记不清天黑以后又过了多久，鞠生回来了。西屋的门被人从外面关上。鞠生上了炕，毫无声息地躺在六团身边。六团昏头昏脑地问：“完事儿了?”鞠生“嗯哪”应了一声，两个人就睡过去。

早上她起来做饭，贴了饼子，一家三口坐在炕上吃。鞠生刚吃两口就噎着了，咳起来，六团没顾上看他一眼，还吃自己的。服仙厉声说：“死人！还不赶紧给捶捶背。”六团放下贴饼子给鞠生捶背，捶了两下，鞠生忽然下炕往屋外走。服仙问：“哪儿去?”鞠生说：“解手。”

鞠生出去后服仙立刻问六团：“夜儿个咋睡的?”六团嚼着满口的饼子，重复了一句：“咋睡的?”服仙提高了嗓门儿：“问你哪！他和你干没干?”六团这才明白了，摇摇头说：“没。”服仙又问：“没沾你身子?”六团又摇摇头。服仙“咣”的一声把碗撂到炕桌上，身子一歪就倒下了。六团问她咋啦，哪儿不合适？服仙“呸”地啐了她一口。

鞠生解手回来，服仙脸冲着墙躺着。她告诉鞠生：“你要不和你媳妇睡，干那断子绝孙的事，我就饿死。”

中午六团做了饭。服仙一口不吃。她把饭端到西屋，鞠生吃了也躺下了，一会儿打起呼噜来。空气中飘荡着爆竹的气味，孩子们像鸟一样呼啦啦飞来飞去。年三十儿了。

六团走出屋门，忽然一个小鞭儿跳了两跳在她脚下炸响了，她不由一声尖叫。一抬头，看见几个孩子正站在院门口笑。六团喊了声“小猴崽子!”孩子们撒丫子就跑，她追得气喘吁吁才站住。这时她吃惊地发现，她在笑。

枝子后来来了，看见六团既没揉面也没剁馅，就大声嚷：“天塌了也得过年呀，得罪了灶王爷还了得!”鞠生被喊醒，走出屋看了六团两眼，吩咐说：“咋还站着，还不麻溜包饺子!”

等六团开始包饺子的时候，服仙也起来了，和六团一起包，还一边闲唠嗑，真像什么事都没发生过。鞠生坐在炕头抽烟，他抽的是纸烟，不是烟叶子。服仙说叫我抽一口，鞠生就把手上的烟卷递给服仙，服仙紧嘬了两口，说没劲，又把烟卷递给六团，六团吸了一口，什么都没说，把烟卷又还给鞠生，鞠生接着抽，说还是纸烟好，烟叶子太呛人，烟味太冲，城里人闻不惯。

晚上六团下了二百个饺子，三个人吃了。吃完了六团又接着包，她算计她和的面拌的馅儿够包七八百饺子。鞠生在炕上坐了一会儿，说：“我出去转转。”起身要走，服仙把他叫住了。

服仙说六团你也别包饺子了，生子也不许出门，你俩回屋歇着吧。服仙的目光和声音带着不可抗拒的威力和不容置疑的暗示。

那天夜里，有一会儿，鞭炮声响彻了大栗堡子，荒凉黑暗的世界忽然像镜子一样反射出天上明亮的星光和各种神奇欢快的光亮。

六团被鞭炮声惊醒，听见孩子们的欢叫，心里生出了一种说不出的滋味，她想，要是她也有孩子……刹那间，她的心被这个愿望照彻，甚至有了一种美好的幻觉，觉得她身边的这个男人也一定这么想。她伸出手去摸鞠生，摸着了被子下面隆起的身体。她掀开自己的被，又掀开鞠生的被，她把自己的身体贴到鞠生的身体上。在接下来的几分钟里，一切声音都消失了，风也停了，所有的亮光都在无声地闪耀。鞠生进入了六团的身体，射出白色的液体，然后又退了出来。他不知道他射出的是梦想之光。后来六团在这片朦胧的光辉中睡去。风又刮了起来，吼叫着穿过广袤的黑夜，可六团睡得十分安稳。

时间难道有形态有生命吗？但它会停顿。当毛月姣离开后，时间在红卫街的排房里静止了。六团呆坐在长凳上，仿佛坐在时间隧道里，人不知在什么地方消失掉了。后来她听见门上有响声，看见门缝里有什么在闪烁发亮，之后门就开了，女人们涌进来。六团就知道了毛月姣是个什么人。

她是副食店卖菜的，丈夫是钟表店的师傅。两口子是南方人，有三个儿子。两年前她丈夫得病死了，她就眼见着肥胖邋遢起来。她丈夫得的是肝病，在医院拖了半年，那阵子毛月姣的三个孩子像小叫花子，从地上捡了东西就吃，没人管，后来……话说到这儿顿住了。六团问："她爷们没了？"

"没了，走了。"女人们相互望望，六团直瞪瞪地看着她们。后来，毛月姣的儿子常来鞠生这儿住，鞠生的衣服老是毛月姣给缝补。大伙儿想：这叫互相帮助。可大伙儿想错了。错倒不怕，可老鞠还有你这个结发之妻，这可就难办了，成了乱搞不说，还犯着法哪。

一个女人突然反问道：“你抓着人家啦？看见人家干的事啦？”六团觉得问这问题的人是抽她的嘴巴。她咬咬牙说：“这位大姐，领我找我爷们去中不？”笑的人不再笑了，都静下来。六团又问：“中不？”小个女人站起身：“我领你去。”

鞠生在大栗堡子过完年，年初三又去六团娘家吃了顿饭，然后就回城里了。半个月以后他写来一封信，信上说他必须离婚，他和六团没有感情，他是被迫和六团同床的。信是找识字儿的人念的，当下就传开了。六团没跟服仙说一声就回了娘家。

六团的爹妈听说这件可怕的事开头都傻了，由着六团尽情哭诉。直到她说自己丢死人了，没法再在大栗堡子待了，也不想给鞠生做媳妇了，她妈才打断她，问：“那你上哪儿待？”六团说：“家来！”

她爹一直闷头抽烟，这时猛一磕烟袋：“鸡巴屁话！这家没你的地方，麻溜给我走人！”六团听了怔了怔，大哭起来。娘俩儿哭成一团。

后来她的两个姐姐两个妹子都回娘家来了，还有六团的七姑八姨们。六团被围在炕中间，她只记得有人在外屋烧火做饭，柴火发出噼啪的声响。每一个人都在说话，说饿了就吃饭，吃完饭接着又说，又有人在外屋烧火做饭。柴火噼噼啪啪地燃烧爆裂，锅里的稀粥咕嘟咕嘟冒着气泡，整个屋子像一只药锅，熬制仇恨的迷魂汤。

六团两眼通红，眼角边蒙着白色的眼屎，一连三天三夜她都没有睡，甚至没有闭眼。开始她的心像一块铁沉重地坠着她，后来仇恨的火焰把它烧化，化成沸腾的白炽的铁水。六团以为自己活不了了，正在死去。旁人也看出了这一点。她们说："就是死，你也要死在鞠家。"六团最终彻悟了这个道理，她没有任何选择，她活着或死都要当鞠生的媳妇。她回大栗堡子了。

她瘦了。因为仇恨的煎熬她的身体渐渐干枯，她也哭，但眼泪一点也不能滋润她。她每天还是照样干活，伺候服仙。自从她跑回娘家又回来以后，服仙就不大和她说话。六团绝不主动开口。每天她把菜端到桌上，把饭盛在碗里端到服仙面前，服仙只垂一下眼皮。她恨她。有一股黑色的浓汁浸透六团的心，这日子太苦了，她不知道自己怎么才能活下去。再后来，当她把饭端给服仙，她感到恶心，而且难以抑制，就扭过身跑到院子里吐了。她怀孕了。

屋子里越来越暗，摆放整齐的家具渐渐模糊起来。六团侧着身子躺在单人床上，脸上呈现出一种痛苦的表情。她在做梦。

六团梦见一扇漆得血红的门，她用力推开门走进去。店里摆着一口大锅，一个人披散着头发跪在灶前拨火。当那个人回过头来，竟是服仙的脸。她爬起来打开锅盖，锅里躺着一个很小的人，像是个孩子。灶里的火苗一蹿一蹿，那小人儿开始扭动身体，无声地哭起来。六团看着吓得张开嘴想喊……但发现自己没有声音。她猛地吓醒了。

这是个什么地方？六团的心怦怦跳着，困惑地坐起来，慢慢想起这是鞠生的家。她还想起了下午，那时她一个人站在万年红百货店门口，她并没有推门进去，而是想等鞠生出来。但没有人出来。她觉得害怕，渐渐又感觉害臊，她的脸发烫可手脚冰凉，一副要哭的样子。街对面站着小个女人和另外一些人，朝她指指点点，六团再也忍不住，转身逃跑了。

她走回红卫街的排房，有人想和她说话她不搭理。因为她们都是尸首畜生。不错，那些盯着她的眼睛，不正像躲在灌木丛后的狼或猪狗的眼睛吗？畜生！王八蛋！狗屄的娘们儿，六团想，偷人养汉的骚烂货！让你们身上长疮头上长癞，顶风臭十里。让你们遭千刀遭万剐，火烤油煎，死了没地方埋。屋门紧紧地关上了，六团倒在床上，她太累太困，于是睡着了。火焰暂时熄灭。

现在她醒过来，发觉天已黑了。她翻身下了地。从昨晚到这会儿她还没吃东西，觉得饿极了。透过窗玻璃六团看见外面有亮儿，就打开门站在门口朝外看。她看见那亮光是从别人家的窗子里透出来的。她知道那是电灯，她在县城见过，但心里仍然为那光亮感到惊讶。多亮啊，她想，真真比天上的月亮还亮千百倍。

她回身看看屋里，看见头顶上也吊着一个灯泡子，她走过去伸手摸摸，不知道怎么才能让它也亮起来。正在这时，灯泡大放光明！六团惊呼一声缩回手，眼前金星四射一片昏黑。她不由闭上眼，迷糊了一会儿，再睁开眼时看见毛月姣站在屋里。

毛月姣手上拿了一个饭盒，里面装的是包子。她笑着问六团饿了吧，吃不吃包子？出于人类自救的本能，六团伸手接过了饭盒。

六团一个紧接一个地把八个包子都吃了，毛月姣看着她吃，还给她倒了杯水。六团吃着吃着脑子里忽然闪现一个念头：这馅子里别是下药了吧。这种与死亡有关的念头再次一闪而过。肉馅包子很香，六团吃得顺嘴流油，等她把包子吃光了，毛月姣从她手里拿过空了的饭盒，说："喝口水吧，这包子油大腻人。"六团就把桌上的一杯水咕咚咕咚喝下去。毛月姣问："饱了？"六团答："嗯哪。"毛月姣抿嘴笑笑。

晚上的毛月姣和白天的毛月姣完全是两个人，柔声细气地哄着一个善良而不幸的孩子。她告诉六团鞠生不是出差了，他人在，只是不愿见她。她劝了他一天，可没有用，看样子他真是吃了秤砣铁了心，这可怎么好呢？她很伤心，头上的灯光在她微微浮肿的脸上投下几片暗影。"嫂子呀，你听我说，看戏看头夜，种田看头年，如今他这么多年都熬过来了，你现在来实在是晚了。当初你们怎么就做下了冤家哪？可怜，作的什么孽呀！"一串眼泪扑簌簌掉下来，剩下一滴挂在睫毛上颤动着。六团非常惊讶。

接着，她看着毛月姣从衣袋里掏出花手绢，以为她要擦掉那滴眼泪，可是她把手绢塞到六团手里。六团更惊讶了。

打开看看吧，毛月姣说。这时六团感觉到折起的手绢硬撅撅的，像是包着什么。她打开手绢，三张纸落出来，掉到地上。可那不是纸，是钱，三十块钱。毛月姣弯下身把钱捡起来，再次放到六团手上。“这钱是给你的，”她说，“要是你同意跟老鞠离，老鞠再给你三百块，有多少的债也该了了吧！他可是舍不得吃舍不得穿呀！还有，”毛月姣从口袋里又掏出一块手绢，这次她用手绢擦擦眼角，擤了把鼻涕，“还有就是我求你了。”毛月姣吸吸气，抽搭起来，“嫂子，求求你离了吧，我保证老鞠养娘养你养到死，咱们就算亲戚，还往来，我毛月姣今生今世念你的恩情，来世变牛变马变……”门突然开了，一个五岁的男孩儿出现在门口，轻轻叫了一声“妈!”毛月姣泪光闪闪，看看孩子说：“你来做啥？谁叫你来的?”男孩儿咬着嘴唇不出声，眼睛死盯着六团。毛月姣起身走过去，伸手把孩子一把抓过来，眼瞟着六团说：“叫，叫大姑，这是你大姑。”小男孩儿眨巴着眼紧靠在毛月姣的怀里，仰起他的小脸，望着妈妈的下巴颏。

儿子，六团看见了，是儿子。一直到这个儿子进屋之前，六团都被一条无形的绳子捆着。她的心始终迟钝沉重地跳着，不能给她以说话和任何行动的指示。但是这个孩子的出现，像把刀子一样尖利地划破她，她觉醒了，绳子断了，她自由了。她强烈地感到了自己的一无所有，这使她自由。面前的这个女人是她男人的姘头，长着一副大厚嘴唇说哇说哇，还养了三个儿子，花她男人的钱，她的手正搂着她儿子的身体。六团恨她，恨这个男孩儿，她只有恨，这是她唯一的财富。她用她全部的财富聚集起的力量，猛地一挥，扇在毛月姣脸上。

毛月姣只眨了眨眼。六团吸了口气，使出更大的劲儿扇了毛月姣第二个巴掌。这时候毛月姣反扑了。她低下头，猛冲过去，六团被撞得连连倒退，抵在墙上。毛月姣张开血盆大嘴：你个没人要的东西，你死了那条心吧，你男人不要你，你就一个人等死去吧！呸呀！她朝六团啐去，唾沫喷了六团满脸。六团浑身在发抖，她听见上下牙在磕磕碰撞。她从心中发出一声咆哮，低下了坚硬的、像大地一样沉重的头颅。

毛月姣被撞倒了，倒下的同时她伸手揪住六团的头发。六团也随着她倒在地上，压住了她的身体。两个人在地上打滚，发出阵阵凶恶的呻吟。是毛月姣先感到了害怕。这个女人是那么有劲，那么凶猛，那么地毫无知觉。是的，六团就像一个一直在和激流搏斗的人，而现在她终于顺水而下了，再没有什么能阻拦她，她能咬死狼，咬死狮子。

小儿子尖声哭起来，门开了，一个八岁和一个更大的男孩儿冲进屋，他们看见被六团压在身下的毛月姣，大声喊着："妈！

妈!”攥紧拳头狠砸六团的头和后背。但六团没有知觉。她的手臂像岩石一样粗硬有力，手像两把钳子，卡住毛月姣的脖子。呼吸变得一刻比一刻痛苦，毛月姣的眼睛越睁越大，渐渐突了出来!六团的脸上迸射出万颗金星，被一片可怕的白光所笼罩。这时那五岁的孩子抓起地上的一个板凳，朝着六团的头砸下去。

毛月姣终于发出声音，她嘶哑地喊:“救命!杀人啦!”

许多人冲进屋子，许多双手揪住六团，把她从毛月姣的身上拖起来。毛月姣挣扎着从地上爬起来，还没站稳就张开锋利的手指去抓六团。白炽的火焰隆的一声从面颊上烧过去，疼痛使得六团眼前漆黑一片。她发出一声拖长的哀号，挣开众人，她的手揪住毛月姣的衣襟用力撕扯，一根根纤维发出惊心的断裂声。衣服从领口到下摆彻底撕开了。

两个圆滚滚的大奶颤动着，令人震惊地呈现在灯光之下。灯光还在毛月姣雪白丰腴的肚皮上投下两块黑幽幽的影子。

这巨大的双乳仿佛悬浮在空中，发着光，使人眩晕。连六团也感到了迷惑与激动。她听到一声惊讶的叹息，不知是从哪儿发出来的。在惊骇与憎恶的冲击下，六团的手指战栗着伸向那柔软而富有弹性的肉，在接触之后坚定地划了下去，光滑而紧密的皮肤裂开了，首先现出四道灰白的印迹，然后无数颗血珠迸发而出，绽开鲜红的花朵。

毛月姣哭了，她哆嗦着用手揪住撕破的衣服，试图掩住胸口，她的儿子们看着她。但六团不让她这么做，六团要把她的衣服撕成碎片，把她的胸脯撕碎。女人们拼命揪住六团。六团的指甲缝里塞满血污，手臂如在狂风中一样挥舞着，她挣扎、喘息，断断续续地喊着，老屄色的，让你浪，我弄死你个骚娘们儿！你个婊子，狗鸡巴驴鸡巴肏的！

毛月姣号啕大哭，冲出屋门，冲进黑夜。身后跟着她的三个儿子，他们哭喊着："妈！妈！"余音飘得很远很远。

红卫街排房的人把六团锁起来了，锁在鞠生的屋里。夜深人静的时刻，六团从后窗子爬出来，她跑了，跑回大栗堡子去了。

那时正是割豆子的季节，没有女人下地，除了六团。中午歇气儿的时候，六团只觉得腰像要断了似的疼。她一步一步挪到家，服仙做了饭等着她。两个人坐到炕上吃饭，服仙吃完一碗高粱米水饭，六团接过她的空碗要去给她盛饭，她伸腿下炕，一条腿去够鞋的时候好像抻了一下。她给服仙盛饭回来，又给自己盛了一碗，当她朝炕上一坐时只觉得身子下面一热。

一下午六团都躺在炕上，下身一直在流血。到了天快黑的时候，她就昏过去了。她流产了。

就在六团那天深更半夜从鞠生家逃出来，从遥远的小城向着大栗堡子逃奔而回的时候，发生了一件大事。一具尸体从拉连河里被捞了出来。

八月天，去下坎打草的后生跳到河里摸鱼，结果摸到了这具尸首。尸首已经泡烂了，而且被鱼吃了一部分，但仍然能分辨出是个女的。大栗堡子也有男人在下坎打草，这可怕的消息像野火一样吹进了他们的耳朵里，点燃了他们脑袋瓜里一个惊魂动魄的念头。

他们跑哇跑哇，跑得气都要断了，来到捞出尸首的地方，他们怀着无比惊恐的心情辨认了尸首。然后他们就把服仙的尸首抬回了大栗堡子。正在他们蒙头转向不知道下一步该怎么办时，六团灰乎乎的失魂落魄的身影出现在村口。

远远地看见了大栗堡子，六团就像一个在海上绝望漂泊的人看见了陆地，当然她从未看见甚至也没听说过海，她是在噩梦之海中漂泊。一路都是被噩梦魇住了的感觉控制着她。现在梦终于醒了，她的心总算落了地，她只想赶快进家门，倒在炕上蒙头大睡。只是她有点奇怪，屯子里的人都上哪儿去了。这时候二丫头迎面跑来，跑着跑着看见了她，就站住了，两眼瞪得滚圆，面如死灰，忽然一扭身，冲到墙根儿吐起来。六团吃了一惊，紧走几步，走到二丫头身后问："咋啦?"二丫头吐了一地的黏东西，六团伸手在她背上捶捶，又问："你这是咋的啦?"二丫头缓过气来，直起身子，六团看见她的嘴唇动了动，说："哎呀妈呀，吓死我了!"六团问："啥事儿把你吓成这熊样儿?"二丫头转向六团，张了张嘴，什么话都没说就哭起来了。

六团昏了过去。她一路哭喊着："娘哇，我的娘哇!"凄厉的呼唤响彻了大栗堡子的上空。在家门前的空地上，她看见了无遮无挡地躺在地上的服仙，一下子就昏过去了。

六团一直哭，哭了一天一夜，又哭了一天一夜。其间除了昏昏沉沉地浅睡之外，醒来就是哭泣。那两天六团低低的呜咽在人们耳边时断时续，到后来每一次的停顿都叫人不由得期待着哭声再起。

尸首在西屋放着，盖着一领席。当六团的哭声终于一点点弱下去，各种各样的关于服仙是怎么死的说法在屯子里传开了。有的说服仙是不留神掉到河里了，还有的说是她故意寻死，生生让儿子给逼的。种种说法最后都传到六团的耳朵里。六团混混沌沌地想：命，命哇命，但突然间，长空中一道闪电，血液在她的血管中嘎啦啦凝结成冰。天爷呀，她想，是鞠生把服仙弄死的。霎时她的心如一泓明镜，照见了一切。鞠生逼死了服仙，是他把服仙推到江里淹死的。他要让服仙去做证，服仙不肯去，鞠生就急眼了……混浊的水面下晃动着一团团模糊可怕的影像，就是在这个时候，六团的哭声停止了。屯子里的人一时间都觉得心里头有点空荡荡的。

六团身边一直有女人陪着她哭，这时她们发现六团整个人像是在很远很远的地方。她们担心是服仙把六团的魂给带走了，她们就叫六团，鞠家大婶子盘腿坐在六团面前，带头喊道："六团哇，你回来哇！六团哇，你回来哇！"别的人跟着她一起喊，一直喊到眼泪重又顺着六团灰黄的面颊流淌下来，她们才住声，松了口气。后来，鞠老大以长辈的身份想问出六团去城里的情况。六团说得含混不清，说来说去就是那几句话：那个骚屄娘们儿把鞠生藏起来了，不叫她见，她和那个破鞋干了一仗，城里的人想把她扣起来，她逃回来了。于是大家都明白了鞠生在城里是有了女人，就齐声骂鞠生，骂几句鞠生，哭几声服仙；后来下葬的事儿也夹杂在其间定下来了。

老鞠家的人四下搜寻来了一些破木板，凑合着钉了口棺材。服仙就被放进了棺材里。这一切六团都呆呆地看着，后来又有人提出来是不是该把鞠生叫回来，六团泥塑般的脸上掠过一道阴影，她断然地说，鞠生在那个骚娘们儿手里，叫不回来。

下葬的头一天，棺材在院子里摆着，老鞠家的几个小辈人都来陪这最后一夜。六团已经不再哭了，只是人还发木。夜深了，蚊子和小飞虫越来越密集地团团围着唯一的油灯飞舞；蛾子冲进火中，扑扇着燃烧的翅膀，落到炕上。大伙儿不由自主地谈起了鬼，说起了死去的粉儿，又说起更早年间的一个叫多伦的女蛮子，怎么成了孤鬼在大野地里游荡，直到她的仇人家的人都死光了，她才离去，也不知她去了一个什么样儿的地界儿。阴曹地府呗，有人说，阎王判官说叫你去哪儿你就得上哪儿去，九九八十一个去处呢！有人说不是，是七七四十九层地狱。二丫头嚷：“妈呀妈呀，别说鬼了！”她哥就笑她：“怕个屌呀！哪来的鬼！现今有共产党毛主席，还有贫下中农，该杀该判该咋整治就咋整治。活人才能治活人，真死了谁还治得了谁哇？啥鬼不鬼的。”六团一直坐在一边没出过声，这会儿忽然开口问：弄死了人咋整治法？二丫的哥说：杀人抵命，没啥说的。六团的嘴唇微微颤抖着，说：那儿子弄死亲娘呢！所有的人都吓得一激灵，都不出声了。也就在这时，一阵邪风不知从哪儿刮进屋来，油灯忽闪忽闪地晃动，巨大的人影子也满墙地摇晃起来；火苗一明一灭像魂儿似的挣扎来挣扎去，最终挣扎不过了，噗地冒出一缕青烟儿，灭了。屋里一片漆黑，只听见二丫头尖叫一声：妈呀！

当东方泛起鱼肚白的微光，天上的星辰越来越淡地在天空中消融，乡野渐渐地从无边的灰暗中显露出来。黎明前的空气像水一样清凉。这时候人都被瞌睡征服了，有的后生溜回了家，剩下的闺女们歪歪斜斜地睡了一炕。在灰蒙蒙的晨光里，这些睡着的人，她们那不自然的扭曲的姿势，使她们看上去像是死去了。只有六团一个人睁着眼睛，眼睛里并没有生命的迹象。

六团正忍受着来自眼底的疼痛。在那里，毛月姣的血正从雪白的胸脯往下流，而那个已无法辨认的万分可怕的服仙，眼窝里露出白骨，叠印在红白交映的血光里。她不想看，她想闭上眼睛，但做不到。她的眼珠胀大了，干涩得无法转动，同时有亿万根小针在飞速穿梭。六团最后呻吟了一声：“天爷！”老天爷听见了这声呼唤，让她的眼闭上了，紧紧合拢了。一阵刺痛向全身弥漫开去。这时候鸡就叫了。

当棺材抬出院时，六团疯了似的扑上去拽住抬棺材的人。鞠老大问她咋啦，她连声地喊：等着；她反身跑进屋里，掀开箱盖，拿出自己平日舍不得穿的一套好裤褂，她唯一的一件绒衣一块围头巾，她抱着这几样东西跑出来，喊着要给娘带上，边喊边要去掀棺材盖。有人拦着她，她就连踢带踹地号起来："娘呀，你苦哇，你死得惨死得屈哇！俺不能让你就这么走了呀，娘！"后来棺材就放下了，把这几样东西放进去。六团扒住棺材不让盖上，她又把脚上一双八成新的鞋脱了，搁在棺材里，哭喊着要和服仙一块走。女人们看得心都碎了。鞠家大婶子把头上的一根银簪子摘下来放进棺材里，让服仙带去使，又有人学她们的样子放进一个大瓷碗，一把断了齿的梳子，一双纳了一半的鞋底子，还有一小口袋的黄米……棺材再次抬起来时，发出嘎巴嘎巴的响声，但是被一片惊天动地的哭声盖住了。

棺材抬出了屯子，抬进了小树林，一路上哭声不断。邻村的人也跑来了，在地里干活的人停下活计，远远地望着。他们看见的是那副棺材像船一样在绿色的田野上漂浮向前，哭声就像起伏的浪潮。

六团在小树林里又昏死过去一回。她的哥嫂代表她娘家的人也赶来了。当六团扑到刚刚隆起的坟上，双手扒着泥土哭得上不来气时，她嫂子一屁股坐到地上，一只手拍着地仰起脖子面朝长空，“老天爷哇老天爷，你可是得睁眼呀！俺妹子这辈子咋活的你可都瞅见啦，吃的是猪狗食干的是骡马活呀，她比那狗还忠心哪！过一天少三晌，白天黑夜她累死累活呀！俺妹子图稀个啥呀！不图黄金白银，不图獐狍野鹿，只图稀这辈子落下个好名声，生是鞠家人死是鞠家鬼，她大婶子！你咋一撒手丢下她走了！往后她还给谁烧火做饭，端汤倒水儿呀！”六团听着听着就哭死过去了。

这次下葬仿佛是一场洗礼，使屯子里的人看到六团已不是过去的六团了。她已经分成了两半，一半跟随服仙去了阴间，去侍候婆婆，另一半留在阳世为了等男人回来。她的男人其实是一条十恶不赦的野狗。

就在服仙下葬之后，一桩可怕的罪行传开了。服仙是被亲生儿子害死的。服仙失踪前的一天，鞠生曾逼着她第二天去公社做证，服仙不答应，鞠生的脸就黑了。服仙说就不去你敢弄死我！鞠生说咱走着瞧。服仙劈头盖脸地骂道：你个狼崽子，没心肝的；鞠生上前一步：去也得去，不去也得去，由不得你。这时候他们娘俩儿已经是在去公社的路上，或者是在江边上了。

服仙还是不住口地骂，鞠生的脸阴得像锅底。他再次问：你去是不去？服仙把一口唾沫啐进鞠生眼里。鞠生一抬胳膊，把老太太推进了拉连河。服仙扑腾了两下，临死前叫出丈夫的名字。

有人在江边看见过服仙母子二人，有人甚至听见了那最后的呼喊，似乎是：他爹，俺找你来啦！还有一种说法是鞠生是在半道下的手，然后把服仙装进麻袋包里，扛到江边扔下江去的。因为确实不止一个人看见鞠生扛着个口袋在路上走过。

整个大栗堡子像一口开了的锅，形形色色的药不断扔进锅里，混合成毒性剧烈的黑汤，毒气在空气中弥漫。而这时六团却睡了，她睡了三天三夜，睡得就像死过去一样。屯子里的人甚至还为此虚惊了一场。

她静静地躺在炕上，阳光先从东边照亮了她右面的脸颊，然后鼻子的阴影渐渐缩小，正午的太阳在她的脑门上反射出一层幽光，然后再次投下鼻翼的暗影；六团的睡眠随着广阔大地的巨轴在缓缓转动，转向越来越浓的暮色。

夜深了，星星变得更大更明亮，四野空旷而寂静。鸡叫声打破了这寂静，但是并没有惊醒六团，早晨的太阳又悄悄升起来。

三天三夜的睡眠之后，六团醒了。她觉得自己像是换了个人，脑袋瓜里无比清亮，身体里蕴藏着力气。而且最重要的是她作出了一个决定，她的身体作出了一个决定，她要去告鞠生。告他弄死了服仙，事情就是这样。这会儿他正和那个白胖的娘们儿睡着，可他跑不了了，他就要下地狱了。想到这儿，想到她六团，居然能有这么大的本事，把这个害了她一辈子也害了服仙的男人活活揪回来，跪在她面前哆嗦着磕头求饶，六团就止不住兴奋地战栗起来。天爷呀天爷，她暗自叨念，你可指给我一条道儿了！地狱就在前头，门儿也是能弄开的。她的心怦怦地跳着，越跳越有劲，原先蜡黄的脸泛着红光。六团活了，可算活了。

在各种各样的传言之中，还有一个传言，说哪儿哪儿也走丢了一个人。六团听了先没觉出什么，过了会儿忽然一激灵，她想：地底下埋的是不是服仙哪？一天之中，她像犯魔怔似的，一会儿一激灵，老觉得服仙就站在她背后，用一双死人的眼睛盯着她。后来又传来话，说别处走丢的是个半大小子，六团那颗不定的心才安稳了，重又起劲地跳动起来。

六团懂得告状要上法院。而她对法院这类地方并不陌生。这是有文化的鞠生给予六团的唯一的教育。最早乡里叫六团去，六团那时候也就二十二三岁，吓得一个劲儿哭，说不出话来，人家就让她走了。后来她听说官司判下来：不准离婚。过些年她又到过区里，那时鞠生已被下放，六团怀过的孩子也没了，鞠生又一次回家来，听说他请区上法院里的人吃了席，席上有他从城里带来的酒，还有不少的肉菜。六团心慌了，她和服仙一块跑到区上法院去哭诉。然后又找着了刘赤库的家，就在公社所在地的大三洼子。刘赤库在区里法院上班，不老回来，六团和婆婆两个人天天堵在人家门上哭。刘赤库的老婆先还给她们端碗水，陪她们抹过两回眼泪，后来也经不起每天这么个闹法儿，刘赤库就说根本不认识鞠生这么个人，也不管这桩案子。于是也就没人提下文了。鞠生一去又是多少年，再见着鞠生他就有了白头发。他们三个人围着炕桌吃猪肉罐头。鞠生一低头，灯下，他的脑瓜顶上像落了一层灰土。可他回来还是为了离婚。他说多少年不在一起过，根据哪条哪条法就该算离了。他说这话的时候用了一个六团没听懂的词：发生性关系。可六团明白了这层意思。她说那你还找我干啥。她心里有数，就是一百年不在一起也白搭，共产党毛主席向着她，不向着那些狗男狗女。鞠生写了长长的状子递到县上，上面写着这些年他没和郭六团睡过觉，可是谁证明呢？他就去求服仙。服仙哪能为他证明，她要是答应了就不得好死。对了，服仙是说这句话来着。六团的思路到了这个地方，真的和假的已经难以分辨了，她自己也分不清什么是真事儿，什么是她想出来的。她记得服仙说：你自个儿缺德还不算完，还想叫我也不得好死哇！鞠生说：你要不去我就不认你这个亲娘。服仙大声嚷：哪儿就称了你的心随了你的意了？天塌下来砸不死我我就是你娘！你要我证明我就证明：你回来那天就钻了六团的被窝，我亲眼瞅见了！鞠生也大声嚷：放你奶奶的狗臭屁！你可别把我逼急眼了！服仙喊：逼急眼了你就杀了我吧，不杀死你亲娘你不是人揍的。鞠生就要找菜刀。六团冲上去把菜刀抢到手里，死攥着不放。鞠生就踹了她一脚。后来，后来鞠生没下得了手，第二天他走了，服仙也就不见了。后来六团去城里找服仙，没找着服仙倒见着了鞠生的姘头。她把鞠生给藏起来了，兴许就是那个骚娘们儿给鞠生出的主意，离不成就弄死她们。除掉了服仙和六团她就能和鞠生过了。

六团的脑袋瓜现在非常好使，比以往任何时候都机敏清晰。她编织着一张网，这张网越织越密，黑匝匝的，最终将没有缝隙，透不过一丝光亮，把鞠生死死罩住。

从早到晚，六团生活在罪恶之中，她的话就是铁的事实。她听见有人议论，说鞠生干的事儿也邪，咋没杀了六团呢？他真正该弄死的是六团呀！六团也这么想。她想对呀，可不是嘛，他是想我死，他一门心思就是想我死！我要死了他的事不就结了，他就能踏踏实实热热乎乎地搂着那骚货睡啦！她听见了毛月姣在枕头边上对鞠生说：弄死她！弄死你媳妇！可她怎么能听得见他俩说话呢？当然是毛月姣泄露的。毛月姣努着大厚嘴唇冲她说：你还敢找上门来，没弄死你，算你命大，你就等着死吧！六团听她说出这话时就扑了上去，和她撕巴起来。

夜深人静时是六团的思维最活跃的时候。她看得见所有发生的细节。她甚至去实施这些细节。罪恶就发生在半夜。六团醒了，被一个声音弄醒的，她一睁眼就看见鞠生站在屋门口，像个鬼。六团真的看见了，她吓得一骨碌坐起来，鞠生不见了。六团觉出大事不好，她推推服仙，可服仙不在她身边，她身边没有服仙，这么说她是和鞠生睡在西屋，她忘了。她究竟和谁睡在一个炕上，这个事实在她心中总是含混不清的。如果她可以选择的话她会毫不犹豫地选择和服仙睡。因为她实在不能想象她和鞠生躺在一处。她忽然想起她和鞠生曾坐在西屋的炕上，月光下那沉寂的恍惚的一刻，然后一只臭虫咬了鞠生的腿。那么说她是睡在西屋。半夜时分，当她一睁眼看见鞠生像鬼影子似的消失在屋门口，六团下了炕，悄悄地追出去。在院儿里没有鞠生，什么也没有。她转了回来，这时她看见屋门口的地上，月光里盘卧着一条蛇，她吓得尖叫一声“妈呀!”叫过之后四下里没有任何动静，地上的蛇也一动没动，她这才慢慢看清了，那不是蛇，那是一条绳子。鞠生正是想用这条绳子勒死六团。绳子还在。

穿着官衣的警察老范来大栗堡子调查这桩人命案。六团交出了一截儿绳子，作为物证老范把绳子收走了。六团还指给老范看了她捡起绳子的地方。屯子里的人带着老范去了江边，到发现服仙尸首的地方去了，老范在江边的茅草丛里转悠了好半天，不让人靠近他。那天是个阴天，风吹得茅草一片片地倒下，老范头上的帽子时隐时现。老范还被领到服仙的坟头上。曾经举行过的葬礼历历在目。昏死过去的六团好像仍然趴在坟上。老范都看见了。而且他还感觉到六团的形象渐渐发出光茫。大栗堡子的每一个人都站在这光芒之中。六团的美德就是他们的美德，六团的苦难就是他们的苦难。六团播下的火种在每个人心头燃烧。这样一场熊熊大火给警察老范留下了深刻的印象。

县公安局发出了一封公函，内容是经鞠生的爱人郭六团和大栗堡子贫下中农的揭发，及公安人员的调查，鞠生被确认为杀死服仙的嫌疑犯。时间是一九七四年九月。

鞠生被抓起来的消息传到六团耳朵里。她先是十分震惊，这种又怕又激动的心情使她夜里难以成眠。她原先只是一个灰头土脸的妇人，就像地上的一块土坷垃。她的存在几乎完全是被动的，老天刮风或下雨，地上的石头能有什么想法呢？命运对于六团就像老天对于石头一样。但是现在石头却有了想法，不仅有了想法，而且石头感到：风哇雨哇，雪哇霜哇，这些老天的旨意里竟也含有石头的意愿。六团触摸到了命运，正是这感觉使她无比地惊恐激动！她一生一世从未经历的，一生一世一直在等待期望的一件事终于发生了，而这件事的发生竟也有着六团的作用。接下来一种深深的欣慰和满足渐渐地浸润了六团干枯的心田。她睡着了，而且睡得很沉很香，不再有噩梦。

六团发现自己下身出血时，她和服仙正在吃高粱米水饭。她觉得下身一热，解开裤带看到一团暗红的血块，她的腿立刻软了，瘫坐在炕沿上。服仙搁下碗一口气跑出去四十几里地，去请家住在双流镇的仙姑大燕尾儿。

天还没黑的时候，服仙和大燕尾儿进了门，还带着一个呆傻的男孩儿，说是大燕尾儿的侄子。六团整个下午都在流血，垫在身子下面的灶灰黏糊糊的，使她觉得自己躺在烂泥地上。油灯下跪在炕头的大燕尾儿头发油光光的，散发着一股逼人的臭香。她那两片又薄又长的嘴唇呈现出深紫色，在脸上虫子一样地蠕动着。她双目紧闭，而她身后的黑暗中，那个呆傻的男孩儿始终翻着白眼，像两个一动不动的玻璃球悬浮在昏暗之中。这是六团最后的记忆，然后她就昏死过去了。大燕尾儿说她之所以没能逮住那个叼走六团孩子的黄狼精，是因为那天晚上没有星星也没月亮，这叫作撞上天狗。本来她已经抓住那孩子的一双小脚，可撞上了天狗，把她眼瞅着要成的事给毁了。

天狗本要把六团也一块叼走，幸亏大燕尾儿的侄子看见了，他的眼一瞪，像两个探照灯似的冒出两道光，号叫了几声，把天狗吓跑了，也算是六团命大。

流产后的第三天六团就下地干活了。太阳下她汗津津的脸发出绿光，身上的布褂子全被汗溻透了，紧贴在她身上，露出一根根骨头的影子。那正是割黄豆的时节，六团头朝下，背拱起，从早上干到太阳下山。有时她想直一下腰，但她发现自己做不到。她的腰已经永远地弯成弓形，如果她想把它弄直，就要忍受剧痛，于是六团放弃了，继续顺着田垄向前挪动。汗水从她的后背流到脖子上，又顺着脖子流到下巴颏上，滴落到泥土中。六团想，天狗在哪儿呢？为啥没把自己给叼走呢？天边上，灰褐色的田垄终于融进了灰白色的远天，也许天狗就在那儿。

失去了肚子里的孩子，六团的身上不再流着鞠家的血了，她感到加倍的虚弱、卑贱。只有更加忘我地为这个家干活，服侍服仙。六团献身的意愿那么明显，连服仙都感觉到了，她一直怀着嫌恶和同情交织的矛盾心情。终于有一天，服仙和六团说：不要把孩子掉了的事告诉鞠生。服仙的这句话使六团一下流出了眼泪。接着她再也忍不住，当着服仙的面大哭起来。服仙先看着她，然后开始抹眼泪，渐渐也哭出了声。六团听见了服仙的哭声，抬起泪眼，服仙像水中的影子模糊不清地晃动。两个在滂沱的泪水中浮现的身影接近了，婆媳俩抱头痛哭。

六团和服仙商定，孩子没了的事一定瞒住鞠生，同时写信催鞠生快回来。等他回来了，他一定会和六团睡的，因为六团身上已经怀上了他的骨血。然后六团就会再次怀孕。如果说六团这一生真正渴望过什么，那就是渴望这次怀孕。写给鞠生的信上说服仙身体不好，怕是染上什么病了，希望他能来家看看。信发出去以后，她们俩等了近两个月才等来了鞠生的一封信。信中说他忙，不能回家。随信寄上五元钱，请母亲大人查收。至于他先前已经知道的六团怀孕的事，他问都没问一声。

只有一个原因能够解释鞠生这种绝情绝义的举动，他在外面有了女人，尽管他从来没有承认过。六团问服仙咋办呢，服仙答不出来，可过了两天服仙有主意了，也许是从别人那讨来的。她说该给鞠生工作的地方写封信，求当官主事儿的人让鞠生回家来，不让他在城里待着了，省得他起外心，要把老婆给离了。六团的心头一惊。就像她手里一直握着一样玩意儿，可她不知道这叫枪，扳机一动枪响了，六团吓了一跳，继而一阵揪心的惊喜。信是六团求支书写的。支书写完之后把信给六团念了一遍。六团听起来觉得像戏词儿，什么陈世美啦，包青天啦。六团问是咋回事儿，支书告诉她，他把鞠生比作陈世美，把管着鞠生的上级比作包青天。六团心想支书可真不是白当的。

此时鞠生确实正在恋爱。热恋的对象是个没考上高中在他工作单位当管理员的姑娘。也许在收到那封信之前人们就有议论，那封信促使领导采取了行动。他们被抓住时穿着衣服，但是小仓库的门反锁着，敲打了半天才开。巨大的耻辱使这个不到二十岁的姑娘就此离去。她放弃了她这份工作，躲在家里很久不出门。鞠生曾去找过她，但是被孙小玉的父亲骂出来。领导决定处理鞠生，作为正式职工决定把他下放。本来他们选了一个离鞠生老家不远的小城，但鞠生不同意，他说他可以去别的任何地方。在整个事件进程中，鞠生只在这一点上表示了自己的意志。于是他被下放到关内一个小县城。

服仙就是去那儿探望儿子的。六团在这段时间里和沟子睡了，后来又坚决拒绝了沟子。但这段经历在她心中留下了烙印。有时她盼望鞠生能回来，同时也不由自主地盼望和男人同房。她的脑子里会浮起一些想象，她感到自己的奶头鼓胀挺起，看见了自己在黑暗中的笑靥。她同样是个会浪的女人，她们的身体如黝黑的沃土，期待尖硬的犁头，那时，她们就化作无边的潮湿而又松软的波浪。但是鞠生再也没有回来，没有触摸过六团。而庞沟子早在多年前就被招女婿招到别的地方去了。

沟子后来当上了车把式，几乎没有再回过大栗堡子。这很自然，因为大栗堡子对他来说没有什么值得留恋。他家的破房在他离去之后简直就要倒塌了，竟然一直没塌，没有把老庞头砸死在里面，真是老天爷开恩。不过冬天里，大风还是把烟囱刮倒了一回，浓烟倒灌，从门、从窗缝、从窗纸的破洞里往外冒，那时这座屋子就像云雾缭绕，在太虚幻境一般。

开春了，六团去集上卖鸡蛋，远远地看见跟在犁地撒种人身后的老庞头，拄着根木棍在踩格子。他的身影像是纸扎的，在风中飘荡。

春风那么强劲，吹得六团的头发像燕子的翅膀在风中扑扇。大地呼吸着春天，吐出朦胧的嫩绿。

就是在这个春天里，在烧锅集上，六团遇见沟子了。沟子的目光像春风拂面，六团的心跳得快起来，不由得用手拢拢吹乱的头发。沟子倒一点也不慌，他穿得虽不新，可整整齐齐的，人也胖了，就像一口袋扎好了的粮食，又利索又敦实。沟子问六团吃晌午饭没，六团说身上带了干粮。沟子说我身上带着钱，去吃饺子中不？六团先说不去，可末了还是和沟子去了一个小馆儿。在小馆儿里，沟子要了二两烧酒。六团没有喝酒可她一直觉得晕乎乎的。因为这是她一生里头一次在馆子里吃饭，而且是和沟子在一起。她想：这不是梦吧？一边用手指甲掐掐自己的大腿。

饺子热腾腾地端上来，六团忽然想起了老庞头。她告诉沟子她出来的时候还瞅见他爹在地里。沟子只“嗯哪”了一声，没问别的。沟子一仰脖儿把烧酒喝光，放下空杯子，六团急忙低下头。沟子说：“吃哇，你倒是吃哇。”六团就埋头吃饺子了。沟子睁着一双发红的眼睛直愣愣地看着六团，说：“真真糟践了。”六团问：“啥糟践了？钱哇？”她以为沟子后悔带她来吃饺子。沟子吐出一口酒气，说：“咋还没整明白？你六团生生给糟践了。”六团怔住了，直愣愣地望着沟子，渐渐地眼眶里盈满了泪水。沟子说：“哭啥？哭顶嘛！”六团一眨巴眼，泪珠掉在盘子里。

吃完饺子，六团要往家走，沟子说他赶车来的，能捎她一段。六团就坐上了沟子赶的大车。沟子看见六团的篮子里放着一双塑料凉鞋，问给谁买的，六团说给自己买的，夏天穿比布鞋耐穿，还能蹚水。六团看见沟子的褂子里裹着一块花布，问给媳妇买的，沟子说预备给孩子做被面的，沟子的媳妇说话就要生了，说完这句两个人陷入沉默。风已经小了，几乎停了，只是空气在静悄悄地流动。这是春天里最明媚的那种天气，小虫儿在飞着，在六团和沟子的沉默之中嗡嗡飞舞。一股微微的、内在的、含苞待放的气息从六团的身体里散发出来，沟子闻到了。

路前方是一片褐色的小树林，沟子一甩鞭子，马跑起来，很快来到林子边上。沟子吆喝牲口站下。六团问干啥，沟子说解个手，就从车辕上跳下来。他四下看看，朝林子走了两步，又转回身，他看见六团坐在车上一动不动，就问：“你不解手？”六团不吭声。沟子朝她走近，说："没人，来吧。"六团咬住嘴唇，跳下大车。

在一丛矮树后，六团被掀翻在地，她听见自己的身体像块石头发出咕咚一声，惊飞了树枝上的鸟儿。没有痛楚，但是也没有那种感觉，只能感到下身来自沟子的打击。沟子像夯，要把她砸进身下的泥土里去。她不由自主地一声接一声地叫着，沟子在喘气的当口说："别出声！"六团于是咬住嘴唇，她在心中继续呻吟着：啊！啊！啊！欲望一点点渗出来，六团的知觉在苏醒，记忆之流开始畅通，就在这时候，犁头融化了，变软了。接着传来马的嘶叫，有人在喊：老板儿！老板儿！

沟子慌张地爬起来，提上裤子，骂道：杂种肏的，哪个鸡巴玩意儿！他走出树林。

路边站着的是沟子邻村的两个人。其中一个对另一个说："瞅瞅，来了吧，我说啥来着，是沟子，差不了。"

沟子一边系裤子一边冲那两个人乐着："家走哇？"

一个人答应道："家走。"

沟子又问："上集上了？咋没瞅见你俩呢！"

又一个答："可不没瞅见咋的！"

沟子郑重地系好了裤子，拿起插在车上的鞭杆子，无声地嘟囔了一句：王八犊子！他纵身跳上车辕，回头冲小树林瞥了那么一眼。那两个人也相继一跳坐到了车帮上。沟子大声地吆喝了一嗓子："驾！"同时把鞭子"叭"地一甩，大车顺着树林边的土路走了，不一会儿就把小树林甩在了后面。

六团从地上费力地坐起身来，她蓬乱的头发上粘着草梗子，屁股上沾满了潮湿的泥土。忽然，她想起自己的篮子，篮子里放着那双塑料凉鞋。

服仙没能把鞠生带回来。她是一个人从城里回来的，身上穿了件新做的褂子。她和屯子里的人说到鞠生，总是一面叹气一面骂，可她真正想骂的是六团，她想说的是要不是有六团，鞠生八成就跟她回来了，回来再给他娶一个他看得上的。但是服仙既不能这么说也不能这么做。她说的与做的没有一样背叛了六团。但六团怀的孩子掉了，鞠生不肯再肏她了，这个事实如鲠在喉，服仙咽不下去。那是一段最可怕的日子。六团唯一的靠山服仙，也靠不住了。她是不是只有死路一条了呢？她真的想到了死，可是她又害怕又不甘心。她唯一能做的就是战战兢兢，黑天白夜小心地服侍服仙，给她篦头，给她洗脚，给她捶腰，没有什么事六团没为服仙做过。夜里，当服仙睡熟了，她偷偷地流一通眼泪，一天才算熬过去。白天她必须是舒心的，要有笑模样儿，还要有规矩。这样难熬的日子记不清过了多久，笼罩着六团的阴云渐渐淡薄了，终于消散了。六团也变得炉火纯青。她那无尽的冤屈和艰难被磨炼得愈发坚硬，体积越来越小，最终成了一块深埋心底的燧石。有了它，仇恨就会随时迸射火星，燃起地狱的大火。

日复一日，几十年过去了，六团和服仙相依为命地过日子，仿佛她们会地老天荒地活下去。六团从没有想到服仙会离她而去。但是婆婆却先走了。她上哪儿去了呢？她待在一个什么样的地方？有时六团忽然感觉婆婆还要回来的。有时她待在屋里会猛然回头，因为她觉得服仙在她背后。夜里她也惊醒过，以为服仙又躺在她身边了。这种错觉常常困扰她。有一天晚上，六团吹灯躺下可睡不着，后来她听见院子里有响动，就翻身下炕，轻手轻脚地走到门后，把耳朵贴在门上听了又听；最后她“哗啦”一声拉开门，冲着黑漆漆的院子叫了两声：“娘！娘！”她的呼唤被沉沉的黑夜吞掉。四下一片静寂，仿佛她不曾喊过什么，仿佛服仙也不曾存在。六团关上门回到炕上，躺下哭了。她不知道以后的日子怎么过，她心里面是空的。

大约又过了一个来月的样子，关于服仙之死和鞠生罪行的议论刚刚平息了一点，人们刚刚安于等待结果，平地刮起了狂飙，鞠生回来了！

消息是到下洼串亲戚的人带回来的，说是有人在江边看见了鞠生。他在江边转悠时让人看着了。见着他的人说他的头发长得老长，不像人样子。黄昏时分，在渐渐逝去的天光里，那阴森的孤零零的身影很快地消失了。

这是真事儿吗？人们怀疑。但是人们又情愿相信这是真的。因为如果一切老没有个结果，人们甚至盼望死人从地底下钻出来，回到阳世解决问题，不然怎么办呢？何况鞠生是事件的主角，而且压根儿就活着。

六团一听说鞠生的出现吓得要命。她不敢一个人睡，跑到鞠老大家和他家儿媳妇枝子挤着睡。她的理由很简单，鞠生是来杀她的。既然他连亲娘都弄死了，他能放过她吗？

两三天里，鞠生消失了，也许是人看花了眼。但是就在疑云四起的时候，屯子里的一个后生，马六指的儿子马成在离大栗堡子不远的庄稼地里亲眼见着了鞠生。鞠生还和他说话来着。鞠生告诉马成他被城里的公安局押起来了，他冤枉，服仙不是他弄死的。可是没人理他，怎么着都没人理，也不审他，就关着他。结果他逃出来了。他不信他娘死了，要是死了他也要把她从地底下弄出来问个明白。马成说鞠生在玉米地里过夜，吃生玉米棒子，鸡巴毛的跟野人似的，成天价吓人啦！

六团的第一个反应是告发他，好赶紧把他抓起来。可是她没去，因为屯子里没人开这个口，大伙都惶惶然不知道该怎么着。于是六团的脑子里又浮出第二种念头：是不是该给他送点儿吃的去？不过她也没去。实际上她什么行动也没有，只是又出工了。在她那张扁平的黑黢黢的脸上，看不出任何表情，恐惧、悲哀、仇恨都看不见了。而且她忽然失去了和人交谈的愿望，她沉默着。看上去她谁也不需要。她已经做好了最可怕的准备。可是她不知道那是什么，一点儿也不知道。她只是又搬回家自己睡了。

这时夏天快要过去了，还没有过去。大粟堡子的人却都有一种不寒而栗的感觉。也许是因为过于激动兴奋，但更主要的是因为一种预感。人们聚集在地头或者炕头上，沉默会突如其来地降临，大伙的心就会不由得哆嗦一下。

那天，从一大早天色就很阴沉，团团的黑云无声地在天边聚集。风掠过广袤千里的平原，田野开始不安地动荡起来。一个身影出现在通往小树林的土路上，在地里干活的大粟堡子的人立刻就发现了那是鞠生。在片刻的震惊、相觑之后，他们向他跑去，围住了他。鞠生的样子使他们几乎无法开口和他打个招呼，他的样子把大伙都吓毛了，仿佛他是从坟墓里钻出来的野鬼，眼睛像死人一样阴暗地看着屯子里的乡亲，就像他从来也不认识他们。他先开口了，他的话石破惊天。

鞠生说小树林里那个土包子下面埋的不是服仙。

所有的人都呆住了。鞠生又说了一遍，那不是我娘！二道甸子那边走丢了人，土里埋的是他们那地界的死鬼，不是我娘！四下还是一片死寂，只有庄稼窸窣的声响。鞠生的喊声带着哭腔："那不是我娘，㑚你姥姥的你们听明白没?"

张着嘴的老庞头忽然出声儿了，他说："二道甸子蹽哪儿去了，瞎巴巴，他们的人咋能死到下坎来?"

老庞头的话使人们警觉，盯着鞠生的眼神变得阴沉起来。一个后生开口问："你说不是你娘，你咋知道的?"另一个说："可不，你咋知道的?!”鞠生的嘴唇僵硬得像是木片，说不出话来，他的眼睛憋得发红了，渐渐变成一双狼的眼睛，他盯着这一圈墙一样围住他的人；突然，他扑向一个后生，一把夺过他手里的铁锹，冲出人群。

鞠生疯啦！大白天的要掘坟啦！这消息伴着天空中的闷雷震动了大栗堡子，把大栗堡子兜底翻了个个儿，所有的人都倾泻到田野上，向小树林的方向滚动。这时天空变成黄色，起风了。黄风霎时间就滚滚而来，遮蔽了田野上的景物，人们的身影在黄沙中时隐时现。一团团的沙石打在六团的脸上，糊满了她的嘴，她满嘴沙子，断断续续地哀号着，冲在最前面，跌倒了有人把她拉起来，搀扶着向前奔。狂风把他们的衣服吹得紧紧地贴在胸前，有些人不得不背过身去。六团的头发披散下来，在风中狂飞，她一次次地摔倒又一次次地爬起来，终于跑进了小树林。

鞠生从已经挖成一个浅坑的坟边抬起眼睛，尘土给他的脸蒙了一层面具，他听见了风暴卷来的声音，其他的人也听到了。本来鞠生就是风暴的中心，但是新的更大的风暴刮来了。跑在前面的孩子尖声叫着：她来啦！六团来啦！

六团狂乱地挥舞着手臂，像是一路在和人厮打，她奔了过来，她的声音已经完全哑了，衣襟半敞着，露出了干瘪的胸脯。看见了鞠生，她突然站住，眼里闪过一片疯狂的光，她用干枯的手指猛抓自己的胸膛，深深地划出一道道血印，同时发出像狼一样的干嚎。小孩儿被吓哭了，鞠生死死地盯着这个鬼一样的女人，站在他身边的其他男人也像他一样怔怔地看着六团，仿佛被梦魇住了，动弹不得。接着，六团冲向鞠生，一头撞到他身上。

鞠生仰面朝天地倒下了。当他爬起来的时候，六团已经扑倒在他挖出的坑里，用头拱着坑里的土，用一种不是人声的声音嘶喊着："弄死我吧！把我埋了吧，你个畜生，不是人揍的，老天爷要罚你，要雷劈了你！你跑不了！你死……"六团的声音忽然卡住了，她再发不出声音来了。这时天边闪烁一片绿光，头顶上，闪电掠过天空，发出细碎的噼啪声。人们抬起头望着老天，雨点开始落下来，硕大的雨点打在人的脸上，砸进他们的眼眶里，砸得眼珠生疼。人们一动不动地站着，沐浴在老天的意志之下。这意志铺天盖地地降临，震慑大地。这个时候，谁也没有想到，连鞠生自己也没有想到，他纵身一跃，跳进坟坑里，抬起腿朝六团狠命地踢起来。

小孩儿的哭声在雨中尖厉地响起来，夹杂着女人们的尖叫：王八犊子！挨千刀的！还不绑了他！男人们终于惊醒，在茫茫大雨中扑向鞠生，把他从六团身边拉开。鞠生奋力挣脱，他们就把他压倒在地，连踢带打，人们怒吼叫骂着，声音盖过了雨声。鞠生像狗一样在泥地里爬着，然后钻出人堆，踉跄地跑了几步，但是立刻又被围住，更重的更多的拳头落在他的头上。最后他被捆了起来。雨中的鞠生满身泥水，头发一绺绺湿淋淋地贴在额头上，他被拉扯着向屯子里走去。这时他的骂声冲天而起：六团！我肏你八辈祖宗！六团你个臭屄，我和你没完！你害我一辈子，我非杀了你，活宰了你！你个狗屄娘们！你活不了啦！

六团一动不动地倒在坑里，她的身体蜷缩成一团泡在泥水之中。狂风挟着雨点抽打着她，她一无所知，她已经死了。地狱之火已经着起来，她和鞠生被捆在一起，他们的血和肉被一点点烧干烤焦，身体变成了黑漆漆的两段。六团的耳边一直响着痛极的惨叫，但难以分辨是谁的声音。

大雨如注。

深夜里六团哼哼着，啜泣着醒来，全身都汗湿了。她躺在炕上，记不清躺了多久。她只记得一片模糊的可怖景象，以及炽热的感觉。她只觉得人是躺在烧得烫手的火炕上，她一直在喊着：别烧了，烫死人啦！可没有人理她。她哆哆嗦嗦地伸手摸摸土炕，惊讶地发觉烫手的不是炕而是自己的身子。这之后她就不再出声，默默地把自己交给了黑暗燠热的命运。一切的煎熬都变得无所谓了。六团在迷迷糊糊之中只感到一件事，那就是有人和她一起被煎熬着，她并不孤独，这使她踏实，使她不畏惧死亡。她心中有一种死也能闭上眼了的欣慰之感。

可她还是醒过来了。醒来的一瞬间，六团觉得自己躺在一片光明之中，渐渐地她才辨别出黑暗，辨别出窗户，看见了窗外那个赤裸裸的月亮。

像往日的晴朗之夜一样，大地被月光染得一片雪白，大栗堡子的一间间土屋被分割成白森森的正面和黝黑的暗影。在那些死寂的阴影之中，有一个小小的黑影在移动。狗叫了两声就住嘴了。四野阒然。

六团慢慢地从梦魇中挣脱出来。狗叫声使她真的清醒了。她感到身上已没有了滚烫的感觉，她伸手摸摸脸，又摸摸胳膊，皮肤是凉的。她深深地吸了口气，吸进的也是一股清凉，当她把气吐出来时变成了一声微弱的叹息。她想：这么说，是活着呢。出了啥事儿呢？她一下子想不出，她很累也很渴。刚移动了一下身子就不由“哎哟”叫了一声，全身的每个骨头节都像断了似的疼。她想她是让人痛打了一顿吧！是谁打了她？她也想不出。过了一会儿，她更加强烈地感到口渴，渴得难耐，于是她咬着牙支撑起上身，坐了起来，手脚都有用，都使得上劲，身体也是囫囵个儿的，挺好。她想她八成是烧糊涂了，又想起一些其他的情景：小树林里被挖开的坟，一个女人头拱在地上在大雨里号哭，以及一阵诛心的叫骂……六团的心一紧，这时她完完全全地想起来了，是鞠生，是那个万恶的男人，他嚷要杀了她、弄死她！老天有眼，她活着，好好地活着呢！哪能让他如愿呢！六团这时觉得身上长了些力气，骨头也不那么疼了。再说这点疼又算得了什么？她只是渴，水就能救她的命。

她下了炕，趿上鞋，腿有点儿软可不碍事，她走到外屋，一把抓住水缸的沿儿，然后她摸着水勺子伸进缸里。水勺子碰着缸底发出坚硬的声响吓了六团一跳，接着她明白了水缸是空的。她愣了一会儿，咋办？她想，去谁家要口水喝，或者到井边去……

六团推开屋门，月光唰地扫射进来。她迈出门槛，屋外是空旷而雪亮的夜。大栗堡子仿佛冻结在银色的月光中，一片死寂。六团走出了七八步，不会更多，就站住了。她忽然感到一阵心跳，因为这时狗又叫了两声，而且就在离她很近的地方。狗叫之后，一阵风打着旋平地而起，卷着几根草棍在月光下飘飘忽忽地转。六团的后背升起一股凉气。她看见风朝她转了过来，一种突如其来的恐惧攫住了她，她想逃回屋去，把门插上。她觉出自己的腿在打抖，这使她更加地怕了。然后，就在她向后转身的那一刻，那个黑影从斜对面的黑暗中出现了，走进了月亮地，小小的脑袋上，乱蓬蓬的头发发出一团朦胧的银光，蹒跚着，无声地走向六团。

月亮迸射出火焰般的白光，四野一片灰烬。烟雾袅袅升起，化作团团灰云，交叉地飘移着。坟墓洞开了，死去的人从黑烟中走了出来，这就是服仙。六团叫道：娘！没有回音。她想再叫，但是却叫不出声，也许刚才的一声也并没有发出声音。而服仙已经来到六团的面前。

从服仙身上发出的气味使六团心惊。她想这也许正是死人味。那么自己是不是已经死了，来到婆婆跟前了呢？婆婆的脑袋瓜雪白雪白的，像个发光的球，环绕着一圈毛茸茸的白光，虽然月亮在她的身背后，她的脸也可以辨认。那是一张疲惫干巴的脸，好像睡着了似的眯缝着眼睛，接着六团听见了这个鬼影发出了声音："哎哟，遭死罪了，可算家来喽。"与此同时一股温热的臭气扑到六团的脸上，六团双腿一软，扑通跪到地上，吓哭了。

只听服仙的声音说："咋的啦，要死哇，黏豆包还有没？"然后服仙的身体就从六团的身边绕过去，走进了家门。

六团瘫倒在大月亮地儿里。她站不起来，也动弹不了，她只能一口接一口地喘气，她蜷缩着的身体像一只卧在地上的大猫，腹部微微起伏着。说不清究竟过了多长时间，六团渐渐想明白了，那个鬼影不是鬼影，确实是消失了许久的服仙。想到这儿六团倏地坐了起来。

现在她能够看到敞开的屋门，屋里依然漆黑，但在黑暗中的某处，服仙待在那儿。天爷呀，要是一切都没有发生那就对了。在服仙咂着嘴翻了个身的工夫，六团不过出来解个手。难道事实不是这样吗？在这一瞬间，六团忽然有一种无限自由之感，仿佛事物的面貌是可以由她创造的，或是去解个手，回到炕上接着睡觉，或是去做一件必须做的大事。那是什么呢？思路到此断了。六团缓缓地从地上爬起来，走进了黑洞洞的屋门。

服仙倒在东屋的炕上，像一堆破烂，六团冲着这堆破烂叫了两声：娘！娘！服仙动了动。六团凑近些，分辨出了服仙的头，她凑上前去，又叫：“娘，你从哪疙来呀？”没有声音。六团伸出手推推服仙，服仙身子一抖，把六团吓一大跳，这时服仙嘟囔了一句：“急啥，等完事儿了再说。”六团不由得问：“啥事儿，完啥事儿哇？”服仙答道：“等我包完黏豆包。”六团怔住了。刚才服仙就提到黏豆包，可六团没有顾得上想，这会儿她想起了有天早上服仙问过她黏豆包还有吗？正是那天，问完了服仙就不见了。老天爷是不是知道从那以后要发生的一切可怕的事儿呢？也许这一切都是他安排的。他让服仙消失，让她迷里迷糊地走丢了，仿佛死了似的，然后又把她从天边送回来。他为什么要这么干！他究竟偏向谁，要把谁推进罪孽的深渊呢？这时，服仙忽然在黑暗中吭哧吭哧地笑了，笑得很古怪，就像是在咳嗽。服仙发出的声音使六团万分惊骇。她不由自主地捂住她的嘴。服仙肮脏瘦弱的身体在六团手中抖动挣扎着，终于平息下来。六团刚一松开手，服仙就骂道：“妈屄的，滚一边去！”

六团接触了服仙之后，心中的恐惧消失了。她压低声音问服仙：“你蹽哪儿去了？咋回来的？”服仙说：“管着吗你！”六团一把抓住服仙的肩膀，摇着她，摇得她像个瘪口袋似的直晃悠，“你到底哪儿去啦？你个老不死的！”服仙抬起脑袋，望着六团，六团看见一条闪光的细线从她的嘴角处流下来，服仙张了张嘴，呸地啐了一口，说：“王八犊子，不是人揍的，狗鸡巴肏的，疼死我啦！疼死我啦！……”口水一个劲儿地从她嘴边流出来，六团一松手她就歪倒在炕上，继续嘟囔：“诚是饿啦，给个黏豆包吧，饿体登了，行行好，给一个吧！”她开始啜泣起来，抽抽搭搭地哭着，哼哼着，好像这样很舒服，她的声音越来越微弱，最后归于沉寂。她昏睡过去。

现在只剩下六团一个人了，孤独而又绝望。她自言自语道：咋着呢？可咋着呢？有一会儿她真想放声恸哭，别的什么都不去想它了，可是从她的眼眶里却流不出一滴眼泪。她终于想起该干一件事，把灯点上，她就点上了油灯。可油已经不多了，火苗上的黑烟竖直地往房顶上蹿。在这昏暗的光晕之中，六团看见了一幅景象。她看见太阳升起来，黄澄澄的像个煮熟的鸡蛋黄，它冉冉上升，那时服仙从炕上走到地上，又走出屋门，她活着，活生生的，不管她多么肮脏，疯疯癫癫地笑着，她也是活着。她是老鞠家的人，是鞠生的母亲，那时，六团将无地自容，因为她想咒死婆婆，想冤屈男人，毒如蛇蝎就是用在她这种女人头上的。那就死吧，她想。奇怪的是六团想到死的时候就跟想那就回娘家去吧一样的平静。她用力吸了口气，从炕沿上站起身，脑子里在琢磨：怎么去呢？她先想到上吊，又想到跳井，接着如电光划破长空，她想她要投河。她要上路，走得远远的，就像服仙那样，没人知道她六团上哪儿去了，也没人知道她六团会不会有一天再出现。只有她自己知道她永远不会再回大栗堡子了。鱼将分食她的肉，啄空她的眼眶，带着她游向更远更远的大水里去，然后……

然后，当她想到然后，这时一个炸雷轰顶！她呆了。然后鞠生将冤情大白，他将回到城里去，踩着六团的尸首，就像踩着粪土。六团又看见了那片白花花耀眼的胸脯。鞠生的身子是模糊的灰暗的，像一条瘦狗，趴在主人的身边，他趴在毛月姣的身旁。大量的血冲上六团的头，她感到一阵昏眩。血在她的脑袋里加速地流着，发出隆隆的声响。这汹涌奔流的已经不是血液本身，而是血化作的怒潮，一浪高过一浪；难道，难道六团就这么白白地死了吗？今生今世的苦难难道能以一死了结！六团战栗着，然后，一声撕心裂肺的“不——”从她的心底冲出来！它不是声音，而是一股力量，一股炽热的气流，它挟着六团腾空而起，飞越了大栗堡子的上空，飞越了树林的尖顶和平坦的原野，如流星般坚硬地燃烧着，向着漆黑深邃的夜空飞去。人类永生的精神就是在这样的意义上产生的。

仇恨，如六团心中的深仇大恨使人类拥有了无限的权利，死亡和它相比是多么渺小可卑。六团在最后的时刻顿悟了，她不死，必死的是服仙。

此刻服仙倒在炕上，没有迹象表明她活着。也许她发出了轻微的鼾声，可她已经死了，早已死了。不管发生什么事情，她的命运已经决定了。而这个决定不是六团做的。罪恶也不归于六团。天上那个凝固不动的月亮和万古永生的太阳都能为六团作证，还有云，还有树，草，庄稼，房屋，屯子里的猫和狗，野地里跑过的狼和狼崽儿。猫狗生下小崽儿然后死了，狼崽儿长大又生了狼崽儿，只有六团像一块孤零零的石头。毛月姣的儿子能管鞠生叫爹吗？难道服仙能成为他们的奶奶吗？如果石头也有生命，它当然有，那石头就会裂开，流出鲜血。

六团“噗”地一口气把灯吹灭。她伸出手抓起炕上扔着的一个枕头。枕头从空气中划过时发出一股六团熟稔的气味，之后压在了服仙的脸上。

服仙的身体猛然伸展开来，急速地扭动着，似乎在她的身体里刮起了一场风暴，短促的风暴；然后变为一阵微弱的颤抖掠过全身，向着无限的自由消散而去。

四野静寂。一片游云把它小巧的影子投在窗户上。屋子里一下暗下来，仿佛是服仙的魂在离去时把什么发光的物质从屋里带走了。这时六团松开了手。黑暗中她的脸像窗纸一样灰白。她明白她干完了。

不，并没有干完。

这一刻她的脑子里一片空白，但她的心里很清醒。她知道她该接着干什么。她到院子里找到一截儿绳子，用绳子把服仙捆了起来，捆得尽可能结实，然后她把她拖下炕。服仙掉在地上发出咚的一声，六团觉得像拖的是一口猪。现在她得上路了，她得把这个死人的身体弄走。她试了试，这时她发觉自己错了，不该把服仙拖到地上，如果是在炕上，那把她扛到肩上要容易得多。靠着她一个人的力气现在她没办法扛起她来。六团出汗了，她愣怔了一会儿。她忽然想起服仙有回病了，自己曾经背着她去公社卫生所，于是她重新解开绳子，服仙像一株腐烂的苞米散开在地上。六团又喘了两口气，然后把服仙的身子拉起来靠在炕沿上，再揪住她两只僵直的胳膊。这次她咬紧牙关站起来了。

服仙的头在六团的肩膀上摇晃着，后来就抵在了六团的耳朵上。两个女人的头紧紧地贴在一起。六团出的汗弄湿了服仙的头发，六团大口地艰难地喘气，她觉得服仙也跟着她一起喘气。过了一会儿，六团喃喃地说："哎哟我的妈呀，走不动啦，不成啦!"服仙的下巴颏在六团的肩膀上一碰一碰的，头忽然滑向外侧，身子也倾斜过去；六团站住脚，用力地把服仙的身体向上一颠，使她紧紧地贴住自己，这会儿她恨不得服仙和她变成一个人。

月亮被云遮住了，开始时是淡淡的几朵，然后繁衍成一片片棉絮状，越来越浓重地遮蔽了整个天空。田野变得昏暗无光，道路更加幽深狭窄了。六团一步步地走着，她的腿在发抖，两边的高粱如同两堵黑黢黢的高墙，没有尽头。六团昏沉沉地想：天爷，这是到了哪儿呀？恍惚间她觉得自己是处于服仙的位置上，越来越沉重越来越僵硬越来越冰冷，无可阻挡地压倒了一切，把一切压垮。六团趔趄了两步，摔倒在田埂边。而服仙仰面朝天地掀翻在田埂上。

接下来是一段无比静谧的时刻。两个女人的身躯卧倒在湿润的泥土地上。黑暗的波涛在她们头顶上起伏翻卷，那是夜风吹过高粱地。她们仿佛沉没在黑夜的深处，被掩埋起来。

六团的脸贴着泥土，凉森森的，她想这也许是躺在坟墓里吧。坟墓里还有虫子在叫，还有庄稼摇摆的唰唰声，多么让人舒心哪。可这不是真的。她没有死，她知道她并没有死，为什么她不死呢！

六团抬起头，她渐渐分辨出地上服仙的身影，就爬了过去。风吹着服仙的头发，在她的脸上飞扬着，六团声音颤抖地叫道：娘！娘！然后她趴在服仙的身上哭了，一边哭，一边把眼泪蹭在服仙又脏又臭的衣服上。风把六团的呜咽呜呜地从黑夜带给黑夜，从原野带给原野，带给无限荒凉之中的冥冥上苍。

后来当六团停止了哭泣，她闻到了一股潮湿的气味，猛然间，她意识到这气味是从水面吹来的。她明白了，那正是拉连河。

铅灰色的大水浮动着，向着天边的微光涌去。仿佛在那里，大地裂开一个口子，拉连河被吸进去了，而且一切的生命都将被吸进去。树木、庄稼和茅草都不由得在为此而簌簌颤抖。

服仙的身体躺在江边，衣服被气流灌得鼓胀起来；急流从她身边卷过，她好像已经急不可待地要随之去了。六团找到了一块大石头，很重，把它搬到服仙近旁。她没有带绳子之类的东西，想想决定用衣服把石头兜起来，然后再捆在服仙的身上。她脱下服仙的裤子，服仙的裤子里都是屎，不过她对此根本视而不见了。天光在她的额头上闪闪发亮，她满头大汗，她知道她要快快地把服仙扔进河里，让她沉入令人眩晕的急流之中。石块又大又重，一条裤子无法把石头捆住，六团就又把衣服从服仙身上扯下来。赤身裸体的服仙在一瞬间使六团心惊胆战，她不由倒退了两步，盯着这具瘦小佝偻的躯体。六团的脸发白了，胸口里一阵恶心，转过身吐了。她冷汗淋淋，哆嗦着再次接近服仙的身体，当她抓住了一只胳膊的时候，她觉得这已不是服仙，而是一个可恶的灰暗的东西。六团努力用衣服和裤子把石头捆住，再和这东西绑在一起。虽然她觉得不够结实，她想：就这么着了。于是她拖着这沉重的东西走了两步；只两步，她系的结就松开了。

天边，大地裂开的口子正在扩大，从裂口中射出灰色的光在加强，而且渐渐掺和进蒙蒙的红色，水面在那光线下从原野上脱颖而出了。大河闪着凝重的光，无声地移动着，那遮蔽万物的夜眼看就要逝去，或者已经逝去了。六团的心在沉重地跳。她还能做什么？她能救出自己而埋葬这个肉体和它所连带的鞠生吗？她必须救出自己，不然鞠生就不能被埋葬。也许六团的脑子还能思想，更大的可能是她不再想什么了，血在身体里流动，这就是思想。随着血液的流动，六团动作了。以渐渐呈现出玫瑰色的黎明为背景，六团脱下了自己身上的褂子，清冽的气流拂过她的皮肤，她不由双手交叉地抱住双肩。这个皮肤灰暗的女人感受到了大自然对她的抚摸，接着她松开双手，站了一会儿，双乳的侧影下垂着，像两个口袋……之后她弯下身去，跪在地上，把自己的衣服加上原来的衣服系在一起，把石头和服仙捆绑在一起，用力捆紧，系成死结。然后她咬牙推动这件沉重的东西，把它推下了拉连河。

随着一声雄鸡的啼叫，天地间迸射出万道异彩，空中的每一朵云都美丽地燃烧起来，整个的天空渐渐地变幻成一块灼热的金子，无边的原野上蒙着一片片粉色的薄雾。

六团沿着江边走着，因为这里有一条不知是通向何方的小路，粼粼波光在她光裸的皮肤上钻石般地闪耀着，她不由地眯起了眼，而且不由得笑了笑。她的面孔呈现出梦幻般的幸福表情，这会儿，她觉得无牵无挂了。太阳刚升起来，现在她的影子还很长很清晰，黑魆魆的在地上自由自在地摇晃移动。

江边的小路在前方拐弯了，拐进了庄稼地。六团就跟着它拐了弯。她的两条光膀子一前一后地甩动着，胸前的两只奶啪嗒啪嗒地拍打着她的肋巴骨，这是六团从未有过的体验。头上是光芒万丈的青天，这也是六团从未有过的早晨。

图书在版编目（CIP）数据

空镜子 / 万方著. -- 北京 : 北京十月文艺出版社，2021.10

ISBN 978-7-5302-2111-2

Ⅰ. ①空… Ⅱ. ①万… Ⅲ. ①长篇小说—中国—当代
Ⅳ. ①I247.5

中国版本图书馆 CIP 数据核字（2021）第 005731 号

空镜子
KONG JINGZI
万方 著

出　版　北京出版集团
　　　　北京十月文艺出版社
地　址　北京北三环中路 6 号
邮　编　100120
网　址　www.bph.com.cn
发　行　新经典发行有限公司
　　　　电话（010）68423599
经　销　新华书店
印　刷　北京盛通印刷股份有限公司
版　次　2021 年 10 月第 1 版
　　　　2021 年 10 月第 1 次印刷
开　本　850 毫米 ×1168 毫米 1/32
印　张　11.75
字　数　240 千字
书　号　ISBN 978-7-5302-2111-2
定　价　58.00 元
质量监督电话　010-58572393
如有印装质量问题，由本社负责调换。